Une passion en hiver

DARLENE GARDNER

Une passion en hiver

Prélud'

HARLEQUIN

Collection : PRÉLUD'

Titre original : THE CHRISTMAS GIFT

Traduction française de JULIETTE BOUCHERY

HARLEQUIN

83-85, boulevard Vincent Auriol, 75646 PARIS CEDEX 13.
Service Lectrices — Tél. : 01 45 82 47 47

www.harlequin.fr

ISBN 978-2-2803-1443-5 — ISSN 1950-277X

1

Sans ce coup de fil alarmant de sa mère, jamais Krista Novak n'aurait envisagé de revenir en Pennsylvanie pour les fêtes de Noël. Surtout après huit ans d'absence !

Les yeux rougis par un voyage de dix-huit heures, elle regardait défiler les rues de son enfance par la vitre du taxi. Des pavillons, des arbres nus, un sol gelé, de la glace sur le pare-brise des voitures garées le long du trottoir… Mais aussi des illuminations multicolores sur toutes les façades, certaines disposées un peu au hasard, d'autres dessinant des motifs incroyablement élaborés.

— C'est quelle maison ? lui demanda le chauffeur.

C'était la première phrase qu'il articulait depuis l'aéroport de Harrisburg. Non pas qu'il soit resté silencieux, bien au contraire ! Il venait de passer le trajet entier à fredonner les chants de Noël diffusés en continu par la radio. Un vrai cauchemar ! Au moment précis où il posait sa question, Krista aperçut la maison de ses parents.

— Celle avec le Père Noël et ses rennes sur le toit et tous les animaux ringards sur la pelouse, répondit-elle d'une voix mourante.

Il ne pouvait pas se tromper : le flamboiement des décorations des Novak devait se voir de la lune !

— C'est là ? s'écria-t-il, hilare, faisant tinter la clochette de son ridicule bonnet rouge. Dites, j'adore ! Mon préféré, c'est le pingouin qui danse !

— Vous êtes sérieux, là ? Vous ne trouvez pas le tableau un peu… excessif ?

La famille Novak avait été la première à introduire les illuminations animées dans le quartier — le courant, en sautant d'une configuration à l'autre, donnait l'impression que les personnages bougeaient. Depuis qu'elle était partie, la mode s'était répandue — et avait ses fans, apparemment. Les maisons voisines se livraient même à une surenchère. Mais rien ne pouvait surpasser ce pingouin. Un nouveau venu, tout comme les phoques qui se faisaient des passes avec un cadeau joliment emballé. Les autres, le chat, la famille d'ours, la baleine, étaient de vieilles connaissances…

Le chauffeur se gara contre le trottoir et se retourna pour la dévisager. A 19 heures un soir d'hiver, son expression aurait dû être difficile à déchiffrer, mais la façade tapissée d'ampoules multicolores des Novak illuminait l'intérieur de la voiture.

— Excessif ? répéta-t-il, stupéfait. Ma petite dame, on est trois jours avant Noël !

Il y eut un silence, puis Krista soupira.

— Je suis… moins fanatique des fêtes que le reste de ma famille, avoua-t-elle.

Comme elle regrettait, maintenant, de ne pas avoir réservé une voiture de location ! Elle avait demandé un véhicule en arrivant mais, si près de Noël, les agences de l'aéroport n'avaient plus rien de disponible. Elle aurait dû le savoir — mais elle pensait au coup de fil de sa mère.

Son regard retourna se poser sur les décorations. Si elle n'avait pas changé ses habitudes, la famille s'était mise à les installer fin octobre. Krista sourit. Sa grand-mère appelait cela du « jardin-art », pour se moquer du land-art des milieux branchés. Quand Krista était petite, son père mettait deux journées entières à réaliser ce monument à la gloire de Noël. Elle sentit son cœur se serrer brutalement. Aujourd'hui, quelqu'un d'autre se chargeait forcément de l'installation car depuis l'accident, son père ne pouvait plus accrocher la moindre guirlande… Aussitôt, elle écarta cette image. Elle ne voulait pas penser à son père, pas alors que sa mère était gravement malade… et qu'il ne s'était pas donné la peine de décrocher le téléphone pour la prévenir.

Elle descendit de voiture, se retrouva nez à nez avec un flamant lumineux affublé de protège-oreilles, réprima un soupir et rejoignit le chauffeur de taxi qui ouvrait le coffre.

— Vous rentrez pour les fêtes, alors ? lui demanda-t-il avec jovialité.

— Oui.

Pas question de donner plus d'informations à ce type qu'un pingouin lumineux mettait en joie. Ou de préciser qu'elle n'était pas rentrée depuis huit ans et qu'elle ne serait sûrement pas ici ce soir sans le coup de fil qui l'avait réveillée en sursaut hier soir, à Prague.

— Krista ? Je suis à l'hôpital.

Cette petite voix faible, si différente de la voix habituelle de sa mère… Sous le choc, elle s'était redressée dans son lit, le cœur battant.

— Pourquoi ? Qu'est-ce qui t'arrive ?

— Je…

Un silence, puis :

— Des saignements…

En un éclair, Krista avait revu le corps brisé de son père. Horrifiée, elle se représentait déjà un nouvel accident, sa mère dégringolant une volée de marches, glissant sur une plaque de verglas, s'ouvrant la main avec un couteau de cuisine ! Au prix d'un violent effort, elle était parvenue à contrôler la panique qui s'emparait d'elle.

— C'est grave ? Tu as fait une chute ?

— Non, non. Ce n'est pas ce genre de problème. C'est… Enfin, c'était interne.

Des saignements internes ! Une hémorragie !

— Tu veux que je vienne ?

— Oh oui, ma chérie. Ce serait formidable.

Puis sa mère avait dû raccrocher car une infirmière venait d'entrer dans la chambre pour des soins. L'instant suivant, rallumant son ordinateur, Krista avait réservé une place sur un vol partant à 6 heures le lendemain matin, puis elle avait appelé l'une des amies avec qui elle devait aller faire du ski dans les Alpes pour la prévenir du changement de programme.

Le chauffeur de taxi lui tendit sa valise en lui annonçant le prix de la course.

— Vous voulez bien m'attendre ? demanda-t-elle. Je dois aussi aller à l'hôpital.

Lui avait-elle dit que ce premier arrêt ne serait qu'une escale ? Après ce trop long voyage, elle n'avait plus les idées très claires. Fichu décalage horaire ! S'il n'était que 19 heures en Pennsylvanie, son corps se croyait à 1 heure du matin.

— Je dépose ma valise et je vous rejoins, ajouta-t-elle.

— L'hôpital ? Mais je…

Elle s'éloigna sans l'écouter, traînant sa valise à roulettes sur l'allée gelée, passant avec un frisson devant un hippopotame lumineux qui clignait de l'œil, la patte sur la hanche, un ruban rouge autour du cou.

Puisque aucune voiture de location n'était disponible, elle aurait peut-être dû demander à quelqu'un — sa grand-mère, par exemple — de venir la chercher à Harrisburg. Mais comme la maison de ses parents à Jarrell se trouvait sur le chemin de l'hôpital, cela semblait plus logique de prendre un taxi. Et puis, en fonçant prendre sa correspondance à Philadelphie, tout à l'heure, elle s'était aperçue que son portable était déchargé. Non, mieux valait s'en tenir à son plan d'origine : déposer sa valise et repartir en taxi pour arriver à l'hôpital avant la fin des heures de visite.

Aux dernières nouvelles, prises pendant l'escale à Francfort, l'état de sa mère était stable. La famille entière se trouvait sûrement réunie à son chevet. Enfin, quelqu'un devait bien être à la maison puisqu'on avait allumé toutes les décorations…

Elle gravit la rampe d'accès pour handicapés et

s'immobilisa devant la porte, encombrée d'une gigantesque couronne décorative. Un masque de bonhomme de neige avait été ajusté à la sonnette, de façon que le bouton représente son nez. Un instant, elle hésita. Sonner, ne pas sonner ? Quel était le protocole pour le retour de la fille prodigue ?

Une rafale glaciale faillit la renverser. Frissonnante, elle renonça à se compliquer la vie, inspira à fond, poussa la porte et s'avança dans la petite entrée carrelée qui s'ouvrait sur le salon. La pièce déserte croulait sous les décorations… Un sapin de Noël immense, gainé de décorations et pris dans un filet de lumières clignotantes, des branches de houx, une guirlande de têtes de Père Noël éclairées de l'intérieur sur le pourtour de la cheminée. Et elle devait sûrement en oublier ! Dans ce foisonnement éblouissant, elle ne voyait qu'un seul ornement de bon goût : une fabuleuse photo grand format montrant un champ de fleurs sauvages sous un ciel bleu limpide.

Les parfums et les bruits d'un Noël en famille l'assaillirent : l'odeur du jambon rôti au miel et du pain tout juste sorti du four, les chansons traditionnelles à la radio, un brouhaha de voix dans la cuisine.

— Je suis ren…

Elle s'interrompit. « Je suis rentrée », c'était ce qu'elle disait *avant*, quand cette maison était encore chez elle. Voilà bien longtemps qu'elle n'avait plus sa place ici. Elle corrigea donc :

— Il y a quelqu'un ?

Pas de réponse. Normal, vu le vacarme ambiant ! Elle laissa sa valise dans le salon et, ses bottes à talons hauts cliquetant sur le parquet, passa sous le bouquet de gui suspendu dans l'arche et se dirigea vers la grande cuisine, à l'arrière de la maison.

La scène qu'elle découvrit la stoppa net.

Une silhouette familière était campée devant le fourneau : sa grand-mère, nettement plus âgée, plus minuscule que jamais. Ce n'était pas sa présence qui l'étonnait ;

Grandma Leona était venue s'installer chez son fils et sa belle-fille au moment de son veuvage, deux décennies auparavant, pour aider à élever Krista et sa petite sœur, Rayna. Non, ce qui la laissait bouche bée… c'était de trouver sa mère à sa place habituelle en bout de table.

— Maman ! s'exclama-t-elle. Tu es sortie de l'hôpital ?

Au son de sa voix, les deux femmes se retournèrent d'un même élan. Sa grand-mère la fixa, la bouche ouverte, comme si elle n'en croyait pas ses yeux. Sa mère battit des mains avec un sourire heureux.

— Krista ! Tu es venue !

Et elle lui ouvrit les bras… sans se lever de sa chaise.

Maintenant qu'elle la regardait mieux, Krista découvrait sa pâleur, son air affaibli, ses yeux cernés. Mais elle était là ! Les jambes coupées par l'émotion et le soulagement, elle se pencha pour la serrer sur son cœur.

— Bien sûr que je suis venue ! bredouilla-t-elle, les larmes aux yeux.

Sa mère lui rendit son étreinte avec une tendresse qui la réchauffa tout entière. Plusieurs secondes s'écoulèrent avant qu'elle réalise que cette poigne n'était pas celle d'une malade. Elle s'écarta un peu pour pouvoir scruter le visage maternel. Si elle était effectivement pâle, sa mère restait pareille à elle-même : une femme grande et solide, très brune, sans un cheveu gris. Même malade — et Krista soupçonnait déjà qu'elle n'était pas si malade qu'elle voulait bien le dire —, elle remplissait encore la pièce de sa présence.

— Maman ! Je croyais que tu faisais une hémorragie interne !

— Ah, c'est comme ça que tu t'y es prise pour la ramener…, murmura Grandma en hochant la tête d'un air pénétré avant de se précipiter vers elle pour l'embrasser.

Krista la serra contre elle, attendrie. Toute menue, un vrai lutin, elle était délicieuse avec ses cheveux d'un blanc de neige et son pull couvert de rennes.

— Tu m'as manqué, ma douce, murmura-t-elle. Tu nous as terriblement manqué à tous.

Les yeux de Krista se mouillèrent, mais les incohérences de la situation la dérangeaient de plus en plus.

— Maman, je ne comprends pas. On t'a laissée rentrer à la maison ?

Sa mère détourna les yeux en ajustant son châle.

— Comme tu vois, répondit Grandma à sa place. Justement, ce soir, nous fêtons son retour ! Maintenant que tu es là, il ne manquera plus que Rayna !

Que sa mère soit sortie de l'hôpital était une excellente nouvelle, mais cela n'expliquait pas tout. Ce n'était même pas le commencement d'une explication ! Que s'était-il *réellement* passé, et pourquoi Rayna ne serait-il pas là ? Sa petite sœur, treize ans seulement à l'époque de son départ à Prague, vingt et un ans aujourd'hui… Autant dire une inconnue ! Mais ce n'était pas le sujet.

— Ton hémorragie, maman ? lança-t-elle d'une voix sévère.

Sa mère refusait toujours de croiser son regard.

— Elle s'est arrêtée il y a quelques jours, répondit-elle enfin. C'est extraordinaire, les traitements qu'ils vous donnent aujourd'hui !

— On se remet vite d'un ulcère, intervint Grandma. Ce matin, le médecin a dit à ta mère qu'elle était quasiment remise à neuf.

— Ce matin ? répéta Krista d'une voix mourante. Mais hier soir, tu parlais comme si tu étais vraiment très malade…

Elle se laissa tomber sur la chaise la plus proche.

— Comment as-tu pu me faire ça ? J'ai cru que c'était très grave, que tu n'allais peut-être pas t'en remettre…

— Bon, d'accord, je n'aurais peut-être pas dû, répliqua sa mère sans la moindre gêne. Mais ça fait huit ans, Krista ! Huit ans ! Comment est-ce que j'étais censée te faire revenir pour les fêtes ?

— Tu pouvais me le demander.

— Je te le demande tous les ans. Tu ne viens jamais.

La radio, qui moulinait des chants de Noël au kilomètre, acheva un morceau. Dans le silence momentané, Krista capta un son reconnaissable entre tous : le roulement de roues feutrées sur le parquet. Son corps entier se crispa. Un instant plus tard, son père parut sur le seuil, engoncé dans son fauteuil roulant, un plaid jeté sur ses jambes paralysées. A soixante-deux ans, il n'avait que cinq ans de plus que son épouse mais son visage était ridé, ses cheveux rares complètement gris. En la voyant, ses sourcils épais se contractèrent.

— Krista ? Qu'est-ce que tu fais là ?

Elle le regarda, incapable de répondre. C'étaient quasiment les premiers mots qu'il lui adressait depuis des années ! Comme paroles de bienvenue, il y avait mieux ! Lorsqu'elle téléphonait, les rares fois où il décrochait le premier, elle avait droit à l'éternel « Je te passe ta mère ». Et ce soir, en la revoyant après huit ans d'absence, il ne manifestait pas la moindre joie. Elle s'efforça de mettre sa réaction sur le compte de la surprise et se contenta de murmurer :

— Je croyais que maman était malade.

— Ellie a appelé Krista de l'hôpital en lui faisant croire qu'elle était mourante, précisa Grandma.

— Mais pas du tout ! protesta cette dernière. Je lui ai juste parlé de mes saignements.

La bouche crispée, le visage austère, son mari se tourna vers elle.

— Eleanor, tu n'aurais pas dû faire ça.

— Pourquoi pas ! Tu ne trouves pas qu'il était temps que notre fille revienne à la maison ?

— Notre fille pouvait…

Krista ne devait pas découvrir ce qu'elle pouvait faire, car une voix masculine lança un tonitruant :

— Ho ho ho ! Joyeux Noël !

Un inconnu venait de faire irruption dans la cuisine, un homme de la génération de son père affublé d'une tenue complète de Père Noël, de la fausse barbe blanche aux bottes rouges. L'effet était un peu gâté par son physique mince et sa taille médiocre, mais l'enthousiasme était réel.

— Bonsoir tout le monde ! Joe, Leona. C'est formidable que tu sois rentrée de l'hôpital, Eleanor. Tu as bonne mine !

— Merci, Milo. Toi aussi, tu fais plaisir à voir. Je ne me lasse jamais de ton look de Père Noël.

— C'est l'avantage de ce petit boulot : le costume !

Il fit claquer ses bretelles rouges en riant, pivota sur lui-même… et remarqua enfin la présence de Krista.

— Et qui est cette jolie jeune dame ?

— Notre fille Krista. Tu sais bien, l'interprète qui vit en Europe. Krista, je te présente notre ami Milo Costas, qui habite juste à côté.

Costas ? Un nom plutôt inhabituel en Pennsylvanie, songea Krista. Il n'y avait pas de voisin de ce nom, à son époque, elle ne retrouvait même qu'un seul Costas dans ses souvenirs… Un parent peut-être ?

— Contente de vous rencontrer, dit-elle machinalement, quelque peu troublée.

Non, c'était absurde… Ce n'était pas parce qu'ils portaient le même nom qu'ils faisaient forcément partie de la même famille.

Milo Costas lui assurait qu'il était aussi enchanté de faire sa connaissance, quand une nouvelle voix masculine — une voix très familière cette fois… — lança :

— Il y a quelqu'un ?

— Nous sommes dans la cuisine ! répondit Joe.

Avec un nouveau serrement de cœur, Krista nota que le visage de son père s'était épanoui. Il souriait presque ! Un instant plus tard, Alex Costas entrait comme chez lui, une bouteille de vin dans une main, une bouteille de cidre dans l'autre. Vingt bons centimètres de plus que Milo, d'épais cheveux noirs, une carrure d'athlète, un beau visage aux traits réguliers… Le jour de leur première rencontre, Krista avait senti son cœur cesser de battre en le voyant. Cette fois, il accéléra brutalement la cadence.

— Il y a un taxi qui…

La voix d'Alex s'éteignit brusquement. Lorsqu'il posa son regard sur elle, Krista ressentit un choc, une sorte d'explosion intime… puis un élan aussi brûlant que le premier soir, quand ils s'étaient retrouvés dans le même lit. Quelques semaines plus tard, elle lui annonçait qu'elle acceptait un poste en République tchèque et il la raccompagnait chez elle en lui expliquant qu'il valait mieux qu'ils stoppent tout, tout de suite. Elle ne l'avait jamais revu.

Elle inspira à fond en plaquant un sourire sur son visage.

— Alex, bonjour. Quelle surprise de te trouver ici.

Alex essaya de se maîtriser — surtout, ne pas laisser deviner la secousse très sensuelle qui venait de le traverser. Il savait, bien sûr, qu'un jour ou l'autre, Krista franchirait de nouveau la porte de la maison de ses parents ; il ne s'attendait juste pas à l'y trouver ce soir. Il n'avait pas non plus prévu la façon dont son corps réagirait en la voyant après tout ce temps.

— Bonsoir, Krista. Heureux de te revoir.

Eleanor Novak inclina la tête sur le côté, le regard en alerte.

— Vous vous connaissez, tous les deux ?

La petite entreprise de paysagisme qui faisait vivre Alex et son père achetait des plants à la pépinière des Novak depuis des années, mais les deux familles n'étaient devenues amies que tout récemment. Bien après le départ de Krista.

— Disons, répondit cette dernière, que nous nous étions rencontrés avant que je m'installe à Prague.

— Tu ne me l'avais jamais dit, lança Eleanor, vexée.

— Il n'y avait pas grand-chose à dire, répliqua Krista.

Alex croisa le regard interrogateur de son père. Il ne lui avait jamais mentionné sa rencontre avec Krista.

— Où vous êtes-vous connus ? demanda Eleanor.

Alex regarda Krista. Qu'allait-elle dire exactement ? Il n'avait jamais été capable de deviner ses pensées. Comme il ne voyait aucun moyen d'esquiver la question, il prit sur lui de répondre :

— A la pépinière.

— Mais oui, je me souviens ! L'incident des poinsettias ! s'exclama Leona.

Malheureusement, la grand-mère de Krista avait une excellente mémoire…

— C'était la première visite d'Alex à la pépinière, expliqua-t-elle, un grand sourire aux lèvres. Il travaillait déjà avec son père, et il venait d'acheter deux douzaines de poinsettias.

— Je crois que ce n'était qu'une douzaine, marmonna Alex.

— Non, deux !

Elle lui sourit avec tant de gentillesse qu'il ne se formalisa pas, et se retourna vers les autres pour continuer son histoire.

— Bref, il faisait rouler le chariot vers son camion, et le chariot s'est renversé.

— Quel rapport avec Krista ? s'enquit Eleanor.

— J'étais là, c'est tout, répondit Krista avec un brin d'impatience. Je passais dire bonjour à Grandma.

Elle se souvenait donc ? Alex, lui, n'oublierait jamais cet instant. Krista, en hautes bottes noires et manteau d'hiver, comme ce soir — sauf que ce soir, le manteau était rouge. Krista, les joues rosies par le froid, rejetant en arrière ses longs cheveux bruns décoiffés par le vent. Puis elle l'avait vu, lui avait souri. Sous le charme, il avait laissé la roue de son chariot heurter le trottoir et tout s'était renversé.

— C'est ça, confirma Leona. Krista, tu venais de

rentrer de l'université pour les vacances d'hiver. Il y avait de la terre et des feuilles de poinsettias partout !

Alex avait tenu à tout nettoyer, Krista était restée pour l'aider. Le temps d'achever de balayer les débris, il avait son numéro de téléphone et un rendez-vous pour le lendemain.

— Pourquoi est-ce que je ne l'ai jamais su ? demanda Eleanor à la cantonade.

Eh bien, pensa Alex, parce que Krista estimait que sa mère s'intéressait de trop près à ses affaires. C'était curieux qu'il s'en souvienne encore, après tout ce temps.

— Tu ne peux pas tout savoir sur tout, Ellie, protesta Leona en riant.

— J'aime que l'on me tienne au courant, marmonna Eleanor, vexée. Alex, tu avais commencé à dire quelque chose en arrivant ?

— Ah oui ! C'est vraiment bizarre : il y a un taxi devant la maison et le chauffeur est planté là, les mains dans les poches, à chanter des cantiques de Noël.

— Oh ! Je l'avais oublié !

Confuse, Krista sauta sur ses pieds. Ses cheveux étaient plus courts qu'autrefois mais, en dehors de cela, il ne la trouvait pas changée. Toujours aussi belle ! A l'époque, il s'en souvenait tout à coup, elle se trouvait très quelconque, le nez trop long, la bouche trop large. Il n'était pas du tout d'accord avec elle — pris séparément, ses traits n'avaient effectivement rien d'exceptionnel, mais l'ensemble était tout simplement éblouissant.

Elle passa en coup de vent juste devant lui.

— Je file le payer, dit-elle.

Il s'interdit de se retourner pour la suivre des yeux, donna posément ses bouteilles à Joe, et entreprit de retirer son gros blouson d'hiver. Un instant plus tard, son père, tout en se débarrassant du manteau enfilé par-dessus son costume, dit tout haut ce qu'il pensait tout bas.

— Comment se fait-il que personne n'ait mentionné que Krista allait rentrer pour Noël ?

— Je ne le savais pas non plus, répondit Joe.

— Elle vous a fait la surprise ?

— Oui, mais seulement parce que Ellie lui a raconté un gros bobard, intervint Leona.

— Oh ! Pour l'amour du ciel, ce n'était pas un bobard ! s'exclama Eleanor, outrée. Ma fille avait bien le droit de savoir que j'étais à l'hôpital !

— Tu n'aurais pas dû lui faire croire que tu étais mourante, intervint Joe.

— Mais je n'ai jamais dit ça ! Et je te remercierais de faire attention à la façon dont tu me parles, Joe. Si tu me stresses, mes ulcères pourraient revenir.

— J'ai parlé à ton médecin. Tes ulcères étaient d'origine bactérienne.

— *Probablement* d'origine bactérienne. Ce n'est qu'une hypothèse.

— Je vais accrocher mon blouson dans l'entrée, se hâta de lancer Alex. Passe-moi ton manteau, papa.

Il eut ce qu'il espérait : Joe s'abstint de répliquer. Les premiers temps, avant de mieux les connaître, il avait réellement cru les Novak sur le point de divorcer. Puis il s'était rendu compte que leurs escarmouches perpétuelles n'étaient qu'un mode de communication comme un autre. Ils adoraient se chamailler, mais ils restaient le couple le plus uni qu'il connaisse. Eleanor s'occupait de son mari paralysé avec un dévouement admirable. Le jour où on l'avait hospitalisée, Joe avait pleuré.

Son père lui abandonna son manteau et lui tendit également sa barbe blanche.

— Il ne faudrait pas salir le matériel, dit-il, très sérieux.

Alex lui sourit et partit avec sa brassée d'affaires pour les suspendre dans la grande penderie de l'entrée. Cette tâche accomplie, un peu malgré lui, il traîna en guettant le retour de Krista. S'il s'était dévoué pour aller ranger les vêtements, c'était dans l'espoir de se ménager un rapide tête-à-tête avec elle. Un espoir qui fut récompensé quand elle rentra en coup de vent en refermant vivement la porte derrière elle, frissonnante. Avec un pincement bizarre dans la poitrine, il remarqua que, même avec ses talons, elle lui arrivait à peine au menton. En le voyant, elle s'arrêta net. Pendant un court instant, ils se contemplèrent, les yeux dans les yeux. Impossible de deviner ce qu'elle ressentait. Quant à lui, c'était comme si ses veines charriaient un courant électrique. Enfin, il retrouva sa voix.

— Comment vas-tu ?

Elle s'éclaircit la gorge… dans un ronronnement sexy en diable.

— Très bien ! Je me remets juste du choc de te trouver dans la cuisine de mes parents.

— Mon père et moi, nous venons très souvent ici. Ce sont des voisins formidables.

Elle pencha la tête, perplexe.

— Parce que tu habites avec ton père, maintenant ?

A l'époque où ils s'étaient connus, il louait un appartement dans le centre de Jarrell. Sa maison d'enfance avait été vendue et son père vivait dans le petit logement acheté après la mort de sa femme.

— Je me suis installé avec lui quand il a acheté la maison à côté de celle-ci, expliqua-t-il.

— C'est récent ?

— Trois ans.

— Personne ne m'en a parlé.

Si elle était venue voir ses parents de temps en temps, elle aurait su qui étaient leurs voisins, pensa-t-il, agacé.

Elle déboutonna son manteau et le retira. Peut-être aurait-il dû aller rejoindre les autres dans la cuisine, mais il ne put s'y résoudre…

Elle portait un long pull bleu sur un jean noir très moulant. Même fripés par son long voyage, ses vêtements révélaient des contours délectables. Il lui prit le manteau des mains, le disposa sur un cintre… et gâcha son effet en manquant la barre de la penderie quand il voulut l'accrocher sans la quitter des yeux.

— Tu es là pour combien de temps ? demanda-t-il vivement.

— Maintenant que je vois que maman va bien, je ne resterai que jusqu'au lendemain de Noël.

La nouvelle lui fit l'effet d'une boule de neige en pleine figure. Il ne chercha même pas à masquer sa réaction.

— Tu plaisantes ? Ça ne fait que quatre jours ! Voilà huit ans que tu n'as pas mis les pieds ici !

Il la vit se raidir, le menton levé d'un air de défi.

— Je ne comptais pas venir du tout, rétorqua-t-elle sèchement. J'avais prévu autre chose.

— Et tes projets sont plus importants que de passer un moment avec ta famille ?

Il avait vu Eleanor pleurer plus d'une fois en disant combien sa fille aînée lui manquait. D'une voix blanche, il ajouta :

— Regarde jusqu'où ta mère a dû aller pour te revoir.

— Ce n'est pas ton affaire, riposta-t-elle, tendue.

— Pourquoi ? Parce que je te dis une chose que tu n'as pas envie d'entendre ?

Elle le foudroya du regard et allait répondre quand la voix d'Eleanor leur parvint.

— Alex, Krista ! A table !

Il s'effaça en lui faisant signe de le précéder. Il regrettait déjà d'avoir voulu lui parler seul à seule.

— Après toi, marmonna-t-il.

Le nez en l'air, elle le précéda dans la cuisine, et il dut faire un effort… pour ne pas baisser les yeux pour admirer le balancement souple de ses hanches.

Il était temps de se souvenir que leur histoire avait été très très brève, et qu'elle remontait à huit ans. Décidément, il avait eu raison de rompre — même si, sur le moment, cela avait été un vrai crève-cœur. Une femme capable de tourner le dos à sa famille durant autant d'années, de ne rentrer que pour quelques jours, uniquement parce qu'elle croyait sa mère à l'article de la mort, n'était pas une femme pour lui.

*
* *

Krista n'apprécia pas vraiment le jambon rôti au miel. Il était sûrement aussi bon que ceux de son enfance, mais elle flottait dans un état étrange, comme si une cloche transparente la séparait du reste des convives. Et ce n'était pas seulement parce que son organisme se croyait toujours à l'heure de Prague, c'est-à-dire 2 heures du matin.

La scène avait le caractère invraisemblable d'un rêve : sa mère, qu'elle avait cru mourante, trônait à une extrémité de la longue table, son père paralysé lui faisait face, sa grand-mère riait et bavardait comme si de rien n'était, et le seul homme avec qui elle ait jamais couché dès le premier rendez-vous venait de se matérialiser dans ce contexte où il n'avait aucune place. Assis à côté d'elle, il ne lui adressait pas la parole. Un rêve, oui, ou comme si elle se retrouvait piégée dans l'un de ces petits dômes que l'on secoue pour faire voler la neige artificielle. Sa vision se brouillait, elle se sentait décalée, en déséquilibre… mais aussi folle de rage ! Comment Alex osait-il… De quel droit la jugeait-il alors qu'il ne connaissait que la moitié de l'histoire ?

— Personne ne m'a encore expliqué pourquoi Rayna n'est pas là ce soir, lança-t-elle.

Au fil des années, malgré la distance, elle avait tenté plusieurs fois de se rapprocher de sa petite sœur. Sans succès.

— Elle travaille, répondit Alex. Le cabinet de dentistes a prolongé ses heures de consultation pendant quelques jours, pour pouvoir fermer plus tôt entre Noël et le nouvel an.

Pourquoi fallait-il que ce soit lui qui lui réponde ? Il ne faisait pas partie de la famille ! Elle l'ignora donc. Enfin, tenta de l'ignorer, car il n'était pas aisé d'effacer sa présence. Placée juste à côté de lui, elle captait le parfum de sa peau, cette odeur délectable qui n'appartenait qu'à lui… Il sentait encore meilleur que le repas, ce qui n'était pas peu dire.

Vite ! Se concentrer sur autre chose. Rayna, par exemple ! Elle ne se rappelait plus très bien si sa petite sœur avait décroché son diplôme en hygiène dentaire… ou pas. Avait-elle un vrai poste ? Etait-elle encore stagiaire ? Il lui semblait qu'elle suivait encore un cursus à Harrisburg, mais elle se trompait peut-être… Toutefois, il n'était pas question de demander des précisions, pas tant qu'Alex serait dans la pièce. Il aurait beau jeu de démontrer qu'elle était une sœur indigne, qu'elle ne se tenait pas au courant…

— Alex, tu n'as pas amené ta petite amie ? demanda Joe.

« Sa *quoi* ? » pensa Krista, interdite. Mais oui, bien sûr, un homme comme lui avait forcément une petite amie. Toutefois, il était hors de question d'éprouver le moindre pincement de déception. Qu'Alex voie quelqu'un était bien le dernier de ses soucis ! D'ailleurs, il aurait dû être marié, depuis le temps ! Huit ans auparavant, elle avait déjà eu l'impression qu'il cherchait à s'engager sur le long terme.

— Alex a rompu avec Cindy avant Thanksgiving, répondit Eleanor sans laisser à l'intéressé le temps de s'exprimer. Tu n'as tout de même pas oublié ?

— Parce que je suis censé me souvenir de toutes les femmes d'Alex ? riposta Joe. Il en change tous les ans !

Du point de vue de Krista, une année, c'était déjà très long ! Quand elle sortait avec un homme, cela durait rarement plus de quelques mois. Néanmoins elle s'abstint de tout commentaire ; sa vision des choses était trop différente de celle de sa famille, et la présence de son père dans son fauteuil roulant la mettait trop mal à l'aise. Impossible d'oublier un seul instant ses jambes paralysées. Cette fois encore, ce fut sa mère qui répondit à la place d'Alex.

— Il cherche la femme de sa vie, celle avec qui il

aura envie de fonder une famille, décréta-t-elle avec un grand sourire. C'est bien cela, Alex ?

Grandma leva les yeux au ciel.

— Ellie ! Que veux-tu qu'il réponde à une question pareille ?

— Je ne viendrais pas si souvent chez vous si les questions d'Eleanor me dérangeaient, répliqua gentiment Alex.

Il souriait, mais Krista nota qu'il avait évité de répondre. Si cela se trouvait, tout le monde se trompait sur son compte ! Malgré son image de garçon sérieux, il était toujours célibataire à trente-deux ans ; il tenait peut-être à garder sa liberté, en fin de compte — tout comme elle !

— En revanche, on a le droit de me poser des questions sur Charlie, enchaîna Grandma d'un ton joyeux.

On venait de secouer le globe, une fois de plus. Dépassée, Krista cligna des yeux. *Charlie* ?

— Il postule pour devenir mon petit ami.

Krista fixa sa grand-mère avec de grands yeux. Cette dernière venait de répondre à la question qu'elle ne savait comment formuler, mais sa phrase soulevait une foule de nouvelles interrogations. Il… *postulait* ? Voyant sa perplexité, sa grand-mère lui sourit et reprit, volubile :

— Voilà très longtemps que ton grand-père n'est plus là. J'ai décidé que le moment était venu pour moi de rencontrer quelqu'un. Le résultat, c'est Charlie ! Tu ne devineras jamais où je l'ai rencontré.

— Je ne sais pas… Le Foyer du troisième âge ?

— Non, sur internet ! Alex m'a fabriqué un de ces profils informatiques qui…

Krista n'écoutait plus. Elle se retourna vers Alex, outrée… et assez satisfaite de tenir une si belle occasion d'exprimer sa contrariété.

— Tu as branché ma grand-mère sur les rencontres en ligne ?

Il leva les mains comme un homme qui se rend.

— Ne me regarde pas comme ça ! C'était son idée,

pas la mienne ! Grandma Novak m'a demandé de lui faire ce profil.

Parce que en plus, il l'appelait « Grandma Novak » ?

— De mon temps, on se rencontrait chez des amis communs, intervint Milo Costas de sa voix tranquille. C'est comme ça que j'ai rencontré ma femme.

Avec sa peau mate, ses cheveux noirs et son beau visage anguleux, il ressemblait à un modèle réduit de son fils. Il jeta un regard amical à Krista en précisant :

— Elle est morte quand Alex avait dix-neuf ans.

Cette fois, ce fut Alex que Krista dévisagea avec surprise. Elle eut beau fouiller dans ses souvenirs, il ne lui semblait pas qu'Alex ait jamais mentionné sa mère. Mais ils s'étaient surtout connus dans un lit…

— Je suis désolée, dit-elle en se tournant de nouveau vers Milo.

— Il ne faut pas. Pas pour moi, en tout cas. J'ai mes souvenirs, mon fils, des voisins formidables. La vie est belle !

Grandma éclata de rire.

— Chaque année, Milo trouve le moyen de caser la réplique, expliqua-t-elle en voyant le regard interloqué de Krista. Tu sais bien, le vieux film de Frank Capra ? On le passe toujours à la télé au moment des fêtes.

— *La Vie est belle*, c'est son film préféré, précisa Alex. Quand j'étais petit, on a eu deux chiens… et on les a appelés « George » et « Bailey », comme le personnage de Jimmy Stewart.

— C'est vrai ! s'exclama Milo. Et j'ai aussi convaincu ta grand-mère de proposer le DVD au magasin. Les films qui font chaud au cœur se vendent très bien à cette période de l'année.

Krista posa sa fourchette. Ce qu'ils disaient n'avait aucun sens, elle n'arrivait plus à suivre.

— On vend des films à la pépinière, maintenant ? demanda-t-elle.

— Mais non, pas à la pépinière, voyons, répondit aussitôt Alex. A la Boutique de Noël.

Krista le dévisagea en clignant des yeux. Rien à faire, le brouillard ne faisait que s'épaissir.

— Quelle boutique de Noël ?

— Celle que ta grand-mère a ouverte à côté de la pépinière.

Non, rien à faire, elle ne captait pas. En revanche, elle percevait très clairement la réaction d'Alex qui, sans le dire, se demandait manifestement comment elle pouvait ne pas être au courant de l'existence de ce magasin.

— Nous avons ouvert nos portes le 1er décembre, expliqua Grandma, très droite sur sa chaise, une lueur militante dans l'œil. Nous sommes spécialisés dans les décorations lumineuses pour les jardins et les façades.

Vu sa passion pour Noël et les excès les plus débridés en matière de décoration, Krista trouvait tout naturel qu'elle ait imaginé cette extension de la pépinière familiale. Mais ce qui la glaçait, c'était l'idée d'avoir perdu le contact à ce point. Comment se faisait-il que ce projet n'ait jamais été évoqué au téléphone ? Elle appelait sa mère régulièrement, une fois par mois environ. Même si ces derniers temps, elle avait tendance à raccrocher très vite dès que celle-ci commençait à lui demander quand elle comptait leur rendre visite.

— Tu viendras voir le magasin demain, Krista, poursuivit Grandma. Si tu veux tu pourras même donner un coup de main. Nous sommes débordés en ce moment !

— Bien sûr, répondit-elle avec un sourire.

Un sourire assez crispé car, si elle l'avait pu, elle aurait volontiers évité de mettre les pieds à la pépinière. Mais cela, elle ne pouvait pas le dire.

Grandma battit des mains, enchantée.

— Formidable ! C'est bien que tu sois là ! Je me demande si je te laisserai repartir, après le nouvel an.

— Si elle reste jusque-là, marmonna son père.

— Mais bien sûr qu'elle reste ! clama sa mère. C'est Noël ! Elle n'a aucune raison de s'en aller !

— En fait, si, dit-elle en évitant le regard d'Alex. Je dois retrouver des amis en Suisse le lendemain de Noël. Nous allons faire du ski.

— Tu ne peux pas repartir aussi vite, décréta sa mère.

Krista se raidit, plus décidée que jamais à réserver son billet de retour dès qu'elle se lèverait de table. Elle ne serait pas venue sans la manipulation éhontée de sa mère, et maintenant qu'elle voyait que tout allait bien ici, elle ne comptait pas s'attarder.

— J'ai déjà payé le séjour, maman. Je ne peux pas me le faire rembourser.

La lèvre inférieure de sa mère se gonfla comme celle d'un enfant qui boude.

— Mais si j'étais encore à l'hôpital ?

— Tu ne l'es pas, Eleanor. Laisse ta fille tranquille. Si elle doit rentrer, elle doit rentrer.

Krista saisit son verre d'eau et le vida d'un trait, histoire de faire passer la grosse boule qui lui obstruait la gorge. Une nouvelle fois, l'intervention de son père fut comme un coup de poignard en plein cœur.

Malgré le passage des années, certaines choses ne changeaient jamais ; sa mère était toujours prête à tout pour la retenir et son père n'attendait qu'une chose : la voir passer la porte. Et elle ne pouvait même pas lui en vouloir. S'il était cloué dans ce fauteuil roulant, c'était par sa faute.

2

Krista s'éveilla au son d'un tintement délicat. Quand elle était petite, à Noël, blottie sous ses couvertures bien chaudes, elle tendait l'oreille dans l'espoir d'entendre frémir les clochettes annonçant la magie de Noël. Ces clochettes entraient dans la composition des couronnes décoratives suspendues aux fenêtres de sa chambre ; au moindre courant d'air, elles s'animaient.

Sa chambre, son refuge… Elle gardait un souvenir ému des étoiles lumineuses que son père avait collées pour elle au plafond. Il disait qu'un jour, elle pourrait voyager sur la lune. Adolescente, elle avait couvert ses murs d'affiches célébrant des destinations plus accessibles : Venise, Paris, Rome, Londres. Aujourd'hui, la pièce était transformée en bureau et elle dormait sur le canapé de la salle de jeux au sous-sol. Alors pourquoi entendait-elle encore les clochettes ?

Un nouveau tintement très doux… Elle se redressa sur un coude en écartant ses cheveux de ses yeux. Une forme blanche, fine et nerveuse, bondit dans le fauteuil qui lui faisait face et la contempla de ses yeux verts brillants. Un chat blanc, une clochette suspendue à son collier rouge. Depuis quand sa famille avait-elle un chat ?

— D'où sors-tu, toi ? demanda-t-elle.

Avec une grâce sinueuse, le chat sauta à bas de son fauteuil et disparut dans un dernier tintement de clochette.

Krista se laissa retomber sur l'oreiller avec un soupir… et son regard glissa sur la petite pendule à son chevet.

9 heures ! Jamais elle ne dormait aussi tard ! Son horloge interne était complètement déréglée — à Prague, c'était le début de l'après-midi — et elle n'avait pas pensé à demander, hier soir, à quelle heure elle devait être prête à partir pour cette fameuse Boutique de Noël. Quelle bêtise de n'avoir pas mis son réveil !

Un peu affolée, elle bondit du canapé et se pencha sur sa valise ouverte. Ses choix vestimentaires étaient assez limités, car pour ne pas perdre de temps aux correspondances elle n'avait pris qu'un seul bagage de format cabine. Elle saisit un pantalon foncé et un pull rouge tout simple. Douze minutes plus tard, très exactement, après une escale rapide dans la salle de bains qui jouxtait la chambre — déserte — de sa sœur, elle gravissait au grand trot l'escalier qui menait au rez-de-chaussée. Une odeur exquise de café l'accueillit en haut des marches.

Une jeune femme était assise à la table de la cuisine. Les mains serrées autour d'un mug de café, ses longs cheveux blonds rabattus derrière les oreilles, elle fixait le vide sans s'intéresser au journal déployé devant elle. Rayna ? Oh ! Seigneur… Si elle l'avait croisée dans la rue, elle n'aurait jamais reconnu sa petite sœur. A vingt et un ans, Rayna était devenue une belle jeune femme, plus mince que dans son adolescence, les cheveux plus clairs. Un coup au cœur, un grand sourire, et elle s'avança en s'écriant :

— Rayna ! Tu es superbe !

Les grands yeux bruns de sa sœur se tournèrent vers elle. Elle sourit, un peu mécaniquement, sans esquisser le moindre geste de bienvenue.

— Salut. Les parents m'ont dit que tu étais là.

Krista s'arrêta net, et elle dut cligner des yeux pour maîtriser une subite envie de pleurer. Quel manque de chaleur… Non, elle était bête. Bien sûr que Rayna se montrait distante, on ne pouvait pas s'attendre à de grandes embrassades après tant d'années de séparation.

— Je me lève affreusement tard, avoua-t-elle. Le

voyage était long et, avec le décalage horaire, j'ai perdu la notion du temps.

Pas de réponse. Bien. Elle s'éclaircit la gorge et reprit :

— Je suis venue parce que maman m'a téléphoné en me donnant l'impression qu'elle était vraiment très malade.

— Il y a quelques jours, elle était vraiment très malade. Elle tenait à peine debout, précisa Rayna.

Sa voix n'avait rien d'accusateur, elle ne lui faisait aucun reproche, mais le regard inexpressif qu'elle braquait sur elle la mettait terriblement mal à l'aise.

— Ensuite, elle s'est mise à vomir du sang, poursuivit-elle. Aux urgences, personne ne pouvait nous dire pourquoi.

Krista croisa les bras avec un frisson, impressionnée.

— Les médecins ont tout de même dû comprendre assez vite..., avança-t-elle.

— Pas avant d'avoir fait une endoscopie. Le temps qu'ils commencent le traitement, elle était trop faible pour sortir de son lit. Ils l'ont gardée trois jours à l'hôpital.

Une part de l'agacement de Krista face à la manipulation de sa mère s'effaça.

— Je ne savais rien de tout ça, murmura-t-elle.

— Oui, bon, ce n'est pas comme si tu habitais dans le voisinage.

Oui, c'était tout à fait exact, elle habitait loin. Et alors ? Le téléphone, ça existait, non ? Et internet !

Au prix d'un effort, elle parvint à retenir la riposte qui lui montait aux lèvres. Les yeux de Rayna étaient retombés sur son journal, et Krista nota qu'il était ouvert à la page des sports, une rubrique qu'elle-même sautait toujours. Rayna s'y intéressait-elle ? Ce n'était pas le cas quand elle était petite. Et elle n'avait pas non plus de chat à l'époque — car Krista était prête à parier que celui qu'elle venait de voir en bas était le sien.

— Maman n'est pas là ? demanda-t-elle.

— Elles sont parties tôt, avec Grandma, pour la pépinière, répondit Rayna sans lever les yeux.

Parfait. Krista avait donc aussi raté le départ de sa grand-mère. C'était bien ce qu'elle craignait. Mais elle n'avait pas imaginé une seconde que sa mère se remettrait aussi vite au travail !

— Maman ne devrait pas se reposer ? demanda-t-elle.

— Si.

Krista sentit de nouveau la moutarde lui monter au nez, mais la question était trop importante pour s'arrêter à l'attitude de sa sœur. Calmement, elle demanda :

— Alors pourquoi y est-elle allée ?

— Elle a promis d'en faire le moins possible.

— Et elle va tenir parole ?

— Probablement pas.

Décidément, il n'y avait rien à en tirer ! Elle ne comprenait pas pourquoi Rayna lui opposait ce mur d'indifférence, mais il y avait plus urgent.

— Je vais y aller, dit-elle. Je pourrai déjà m'assurer qu'au moins elle restera assise…

Enfin, Rayna leva les yeux, mais ce fut sans la moindre chaleur qu'elle lâcha :

— Bonne idée.

Krista serra les dents, prit de nouveau sur elle. Elle ne pouvait pas demander à une quasi-inconnue de lui donner instantanément sa confiance, mais la moindre des courtoisies aurait été de… Bref !

— Et papa, il est là ? Il pourrait me conduire là-bas ?

— Papa ne conduit pas, Krista.

Cela, elle aurait dû s'en douter. Ses parents avaient bien acheté une voiture à commandes adaptées, la première année, mais le frein à main n'avait jamais été fiable. Une fois de plus, elle regretta de ne pas avoir réservé une voiture de location.

— Et lui, comment fait-il pour aller travailler ?

— La Boutique de Noël, ce n'est pas son truc, répondit Rayna avec un geste désinvolte.

Son geste attira le regard de Krista sur un beau bracelet

d'argent où était accroché un cœur sur lequel était gravé un nom. « Trey ». Le petit ami de Rayna ?

— Mais la pépinière est toujours ouverte, non ? insista-t-elle.

Habituellement, ses parents fermaient en janvier et février pour rouvrir en mars, au moment où les jardiniers commençaient à préparer le printemps.

— Ils ont fermé tôt, cette année, à cause de la Boutique, lui expliqua Rayna. Heureusement, parce qu'on a eu beaucoup de verglas. C'est difficile pour papa, l'hiver.

Lors de son premier hiver en fauteuil roulant, il avait fait de gros efforts pour ne pas se laisser abattre, et surtout pour rester mobile. Sans supposer qu'il soit parvenu à vivre tout à fait normalement, Krista n'avait jamais envisagé qu'il puisse se retrouver littéralement bloqué à la maison. Cette idée lui fit un mal de chien.

— Où est-il ? demanda-t-elle.

— Dans son bureau. Mais évite d'y aller, il n'aime pas qu'on le dérange.

D'accord ! Non seulement il se retrouvait prisonnier entre quatre murs, mais en plus il jouait les ermites. Cette fois, Krista décida qu'elle avait sérieusement besoin d'un remontant. Elle se dirigea vers la machine à café et se versa une grande tasse. La première d'une longue série, sûrement.

Sans lui prêter la moindre attention, Rayna replia son journal et se leva. A treize ans, elle était déjà presque aussi grande qu'elle, plutôt enveloppée. Aujourd'hui, elle la dominait de plusieurs centimètres, et sa silhouette était voluptueuse.

— Je file au boulot, dit-elle.

— Dis-moi, je ne sais plus, tu as décroché ton diplôme ?

Un signe de dénégation, minimaliste. Un regard calme, indifférent.

— Non. J'ai un petit boulot à mi-temps. Je fais du secrétariat dans un cabinet dentaire en terminant ma formation.

« Mais tout cela, tu aurais dû le savoir », sembla suggérer le regard qu'elle lui lança.

Krista l'ignora. En fait, elle se demandait surtout comment sa sœur s'y était prise pour résister à la pression parentale. Ils l'avaient forcément poussée à les rejoindre à la pépinière !

— Bravo, dit-elle.

Rayna ne daigna pas répondre et se dirigea vers la porte.

Sans réfléchir, Krista lança :

— Attends !

Rayna se retourna à demi, impassible, déjà ailleurs.

— Tu peux me déposer à la Boutique, en allant à ton travail ? demanda-t-elle. Ou à une agence où je pourrais louer une voiture ?

— L'agence de location est trop loin, et mon travail est dans la direction opposée.

Avant que Krista puisse prendre la mesure de ce refus, un chœur de chiens se mit à aboyer l'air de *Jingle Bells*. Elle mit plusieurs secondes à comprendre qu'il s'agissait de la version des fêtes de la sonnette de l'entrée…

— C'est sûrement Alex, dit Rayna.

— *Alex* ?

Elle dut avoir un geste involontaire car une petite gerbe de café brûlant lui éclaboussa la main.

— Qu'est-ce qu'il vient faire ici ? demanda-t-elle.

— Grandma lui a demandé de passer te prendre.

Et elle quitta la cuisine, lui laissant le soin d'ouvrir la porte à Alex, puisque Alex il y avait. Ce qu'elle fit, très consciente de l'ironie de la situation. L'homme qui la critiquait hier soir était prêt à la conduire là où elle avait besoin d'aller, alors que sa propre sœur refusait de le faire.

Pour se rendre de la maison des Novak à la pépinière, à huit kilomètres de là, il fallait suivre une route tortueuse qui contournait la petite ville de Jarrell. Au volant du camion de l'entreprise Costas, Alex dépassa un restaurant, un magasin de nettoyage à sec, la quincaillerie locale et une agence bancaire. De gros flocons de neige brillants étaient suspendus aux réverbères — on ressortait les mêmes décorations tous les ans, mais il aimait bien cette petite touche festive.

— Rien ne change, ici, fit remarquer Krista. C'est toujours aussi... *animé*.

Sans les communes satellites, Jarrell comptait à peine cinq mille âmes, mais Harrisburg se trouvait à une demi-heure à peine, et dans ce rayon, Alex pouvait trouver tout ce dont il avait besoin, y compris des rivières à truites, des chemins de randonnée et des montagnes à photographier.

— Nous sommes quelques-uns à penser que c'est une bonne chose, répondit-il.

— Je n'ai jamais fait partie du club. Moi, j'avais surtout hâte de m'échapper !

— Oui, tu disais que tu mourrais étouffée si tu ne partais pas.

Il freina au feu rouge devant sa boulangerie préférée. Quelquefois, le matin, il passait prendre un bagel cannelle-raisins secs tartiné de fromage frais. Un petit plaisir qui n'avait pas de prix.

— Je suis surprise que tu t'en souviennes, répliqua-t-elle, le regard combatif.

Il n'avait pas oublié, non. Il revoyait même le moment avec une clarté absolue. Ils étaient couchés dans les bras l'un de l'autre, ils venaient de faire l'amour... Il ouvrait la bouche pour lui annoncer qu'il avait deux places pour un concert au Forum de Harrisburg quand, les joues roses, les cheveux en désordre et les lèvres gonflées par ses baisers, elle lui avait appris sa grande nouvelle. Il n'avait plus été question du concert. A quoi bon le mentionner ? Elle partait la veille.

— Je pense que je m'en souviens parce que c'est exactement le contraire de ce que je ressens, moi, répondit-il d'une voix sereine. L'air est propre, ici. Je peux respirer.

— Il y a beaucoup d'endroits où l'air est *propre*, comme tu dis.

— Mais un seul qui soit vraiment chez moi.

Tout de suite, il s'en voulut. A quoi bon chercher à avoir le dernier mot ? Il aimait vivre à Jarrell et elle préférait Prague. Fin de l'histoire.

Le feu passa au vert et il redémarra, en pensant que Krista n'avait rien perdu de la qualité qui lui avait tant plu chez elle : son incroyable vitalité, comme une aura chatoyante, énergisante. Elle rayonnait dans son joli manteau rouge, elle remplissait la cabine du petit camion de sa présence… Peut-être un peu trop, d'ailleurs.

— J'étais assez étonnée que tu acceptes de me conduire, reprit-elle.

— Content de te rendre service.

— Oh ! Allez ! s'écria-t-elle en riant. Tu peux bien avouer que Grandma t'a forcé la main !

Il tourna la tête vers elle et elle soutint son regard, avec toujours cette étincelle de défi au fond des yeux. Décidément, il la trouvait bien alerte pour une voyageuse souffrant du décalage horaire ! Et aussi un peu trop lucide à son goût.

— Tu dis toujours exactement ce que tu penses ? s'enquit-il.

— Et toi ? Tu n'y es pas allé avec le dos de la cuiller, hier soir. Ou à l'instant, d'ailleurs. J'ai très bien compris que tu désapprouves tout ce que je fais. Peut-être même ce que je suis.

Comme il préférait ne pas se laisser entraîner sur ce terrain, il se concentra de nouveau sur sa conduite.

— Tu avais raison, hier soir, dit-il d'une voix neutre. Je n'aurais pas dû te critiquer.

— Mais tu pensais ce que tu disais ?

— Oui.

Il jeta un coup d'œil dans son rétroviseur sur le gros

4x4 qui le suivait de trop près. Le chauffeur avait un portable plaqué à l'oreille, et il n'aimait pas du tout ça.

— Ta mère n'a pas besoin de moi pour dire les choses, elle s'en sort très bien toute seule, ajouta-t-il.

Elle éclata de rire. C'était bien la dernière chose à laquelle il s'attendait.

— Nous avons donc quelque chose en commun, maman et moi ? Bien ! Puisque nous en sommes à l'heure de vérité, explique-moi pourquoi tu m'as plaquée.

Saisi, il se tourna brusquement vers elle. Elle plaisantait ? Non, elle le regardait comme si elle attendait réellement une réponse.

— Je ne t'ai pas plaquée, Krista. Tu es partie t'installer en République tchèque.

— Tu m'as laissée tomber comme une vieille chaussette deux bonnes semaines avant mon départ ! Tu appelles ça co…

Puis elle tendit la main devant eux en s'écriant :

— Feu rouge !

Le feu passait effectivement de l'orange au rouge, mais, avec ce 4x4 collé à son pare-chocs arrière, il n'avait pas le choix. Il accéléra légèrement, et franchit le croisement. Derrière eux, le 4x4 s'immobilisa dans un crissement de pneus.

— Tu as grillé le feu ! s'exclama Krista.

— C'était moins risqué que de m'arrêter.

Et encore, il avait eu de la chance : pas un policier à l'horizon. Comment s'y était-il pris pour rater ce feu, alors qu'il prenait cette route quasiment chaque jour de la semaine ?

— Je te distrais peut-être ? suggéra Krista.

— Non, tu crois ?

Intérieurement, il se jura de garder les yeux rivés à la route pendant le reste du trajet. Et tant pis si ses pensées restaient engluées dans le passé !

— Pour mettre les choses au point, reprit-il, j'ai rompu quand tu m'as annoncé que tu acceptais ton poste.

— Tu devais bien te douter que j'aurais aimé continuer à te voir pendant les deux semaines avant mon départ.

— Pour quoi faire ?

— Pour passer encore de bons moments ensemble.

— Les bons moments allaient se terminer, tôt ou tard.

— J'aurais préféré que ce soit tard.

Il lutta un instant contre un sentiment d'irréalité. Etaient-ils vraiment en train d'échanger des propos aussi invraisemblables ? Après Krista, il n'avait plus jamais croisé une femme capable de dire les choses aussi franchement. C'était assez choquant… mais cela faisait partie du charme qui l'avait fasciné, huit ans plus tôt.

— Cela n'aurait rien changé de passer davantage de temps ensemble, répliqua-t-il. Tu serais quand même partie vivre en Europe, et je serais resté ici.

— Je suppose, oui. Mais ce n'était pas comme si nous nous étions engagés l'un envers l'autre.

Elle avait raison sur ce point. Leur histoire s'était jouée en quelques semaines à peine, mais elle avait duré assez longtemps pour qu'il sache qu'il voulait partager autre chose avec elle que d'excellents moments au lit. L'annonce surprise de son départ lui avait fait l'effet d'une bombe. Le choc passé, il avait été obligé d'admettre que finalement, il ne la connaissait pas du tout.

— Tu aurais pu me dire *avant* que tu envisageais de partir t'installer en Europe.

Cette question, il avait failli la lui jeter au visage à l'époque — mais puisque tout était fini entre eux, il n'en avait pas vu l'intérêt.

— Je n'envisageais rien du tout, répliqua-t-elle. On m'a proposé ce job sans que j'aie rien demandé. Et comme *j'avais peur de mourir étouffée si je restais ici*, j'ai accepté aussitôt.

Aussitôt ? Oui, c'était le mot juste ! Il n'avait rien vu venir. Un jour, il sortait avec une fille extraordinaire à qui il restait un semestre à boucler dans une université de Philadelphie, et le lendemain, il apprenait qu'elle partait s'installer au fin fond de l'Europe. En y repensant, il se rendait compte qu'il avait projeté sur Krista un avenir très semblable à celui de sa mère. Eleanor avait un diplôme de gestion, ses parents possédaient une pépinière, donc elle avait pris la suite ; c'était un choix logique. A moins qu'il ne trouve cela logique uniquement parce que c'était le choix qu'il avait fait, lui ? Non, décidément, il connaissait bien mal Krista.

— A t'entendre, on dirait que tu ne regrettes rien, hasarda-t-il.

— Je ne regrette pas d'être partie, non. Mais si c'était à refaire, j'attendrais juste un peu plus longtemps avant de t'annoncer que j'accepte le poste.

Il sourit malgré lui. Elle semblait parler tout à fait sérieusement, mais il ne pouvait pas risquer de regarder vers elle pour s'en assurer — le dernier kilomètre avant la pépinière était assez abrupt, et seul un remblai étroit séparait la chaussée de la pente.

— Nous aurions tout de même eu notre date de péremption, murmura-t-il.

— Oui ! Mais pense à tout ce que l'on aurait pu faire dans l'intervalle !

Il préférait ne pas y penser, merci !

— Quand c'est terminé, c'est terminé, conclut-il.

Ouf ! Le parking qui desservait à la fois la Boutique et la pépinière s'ouvrait devant lui. Il mit son clignotant, satisfait d'y trouver autant de voitures alors qu'il n'était guère plus de 10 heures. Il négociait le virage avec prudence quand, près de lui, Krista lança soudain :

— Et si ce n'était pas terminé, justement ? Si je te faisais des avances, là, tout de suite, que dirais-tu ?

Des sensations familières fondirent immédiatement sur lui. Cette voix douce, un peu enrouée, c'était celle qu'elle avait au lit, à l'époque. Il n'avait jamais oublié la texture lisse de sa peau… le parfum frais de ses cheveux… le goût très doux de ses baisers… Il glissa le camion dans un espace et coupa le moteur en se concentrant sur un souvenir très différent : ce qu'il avait ressenti le dernier soir, en apprenant que Krista partait alors que leur histoire commençait à peine.

— Tu ne me feras pas d'avances, dit-il à mi-voix. Tu ne resteras pas assez longtemps.

Krista se demanda ce qui avait pu la pousser à dire une chose pareille à Alex. Déjà, sa façon abrupte de rompre avec elle huit ans auparavant l'avait vexée. A ce jour, il restait le seul homme à avoir jamais mis fin à une relation avec elle. Depuis, l'initiative était toujours venue d'elle. C'était peut-être pour cela que son histoire avec Alex gardait un goût d'inachevé ?

Le temps d'enfiler ses gants, elle avait choisi sa ligne de conduite. Elle ne l'enverrait pas paître. Au contraire, elle se montrerait courtoise. De toute façon, il lui restait si peu de temps qu'elle quitterait peut-être Jarrell sans le revoir.

— Merci de m'avoir emmenée.

— Tout le plaisir était pour moi, murmura-t-il en inclinant un peu sa tête brune.

Décidément, elle se rappelait de mieux en mieux pourquoi elle avait craqué pour lui… Physiquement, il était assez spectaculaire, et comment résister à un homme aussi poli ?

— A bientôt peut-être ! lança-t-elle en descendant du camion.

La portière du chauffeur claqua en écho à la sienne. Un instant plus tard, il la rejoignait dans l'allée qui menait à la pépinière.

— Tu n'es pas obligé de m'accompagner jusqu'à la porte, lui fit-elle remarquer. Je suis une grande fille.

— Je ne t'accompagne pas. Moi aussi, je travaille à la Boutique, aujourd'hui.

Il portait un sac de sport noir négligemment jeté sur l'épaule.

— Quel genre de travail ? demanda-t-elle, soupçonneuse.
— Tu verras.
— Une énigme ! Tu sais que je les adore.
Huit ans auparavant, ils s'étaient découvert la même passion pour les romans policiers, anciens et modernes. Quant au cinéma, ils estimaient tous deux que Hitchcock était un génie.

Devant eux se dressait la pépinière avec son visage d'hiver : sinistre. Quelques caisses vides, quelques arbres nus emballés dans des sacs de jute renforçaient son air d'abandon. Krista, qui ne l'avait jamais aimée, ne la supportait que croulant sous les fleurs au printemps. Elle fit encore quelques pas et ouvrit de grands yeux stupéfaits. Quelques mètres plus loin, l'ambiance changeait du tout au tout. Suspendue à un poteau peint en rouge, une charmante enseigne de bois sculpté annonçait « La Boutique de Noël » en calligraphie blanche sur fond vert. Adossé à ces mots, un adorable lutin attendait le client. Au-delà de l'enseigne, une entrée vitrée dans laquelle se massaient des poinsettias rutilants… qui la ramenèrent, bien évidemment, à sa première rencontre avec Alex. Il n'avait pas été le seul à encaisser un gros choc, ce jour-là. S'il n'avait pas renversé son chariot, elle aurait trouvé un autre prétexte pour aller lui parler.

Elle lui jeta un regard rapide. Comment avait-il fait pour devenir encore plus beau pendant son absence ? Plus solide, plus posé, plus impressionnant aussi avec sa haute taille et ses larges épaules. Sa chevelure noire était un peu plus longue, ses cheveux dessinaient maintenant de courtes boucles sculptées comme celles des statues antiques, adoucissant son visage anguleux.

Quand il posa la main sur ses reins pour la faire passer devant lui, elle sursauta malgré elle. Pourtant, emmitouflée comme elle l'était, ce n'était pas comme s'il touchait sa peau ! Oh ! Et puis qui cherchait-elle à tromper ? Il l'attirait toujours autant sur le plan physique.

Et elle était tout à fait sincère, tout à l'heure, quand elle menaçait de chercher à le séduire.

— Ta famille a décidé de ne pas installer la Boutique dans les locaux de la pépinière, expliqua-t-il. Ils ont construit sur l'emplacement de l'ancien entrepôt.

L'évocation de l'entrepôt balaya d'un coup toutes ses pensées coquines. Très grand, toujours humide et sombre, c'était l'endroit qu'elle aimait le moins dans l'entreprise familiale — ce qui n'était pas peu dire !

— Ta mère et ta grand-mère sont très fières de ce qu'elles ont accompli, ajouta-t-il.

Cela ressemblait un peu à un avertissement. Cherchait-il à la mettre en garde, pour qu'elle n'aille blesser personne par manque de tact ? Comme si elle était capable de faire une chose pareille ! Vexée, blessée même, elle préféra ne rien répondre.

Il lui ouvrit la porte, la chanson comique sur la grand-mère renversée par un renne éclata à ses oreilles, et elle s'avança dans un kaléidoscope de couleurs.

Une boutique illuminée comme un feu d'artifice. Cela, elle s'y attendait. En revanche, on avait fait preuve d'un bon goût surprenant au niveau de la décoration. Le plafond était doré, les murs rouges. Des sapins artificiels joliment décorés se dressaient à l'entrée des travées, entre des présentoirs débordant de décorations de toutes sortes.

— Krista ! Alex !

Grandma devait les guetter, car elle se précipita vers eux dans un envol de sa longue jupe rouge. Elle était charmante dans son costume, avec une petite veste relevée de bandes de fourrure blanche.

— Alors ? Que dis-tu de notre Boutique, Krista ?

— C'est fabuleux. Je suis impressionnée. Vraiment.

— Grandma Novak a dessiné les plans elle-même, lui apprit fièrement Alex. Elle savait exactement ce qu'elle voulait.

— Aujourd'hui, je ne suis pas Grandma Novak,

protesta l'intéressée en remontant ses lunettes sur son nez. Je suis la Mère Noël !

— Le rôle te va comme un gant, assura Krista. J'adore ton costume.

— J'en ai déjà vendu quatre cette semaine !

Elle jeta un regard à la ronde, baissa la voix et ajouta en pouffant :

— Tu n'imagines pas ce que les gens sont prêts à acheter. Viens voir !

Elle les entraîna jusqu'à un présentoir et saisit un objet posé sur une pyramide de boîtes identiques. Perplexe, Krista découvrit un petit Père Noël qui tenait étroitement fermés les pans de son manteau rouge. Quand Grandma pressa un bouton, la figurine se mit à se tortiller au son du tube *Santa Baby*, puis ouvrit tout grand son manteau. En dessous, elle ne portait qu'un caleçon vert semé de petites lumières.

— Un Père Noël exhibitionniste ! s'exclama Grandma en riant aux éclats. Une de nos meilleures ventes !

Le rire grave et chaleureux d'Alex jaillit… et Krista ne put réprimer un frisson.

— Vous comptez en offrir un à Charlie ? demanda-t-il avec un sourire affectueux.

— Non ! Surtout pas ! Mais je ne peux pas penser à Charlie aujourd'hui, Burton va passer au magasin.

— Burton ? répéta Krista, médusée. Je croyais que tu t'intéressais à…

— Mais oui, la coupa sa grand-mère avec un grand geste fataliste. Mais Burton a vu mon profil et il a demandé à me rencontrer. Qu'est-ce que je pouvais répondre ?

— Eh bien… « non », tout simplement !

Décidément, sa grand-mère n'avait pas encore bien saisi les ficelles des sites de rencontres !

— Sur cette conclusion, je file me changer, annonça Alex.

« Se changer en quoi ? » se demanda Krista en le regardant s'éloigner de sa démarche souple, incroyablement sexy. Elle laissa échapper un bref soupir… et sa grand-mère lui saisit la main.

— Viens. Je te fais visiter en vitesse et ensuite, je te mets au travail.

La visite fut effectivement rapide, et les explications si enthousiastes et embrouillées que Krista eut parfois du mal à suivre. En gros, la Boutique proposait toutes sortes d'illuminations, décorations, crèches et objets à collectionner. Tout au fond du magasin, un grand bac circulaire entouré d'un filet était rempli de boules vertes et rouges.

— Un bac à balles ! Quelle idée fabuleuse, s'exclama Krista. Pendant que les enfants s'amusent, les parents achètent !

— C'est Alex qui a eu cette idée, lui apprit sa grand-mère. Il nous a fait imprimer des flyers que nous avons distribués dans toute la région. Je ne sais pas ce que nous ferions sans lui.

Agacée, Krista réprima une grimace. On en revenait toujours à Alex !

— Les activités pour les enfants vont bientôt commencer, annonça Grandma. Rends-moi service, essaie de convaincre ta mère de superviser le bac à balles. Il y a un siège, elle pourra se reposer un peu.

Krista aperçut sa mère qui tenait la caisse, affublée d'un serre-tête surmonté de bois de renne en peluche. Elle était encore un peu pâle, mais elle eut un sourire éclatant en la voyant.

— Ma grande, tu es arrivée ! Je suis contente, nous aurons bien besoin d'un coup de main aujourd'hui. J'ai comme l'impression que notre Père Noël va attirer les foules. Ah ! Le voilà !

Krista suivit son regard… et découvrit un Père Noël nouveau genre. Grand et musclé, entièrement vêtu de rouge, il tenait davantage du super-héros que du grand-père rond et jovial. Sa démarche lui était très familière, et son visage sous la barbe blanche…

— C'est *Alex* ? murmura-t-elle, stupéfaite.

— Il n'est pas chou ? s'écria Grandma, attendrie. Comme Milo était déjà pris au centre commercial, il a proposé de le remplacer.

— Proposé… disons que tu l'as supplié à genoux, précisa Eleanor.

— Je ne l'ai pas supplié, corrigea Grandma avec dignité. Je l'ai soudoyé avec des cookies de Noël.

Et elle se précipita à la rencontre d'Alex, qui était déjà entouré d'enfants, lui prit le bras, et l'entraîna vers une sorte de trône que Krista n'avait pas remarqué lors de sa rapide tournée des lieux. Surexcités, les enfants se bousculèrent pour former une file d'attente devant lui.

— Bon, j'y vais, annonça Eleanor. Je laisse la caisse à ta grand-mère et je file contrôler la foule.

Krista la retint au moment où elle allait plonger dans la mêlée.

— Non, j'y vais, moi, maman. Occupe-toi plutôt du bac à balles. Là, au moins, tu pourras t'asseoir.

— Je n'ai pas besoin de m'asseoir.

— Si. Tu sors tout juste de l'hôpital et tu as promis à Rayna d'y aller doucement.

— Cette cafteuse !

Les bras croisés sur la poitrine, sa mère se mordilla la lèvre, pensive.

— Bon, je veux bien te laisser la file d'attente du Père Noël, mais il te faudra une autre tenue.

Krista soupira.

— Je veux bien mettre ce serre-tête…

— Attends ! J'ai mieux.

Ellie se dirigea droit sur un présentoir, saisit un paquet et le lui remit avec un sourire gourmand.

Méfiante, Krista examina l'emballage. L'illustration montrait une fille aux formes plantureuses vêtue d'un collant vert et d'une courte robe rouge…

— Tu seras un lutin du Père Noël ! s'écria sa mère, enchantée. Ce sera drôle, non ?

3

Dans la file qui patientait devant le trône du Père Noël, une toute petite fille ne manifestait pas l'état d'esprit voulu. Six mois à peine, adorable avec ses boucles fines et ses grands yeux, sa présence aurait été plus agréable si elle ne s'était pas mis en tête de hurler assez fort pour couvrir la musique d'ambiance du magasin.

— Cette petite a d'excellents poumons ! fit remarquer une jeune femme, une blonde remarquablement jolie que Krista avait remarquée dans les travées du magasin.

— Une bonne endurance aussi, renchérit Krista avec un sourire.

La toute petite fille refusait de s'apaiser, malgré les efforts de sa maman qui lui chuchotait des mots tendres à l'oreille en la faisant sautiller dans ses bras. Mais ! Cette jeune maman si gênée, Krista la connaissait ! Tracy. Elles étaient ensemble au lycée, et même membres du comité d'édition de l'annuaire illustré de leur année. Depuis, bien sûr, elles avaient perdu le contact.

— Je suis désolée, s'excusait-elle auprès des enfants qui attendaient de parler au Père Noël et de leurs parents. Je partirais, mais c'est presque le tour de mon petit garçon.

Son fils, un petit bout à l'air sérieux âgé de quatre ans peut-être, gardait le regard braqué droit devant lui en faisant mine de ne pas entendre les cris de sa petite sœur. Il devait redouter que sa mère l'arrache à la file d'attente juste avant le grand moment. Dès que le gamin précédent eut terminé son entretien, il se précipita pour prendre sa place.

— Ne bouge pas, mon chéri, je prends la photo, dit Tracy en s'efforçant de jongler avec sa fille toujours furieuse et l'appareil photo qu'elle avait bien du mal à régler.

Krista ouvrait la bouche pour lui proposer de tenir sa fille quand Tracy la tendit à Alex.

— Vous voulez bien la tenir, Père Noël ? Comme ça, j'aurai mes deux enfants sur la photo.

Elle ne lui laissait guère le choix ! Alex prit le bébé sans hésiter et l'installa sur son genou en lui soutenant la tête d'un air très professionnel. Il souriait derrière sa barbe. La petite fille leva vers lui ses jolis yeux noyés de larmes… et se tut.

— Çà alors ! Un miracle de Noël, lança Krista, très amusée.

Plusieurs personnes se mirent à rire.

— Pas un miracle, non, assura la jeune femme blonde en riant. C'est juste Alex.

— Vous connaissez A… le Père Noël ?

— C'est pour lui que je suis venue. Vous voyez le garçon blond dans la file ? C'est mon fils, Derrick, il a cinq ans. Chaque fois que je l'emmène voir le Père Noël, il se dégonfle. J'ai pensé que cette fois ce serait différent.

— Alex est si doué avec les enfants ?

— Regardez cette petite fille, elle l'adore !

En effet, cette dernière tirait la barbe du Père Noël en riant.

— Quand nous étions ensemble, Alex et moi, mes nièces et neveux le réclamaient à longueur de temps… et moi aussi, reprit la jeune femme blonde.

Krista tressaillit. Une femme mariée n'aurait pas ajouté cette dernière précision. Instinctivement, elle chercha des yeux la main gauche de son interlocutrice… Pas d'alliance, juste un léger anneau de peau plus pâle à l'annulaire.

— Alex est un ex-petit ami, pas un ex-mari, expliqua la jeune femme qui ne s'était pas trompée sur ce coup d'œil machinal. Notre histoire n'a jamais vraiment décollé. A l'époque, il n'arrivait pas à se remettre d'un chagrin d'amour.

— Je ne savais pas qu'il avait eu une histoire aussi sérieuse.

Les yeux habilement maquillés de son interlocutrice se braquèrent sur elle.

— Vous le connaissez bien ?

Un instant, Krista fut tentée de mentir, mais elle se ravisa.

— Un peu, quand j'étais jeune. A peine, en fait.

La jeune femme sembla se détendre.

— Nous étions ensemble au lycée, raconta-t-elle, mais nous sommes sortis ensemble plus tard, à l'époque de l'université. J'étais folle de lui, mais son ancienne copine l'avait salement amoché. Je crois qu'elle est partie vivre à Paris.

Krista inspira brusquement. Prague, Paris… C'était assez facile de confondre, des années plus tard.

— C'est drôle comme les choses s'enchaînent, poursuivit son interlocutrice. J'ai épousé le premier garçon avec qui je suis sortie après Alex… Notre divorce vient d'être prononcé le mois dernier. Ah ! C'est au tour de Derrick !

Elle se mit à fouiller dans son élégant sac noir, en sortit un appareil photo et s'approcha vivement du trône.

Muette, Krista s'écarta pour la laisser passer. En cinq minutes à peine, elle en avait appris plus qu'elle n'en aurait souhaité. Mais en huit ans, il s'en passait, des choses…

Elle se reprit et revint à l'instant présent. Tétanisé, le petit Derrick contemplait le Père Noël sans bouger. Alex se tapota le genou avec un regard amical.

— Dis donc, tu es un grand garçon, toi. Essaie de ne pas m'écraser, d'accord ?

— D'accord, souffla le gamin en pouffant de rire malgré lui.

Assez impressionné tout de même, il escalada le genou gainé de rouge. Sa mère mitraillait la scène sous tous les angles.

Tracy, qui achevait d'enfiler son blouson à son petit garçon, reconnut Krista et s'approcha, toute contente, pour bavarder. Elles ne purent échanger que quelques phrases et Tracy s'éclipsa vite, car, coupée de l'influence mystérieuse d'Alex, sans doute, sa petite fille s'était remise à pleurer.

Mais il sembla à Krista que, malgré le départ de la fillette en pleurs, le volume sonore n'avait pas diminué pour autant. Il y avait toujours la sono et son cycle perpétuel de chants de Noël, le brouhaha des conversations des clients. Un peu étourdie, elle fit un résumé de ce que la jeune femme blonde lui avait révélé. Elle ne pensait pas avoir *amoché* Alex et pourtant, il ne pouvait s'agir que d'elle ! Ce serait une trop grande coïncidence qu'une seconde petite amie soit allée s'installer en Europe. La période semblait correspondre, mais le reste du récit ne tenait pas debout. Ils n'étaient sortis ensemble qu'une quinzaine de jours ! S'il avait éprouvé des sentiments aussi puissants pour elle, il aurait cherché à la retenir !

— Pardon, mademoiselle, vous savez où je peux trouver Leona Novak ?

L'homme qui l'interrogeait avait à peu près l'âge de sa grand-mère ; il avait perdu ses cheveux sans perdre son charme. Le fameux Burton, sans doute ? En le voyant, Krista comprit pourquoi sa grand-mère avait tenu à le rencontrer ! Avec son visage ouvert et souriant et l'étincelle d'humour dans son regard, il était réellement attirant ! Elle le dévisagea avec intérêt et lui sourit.

— Elle est à la caisse, dit-elle.

— D'accord, je la vois. Elle est jolie, non ? Même quand elle se déguise en Mère Noël.

Tiens ? Mais il lui semblait bien que sa grand-mère lui avait dit n'avoir jamais rencontré Burton…

— Vous connaissez déjà ma grand-mère ?

— Votre grand-mère ? Vous devez être Rayna ou Krista ! Je suis Charlie Crosby, le galant de Leona. J'ai eu envie de passer la voir à l'improviste.

Oh, Seigneur ! Charlie, pas Burton… Et Burton… pouvait se présenter d'un moment à l'autre !

— Moi c'est Krista. Je suis contente de vous rencontrer, Charlie. J'ai aussi entendu parler de vous, assura-t-elle en réfléchissant à toute allure.

— C'est bon signe ! Si Leona parle de moi à sa famille, j'ai dû l'éblouir autant qu'elle m'a ébloui.

Il mima un coup de chapeau et se dirigea vers la caisse.

La jeune maman blonde avait enfin terminé ses photos. Elle fit descendre son fils des genoux d'Alex en posant un baiser assez appuyé sur la joue de celui-ci. Une chose au moins était claire, elle ne demandait pas mieux que de renouer avec lui ! Enfin, le moment était mal choisi pour s'en inquiéter — ou même pour se demander pourquoi cette perspective la dérangeait. Le plus urgent était d'empêcher une collision entre les prétendants de sa grand-mère !

— C'était un plaisir de te revoir, Alex.

L'heure du déjeuner était arrivée, Alex avait faim, mais Julia Merrifield ne semblait pas décidée à le laisser prendre sa pause.

— J'ai eu de la chance, expliquait-elle. J'ai croisé ton père et il m'a dit que tu serais ici. Tu as été formidable avec Derrick. D'habitude il est plutôt timide.

Là-bas, Krista discutait avec un homme assez âgé sanglé dans un imperméable, dont les cheveux se dressaient sur la tête comme ceux du savant fou de *Retour vers le futur*.

— A mon avis, Derrick était prêt à monter sur les genoux du Père Noël, répondit-il un peu distraitement.

Il n'est pas vraiment timide, regarde comme il avait hâte d'aller dans le bac à balles avec son copain.

— Tu n'as peut-être pas tort, reconnut-elle en se penchant un peu vers lui. Mais tu es tout de même formidable.

— Merci.

Que répondre d'autre ? Julia était chaleureuse, tendre, physiquement superbe, mais il n'avait aucune envie de revenir vers elle. Eleanor Novak avait vu juste, il voulait s'engager, fonder une famille. C'est ce qu'il avait toujours voulu et Julia avait toutes les qualités requises… mais elle n'était pas la femme de sa vie. Il aurait été incapable d'expliquer pourquoi.

Krista non plus, bien sûr. D'ici quelques jours, elle serait repartie à des milliers de kilomètres. Et pourtant, son regard ne cessait de revenir vers elle. Sa robe de lutin n'arrangeait pas ses affaires — même en collant vert, elle était irrémédiablement… sexy. Elle semblait ennuyée par ce que lui disait cet homme. Peut-être devrait-il aller…

— Je te verrai au Timeout après Noël ?

La question de Julia le ramena à l'instant présent. La jeune femme faisait référence au bar le plus sympathique de Jarrell, un rendez-vous des sportifs avec une formidable carte de bières.

— Tu as sûrement appris que Malt Green voulait réunir toute la bande ? poursuivit-elle.

Pour la première fois, Alex lui accorda toute son attention. Malt et lui avaient été très proches à une époque, quasiment des frères. Ils partageaient la même passion pour le VTT et la photo.

— Non, je ne savais pas que Malt était en ville. Comment va-t-il ?

— Vous n'avez pas gardé le contact ? demanda Julia, très surprise. Il va très, très bien. Son entreprise fait un tabac.

— Je suis content pour lui.

Il était sincère. Il souhaitait tout le bonheur possible à son ami. Mais cela lui demanda tout de même un effort de prononcer la phrase. Julia dut relever quelque chose d'insolite dans son attitude, car elle fronça les sourcils.

— Je me trompe ou il avait été question que vous montiez une affaire ensemble, tous les deux ?

Elle ne se trompait pas. A une époque, Malt et lui rêvaient effectivement de monter une boîte qui éditerait des calendriers et des agendas illustrés de très belles photos de paysages. Ce projet, Malt l'avait réalisé seul. Aujourd'hui, il vivait à Toronto et dirigeait l'entreprise qu'il avait baptisée Greenscapes, Ltd.

— Il en a été question un temps, répondit-il d'un ton léger. Mais j'ai finalement décidé de travailler avec mon père.

— Tu fais sûrement un boulot formidable, conclut-elle avec un beau sourire. Je ferais bien de sortir Derrick du bac à balles. J'espère te voir au Timeout.

Il hocha la tête sans répondre.

Dès que Julia s'éloigna, il marcha droit vers Krista. Elle était toujours avec l'homme à l'imperméable et ,bizarrement, ils avaient l'air de danser, tous les deux : chaque fois que l'inconnu faisait un pas à gauche, Krista faisait un pas à droite comme pour lui barrer le passage. Il y avait là quelque chose d'insolite qu'il avait très envie de comprendre.

— Mais je vous dis que je ne veux pas de sapin artificiel, s'exclamait le vieux monsieur quand il s'approcha.

— Comment pouvez-vous en être sûr tant que vous ne les avez pas vus ? répliqua Krista avec un sourire tout à fait commercial. Si vous ne tenez pas à en acheter un tout de suite, vous pouvez toujours choisir aujourd'hui et revenir au moment des soldes !

Puis, en le voyant s'approcher, elle s'accrocha à son bras.

— Nous avons une sélection formidable, n'est-ce pas, Père Noël ?

Alex, qui se faisait l'effet d'un conspirateur à qui on n'aurait pas expliqué son rôle, confirma avec conviction.

— Je ne suis pas venu choisir un sapin, se plaignit l'inconnu. Je cherche Leona Novak.

— Je sais ! Je vous ai déjà dit que je ne suis pas très sûre…

Alex ouvrait la bouche pour indiquer à l'homme où il pouvait trouver Grandma Novak quand le bout pointu d'une chaussure de lutin percuta sèchement sa cheville.

— Aïe !

— Ecoutez, je vais essayer de vous la trouver, proposa chaleureusement Krista. Pendant ce temps, Père Noël, vous voulez bien montrer les modèles de sapins à *Burton* ?

Qui était ce type, et pourquoi Krista insistait-elle tant sur son nom ?

— Mais il ne cherche pas…

Une petite main de fer se crispa sur son bras. Docile, il se tut.

— Excusez-nous un petit instant, dit-elle en lançant un sourire éblouissant à l'inconnu.

Elle entraîna Alex un peu à l'écart et se haussa sur la pointe des pieds pour lui parler. Ses cheveux sentaient incroyablement bon, comme un vent pur sur la montagne en hiver. Il aurait aimé la prendre dans ses bras, rien que pour mieux respirer ce parfum… mais il doutait qu'elle apprécie.

— Tu ne comprends pas vite, toi ! dit-elle entre ses dents. Je cherche à gagner du temps, pas à envoyer ce type droit sur Grandma !

— Mais pourquoi ?

— C'est *Burton* !

Puis, comme il la contemplait, toujours aussi perplexe, elle leva les yeux au ciel d'un air exaspéré et précisa :

— Tu sais bien ! Burton, le type qu'elle a rencontré en ligne et à qui elle a proposé de passer à la Boutique.

— Ah, oui. Et alors, où est le problème ?

— Charlie Crosby est *aussi* là, il lui fait une visite surprise. Il faut laisser repartir Charlie avant qu'il tombe sur Burton.

— Pourquoi ? Ce serait un problème qu'ils se croisent, tous les deux ?

Campée devant lui, les mains sur les hanches, elle secoua la tête avec assez d'énergie pour faire voltiger ses cheveux bruns.

— Burton pourrait tout gâcher entre Grandma et Charlie !

— Ou il pourrait générer un effet de saine concurrence, répliqua-t-il. Si ça se trouve, Grandma Novak s'est même arrangée pour qu'ils viennent tous les deux en même temps.

— Non. Charlie m'a dit qu'il était passé sans prévenir, pour lui faire la surprise. Alex, voilà plus de vingt ans que Grandma est sortie du circuit, elle ne sait plus du tout s'y prendre avec les hommes.

Elle braqua sur lui un regard sévère et lança :

— Maintenant, tu comptes m'aider, oui ou non ?

Vu la façon *aimable* dont elle le lui demandait, il aurait été fou de refuser !

— Très bien, dit-il. Je me charge de distraire Burton.

— Merci !

Il eut droit à un sourire lumineux, puis elle s'éclipsa, en empruntant un chemin détourné, sans doute pour que le malheureux Burton ne puisse deviner sa destination finale. Quand il le rejoignit, ce dernier tourna vers lui un visage pincé de contrariété sous la crête hérissée de ses cheveux blancs.

— Je vous préviens, ne vous avisez pas de me montrer des sapins en plastique ! lança-t-il aussitôt.

— Oh moi, je suis le Père Noël, je ne contrarie personne, répondit calmement Alex.

Burton sembla se détendre un peu.

— Ah. Bien. Tout à fait entre nous, confia-t-il, quand j'ai croisé cette Leona Novak en ligne, je ne m'étais pas rendu compte de son âge. Le temps de mettre mes lunettes, je lui avais déjà envoyé une invitation. En fait, elle est un peu vieille pour moi.

Alex le toisa. Toute la sympathie qu'il avait pu éprouver pour le bonhomme venait de se volatiliser.

— Pardon ? s'enquit-il froidement.

— Je me serais décommandé, enchaîna Burton sans l'écouter, puis je me suis dit, oh, allez, la pauvre, je ne vais pas la décevoir.

— Qui vous dit que ce n'est pas vous qui allez la décevoir ?

— Ce n'est pas pareil pour les hommes. Nous nous bonifions en vieillissant.

Grandma Novak ne mettrait pas dix secondes à envoyer promener ce type, pensa Alex. De loin, il vit Krista raccompagner Charlie Crosby vers la sortie. Elle aurait mieux fait de montrer la porte à Burton !

— Eh bien, si j'ai un conseil à vous donner, cher monsieur, c'est de partager votre point de vue avec Leona. Elle appréciera !

— Vous croyez ? demanda Burton, la mine réjouie.

— J'en suis sûr. Et tenez, justement, la voilà, à la caisse. Droit devant vous, vous ne pouvez pas la rater.

— Je fonce.

Et Burton fila, tout faraud, vers son exécution.

Alex vit Krista revenir vers lui, un grand sourire illuminant ses yeux. Il se sentit assez fier de lui d'avoir remarqué ses yeux — il fournissait un sérieux effort de volonté pour ne pas s'intéresser… au reste de son anatomie.

— Mission accomplie ! lança-t-elle. J'aime beaucoup Charlie.

— Je déteste Burton. Regarde, ajouta-t-il en lui montrant le comptoir auquel le vieux bonhomme venait de s'accouder, l'air avantageux. D'une seconde à l'autre, ta grand-mère va l'envoyer paître.

Il terminait à peine sa phrase quand ils virent Leona braquer un index indigné vers son visiteur. Impossible, à cette distance, d'entendre ce qu'elle lui disait, mais Burton recula de plusieurs pas. Un instant plus tard, il tournait les talons et filait vers la sortie, tête basse.

— Comment savais-tu qu'elle allait faire ça ? demanda Krista, assez impressionnée.

— Une intuition. Dis, je vais faire une pause rapide pour déjeuner. Il y a des sandwichs, des chips et des boissons dans la salle de repos. Tu viens ?

— Je vais plutôt relever ma mère au bac à balles. Elle a davantage besoin d'une pause que moi.

— Bonne chance pour essayer de la convaincre !

— Oh ! J'y arriverai. Je sais me montrer très persuasive. C'est un talent que nous avons, chez les Novak.

Elle s'éloigna, sa robe de lutin bruissant autour de ses hanches souples.

Il la suivit du regard jusqu'à ce qu'elle s'engouffre dans une travée latérale, et quand elle disparut, il resta encore paralysé un instant. Puis il laissa échapper un long soupir. Si jamais elle mettait sa menace à exécution, si elle cherchait à le séduire, il n'était pas du tout certain de pouvoir lui résister. Surtout si elle se *montrait très persuasive* !

Son écharpe remontée sur le nez pour se protéger du froid, Rayna traversa rapidement le parking en direction du grand bâtiment gris à toit plat. En poussant la porte vitrée, elle aurait aimé plonger dans une bonne chaleur, mais la patinoire en hiver n'était pas l'endroit idéal pour se réchauffer. Stoïque, elle s'engagea dans le large couloir de béton qui s'ouvrait devant elle en retirant ses gants. D'ici, elle entendait déjà un brouhaha de voix masculines et le crissement des patins.

Dès qu'elle franchit la seconde porte vitrée qui menait à la patinoire proprement dite, les cris des joueurs se firent assourdissants, et elle sentit sur son visage le souffle de la glace. Tout de suite, elle leva les yeux vers le grand panneau qui affichait le score. 2 à 2, et le match tirait à sa fin. Une équipe en pulls sombres désassortis, certains avec des numéros fixés à l'adhésif, jouait contre une équipe en blanc. Le plus rapide de la première équipe — le numéro 7, le nombre de la chance — déroba le palet à son adversaire sur la ligne centrale et fila vers le but adverse, deux joueurs beaucoup plus lents dans son sillage. Il feinta vers la gauche, tira par la droite, rata magistralement le filet et jura si fort que Rayna l'entendit distinctement.

— Frimer devant ta gonzesse, ça ne compte que si tu balances la sauce, Trey ! cria l'un de ses équipiers.

Sans l'écouter, Trey se rua sur le palet mais se fit coiffer au poteau par un joueur de l'autre équipe.

Elle était la *gonzesse* de Trey, pensa Rayna. Oui, on pouvait le dire, cela faisait tout de même un an qu'ils sortaient ensemble. Seulement ils n'avaient jamais parlé avenir, ou tenté de mettre un nom sur leur relation. Ils ne s'étaient jamais promis l'exclusivité ; ils se voyaient, voilà tout. Un frisson la saisit, elle se serra dans son manteau sans savoir si elle tremblait de froid ou à l'idée de ce qu'elle allait devoir annoncer à Trey. Elle-même ne savait que depuis ce matin. Elle venait de faire le test quand sa sœur était montée la rejoindre. Sous le choc, elle ne se souvenait même plus de ce qu'elles s'étaient dit. Puis elle avait passé sa journée au cabinet dentaire dans une sorte de brouillard. Et maintenant…

Dans un monde idéal, elle se serait confiée à sa grande sœur. Dans un monde idéal, sa sœur serait une amie et pas une inconnue qu'elle n'avait pas revue depuis huit ans.

— Rayna !

Une petite femme menue, la tête auréolée de boucles rousses, lui faisait signe de la rejoindre dans les gradins presque déserts. Mimi, la compagne de l'un des joueurs de l'équipe et une bonne copine, bien qu'elle ait quelques années de plus qu'elle. Quand Rayna s'approcha, Mimi se poussa pour lui faire une place sur le banc de métal et entreprit de lui résumer la situation.

— Trey fait un bon match. Il a marqué l'un des buts et participé à l'autre.

— Et Bob ? demanda Rayna en s'installant près d'elle, blottie dans son manteau.

Mimi éclata de rire.

— Oh ! Bob, il n'y a rien à en tirer. Qu'est-ce que tu fiches ici, d'ailleurs ? Je croyais que tu devais faire des heures supplémentaires chez ton dentiste.

Elle aurait dû, oui, mais elle avait inventé un vague prétexte pour se libérer. Il fallait absolument qu'elle voie Trey seule à seul, et chez lui, c'était mission impossible : il vivait avec trois colocataires et l'un des trois au moins était toujours à la maison en même temps que lui.

— Le cabinet a fermé tôt aujourd'hui, mentit-elle. Je suis passée rappeler à Trey qu'il est censé venir faire la tournée des chants de Noël ce soir avec ma famille.

— Bravo ! Tu as déjà compris qu'il faut garder son homme à l'œil. Méfie-toi, il est déjà question d'aller boire un verre après le match. C'est aussi pour ça que je suis là.

Une clameur jaillit de la glace. Devant le but, le gardien vautré à ses pieds, Trey levait les bras en hurlant de joie. L'arbitre signala que le but était bon, et toute l'équipe se rua sur Trey pour lui taper dans le dos.

— Applaudis, lui conseilla Mimi en joignant le geste à la parole avec un grand sourire. Trey croira que tu l'as vu marquer le but gagnant.

Feignant de se joindre à la liesse, Rayna s'exécuta.

Il restait à peine une minute de jeu. L'autre équipe lança son gardien de but sur la glace en renfort, mais les attaquants n'étaient pas assez habiles pour garder la maîtrise du palet. Bientôt, la sonnerie de fin anéantit tous leurs espoirs.

Trey laissa échapper un grand cri de victoire et passa à toute vitesse devant les gradins en brandissant sa crosse. Pendant qu'il entamait le circuit des poignées de main rituelles avec ses adversaires, Rayna quitta Mimi. Elle voulait être sûre de cueillir Trey dès qu'il quitterait la glace. Bientôt, il fila vers elle et s'arrêta dans une gerbe de cristaux de glace.

— Wou-hou ! hurla-t-il, euphorique.

Trey n'était pas le plus beau garçon avec qui Rayna était sortie, mais elle le trouvait irrésistible avec ses épais cheveux bruns, ses yeux bleus électriques, son sourire séducteur... Il était charmant, joyeux, presque toujours de bonne humeur. Elle avait craqué pour lui dès le premier regard, le jour où il était entré au cabinet dentaire, très décontracté, pour un check-up de routine.

— Tu as vu ce but ! s'exclama-t-il, survolté.

Elle n'eut pas le loisir de répondre, il l'avait déjà happée dans ses bras pour un baiser vorace. Il était grand, ses patins ajoutaient plusieurs centimètres à sa taille, et elle se haussa sur la pointe des pieds en sentant une brûlure délicieuse se répandre dans tout son corps. Ce n'était pas nouveau. Les baisers de Trey lui faisaient toujours le même effet.

— Deux buts pour toi, réussit-elle à articuler quand il la lâcha.

— Quel match !

Sa joie faisait plaisir à voir ; on aurait dit un gamin. A vingt-deux ans, il était beaucoup moins clair qu'elle sur ce qu'il voulait faire de sa vie. Il travaillait dans un magasin de prêt-à-porter très tendance, parlait de faire une formation de barman. De temps en temps, quand Alex et son père étaient débordés, il donnait un coup de main chez Costas Paysages.

— Je me douche et j'arrive, dit-il après un dernier baiser rapide. Tu m'attends ? Surtout, ne bouge pas.

— D'accord.

Elle retourna s'asseoir sur le banc le plus proche. Les gradins s'étaient vidés, elle ne voyait plus Mimi. Trey s'arrêta à la bonbonne d'eau installée près de la porte des vestiaires pour se servir à boire. Ses équipiers quittaient la glace à leur tour dans un brouhaha de rires et de commentaires.

— Alors tu ne viens vraiment pas avec nous, Bob ? lança l'un des joueurs.

— Je ne peux pas, Mimi a prévu quelque chose.

— Dis-lui que toi aussi ! Un homme peut quand même faire ce qu'il veut, non ?

— Sauf s'il est marié, plaisanta un autre. Là, il est fichu.

Ils se dirigèrent vers les vestiaires, se dandinant sur leurs patins. Trey les attendait en leur tenant la porte.

— Toi au moins, tu viens, hein ?

— Un peu que je viens ! répliqua Trey avec entrain.

— Ta copine ne va pas faire la tête ?

— Non. Elle est cool.

Au moment où il disparaissait à la suite des autres, Rayna saisit tout juste sa phrase suivante :

— On n'est pas sérieux, tous les deux…

Elle sentit son estomac se contracter et se leva sans s'en rendre compte. Elle fixa la porte des vestiaires où avait disparu Trey, le sang bourdonnant à ses oreilles. Peu à peu elle se ressaisit. Si Trey ne voulait pas venir chanter ce soir avec elle, elle ne le forcerait pas. Pas alors qu'elle venait de découvrir qu'à ses yeux, leur histoire n'était pas *sérieuse*, n'était pas une vraie relation amoureuse.

Très droite, elle se dirigea vers la sortie. Mimi reparut, quelque part sur sa droite. Elle leva la main pour la saluer et lui demanda de loin de prévenir Trey qu'elle avait dû partir. La porte intérieure, la porte extérieure… Dès qu'elle se retrouva à l'air libre, le froid lui coupa le souffle et les larmes se figèrent sur ses joues.

Une chose au moins était claire : il ne pouvait plus être question de dire à Trey qu'elle était enceinte.

4

Depuis qu'elle participait à des chœurs de Noël — et cela pendant une bonne partie de sa vie —, jamais Krista n'avait entendu chanter *O Douce nuit* aussi faux ! Leur petit groupe de huit était pourtant d'assez bonne tenue : sa mère, sa grand-mère et elle avaient de sérieuses notions de chant, Charlie Crosby faisait sensation avec une magnifique voix de baryton, Milo Costas tombait à peu près sur la note, et le couple de voisins venus en renfort étaient les piliers de la chorale de l'église. Ce qui laissait… Alex.

Alex qui évoquait la paix céleste d'un timbre puissant… sans jamais s'approcher de la mélodie. Depuis qu'ils avaient ouvert leur porte à leur petite chorale, le vieux couple debout sur le seuil souriait largement. Le sourire de l'homme s'élargissait même de seconde en seconde ! Krista vit sa femme lui donner discrètement un coup de coude dans les côtes, réprimant, elle aussi, une terrible envie de rire. Là, Krista n'y tint plus ; elle cessa de chanter et plaqua la main sur sa bouche.

Le chant se termina, le couple applaudit. Le vieux monsieur croisa le regard de Krista et lui décocha un clin d'œil rieur. Alex, qui se tenait près d'elle au second rang du groupe, s'approcha un peu et lui glissa à l'oreille, sans la regarder :

— Ce type et toi, vous êtes en train de vous fiche de moi ou je rêve ?

Elle retira sa main de sa bouche pour nier l'accusation avec énergie… et son fou rire retenu à grand-peine éclata, franc et sonore.

— Mais… non, bégaya-t-elle en le ravalant de son mieux.

— Mais si. Et je suis profondément blessé.

— Justement, tu chantais comme un grand blessé.

Et son fou rire la reprit sans qu'elle puisse le contrôler.

— Encore un, proposa sa mère en lui jetant un regard réprobateur. M. et Mme Dombrowski aiment les chants religieux.

Krista toussota et prit une profonde inspiration pour tenter de se calmer. Sans succès. Le fait de se faire gronder comme une gamine décupla son envie de rire, et elle pouffa de nouveau… ce qui lui valut un regard encore plus furibond de la part de sa mère.

— *Les Anges dans nos campagnes*, proposa Grandma.

Krista jeta un regard en coin à Alex et lui souffla, le doigt sur les lèvres :

— Pas si fort, cette fois. Ces pauvres gens veulent pouvoir entendre les anges.

— Ah ah. Tu te crois spirituelle ?

Le chant s'éleva, et Krista tint jusqu'au bout sans se remettre à rire. Le fait qu'Alex ait suivi son conseil et baissé le volume lui facilita grandement la tâche.

Pendant que le vieux couple remerciait le groupe, elle lui saisit la main en murmurant :

— Filons ! Je préfère que ma mère n'ait pas l'occasion de nous dire ce qu'elle pense de nous. Je connais un raccourci pour la maison suivante.

Ce n'était pas tant qu'elle redoutait les reproches, qu'une envie subite d'improviser un peu. Elle ne s'était encore jamais autant amusée à faire ce circuit de chants de Noël et de distribution aux personnes les moins fortunées.

— Plus vite ! lança-t-elle en jetant un regard rieur par-dessus son épaule.

Alex lui rendit son sourire. Tête nue, ses cheveux noirs ébouriffés par le vent et sa peau rougie de froid, il était l'image même de la vitalité masculine. Pour la centième fois de la journée, Krista se souvint des paroles de la jeune femme blonde croisée à la Boutique. Etait-il concevable qu'elle ait brisé le cœur d'Alex sans le savoir, huit ans auparavant ? Leur relation avait été intense, certes, mais tellement brève ! Pourtant, elle ne parvenait pas à écarter tout à fait cette idée.

— Krista ! Alex ! Attendez !

Krista jura tout bas. Ils n'avaient pas parcouru vingt mètres que sa mère s'était déjà aperçue de leur manège et trottait à leur poursuite, si bien emmitouflée que l'on ne voyait que son visage entre les plis d'une écharpe bleue.

— Qu'est-ce qui vous a pris, tous les deux ? les gronda-t-elle. Les personnes âgées veulent entendre des chants, pas des crises de rire.

Krista revit l'expression de M. Dombrowski au moment où son regard avait croisé le sien.

— Je crois au contraire qu'ils ont beaucoup apprécié, maman.

— Une fois que vous avez décidé de vous tenir, oui ! Je sais que tu n'es pas rentrée nous voir depuis très longtemps, Krista, mais tu te souviens sûrement que cette action compte énormément pour ta grand-mère.

Krista se souvenait, oui. Grandma avait eu cette idée bien des années auparavant : aller à la rencontre des personnes âgées ayant peu de ressources, leur offrir des paniers de bonnes choses agrémentés de chants de Noël, histoire qu'ils se sentent moins isolés, moins coupés du reste de la communauté. Grandma obtenait les noms et les adresses de ceux qui souhaitaient la visite d'un groupe de chanteurs auprès du Foyer du troisième âge, et planifiait les itinéraires. Tout était minutieusement préparé. Cette année, leur petit chœur donnerait cinq mini-concerts.

— Nous allons nous calmer, promit Krista. N'est-ce pas, Alex ?

— Promis, assura-t-il, docile.

— Mais tu dois aussi tenir parole, maman. Plus qu'un arrêt pour toi et ensuite, tu rentres te reposer.

Il avait fallu lui arracher cette promesse, le groupe entier menaçant de faire grève si elle n'acceptait pas de se retirer en cours de route.

— Je connais tes petites manœuvres, Krista ! Tu essaies de détourner l'attention, mais si tu crois que je vais…

— Oh ! Regarde, voilà Rayna ! l'interrompit gaiement Krista. Attends, tu n'avais pas dit qu'elle venait avec son petit copain ?

— Mais… oui, Trey était censé venir avec elle, répondit sa mère, le front plissé d'inquiétude. Je vais voir ce qui se passe.

Et elle les abandonna pour rejoindre le reste du groupe qui accueillait Rayna.

— Joli détournement, fit remarquer Alex en hochant la tête.

— Merci. J'ai appris la technique auprès de Grandma. Chaque fois que maman l'ennuie, elle parle d'autre chose. C'est comme ça qu'elles ont réussi à vivre sous le même toit toutes ces années.

— Je crois que c'est aussi parce que Grandma Novak ne se prend jamais au sérieux.

Les mains dans les poches, ils reprirent leur chemin vers la destination suivante.

— Oui, poursuivit Alex, pensif. S'il y a une si bonne ambiance chez vous, c'est grâce à elle.

— Tu crois qu'autrement ce serait sinistre ? Parce que… mon père est en fauteuil ?

Krista hésitait à aborder la question, mais elle avait aussi très envie de savoir comment son père assumait son handicap aujourd'hui, huit ans et demi après l'accident. Même si elle pensait l'avoir déjà deviné — depuis son arrivée, il vivait quasiment enfermé dans son bureau. Et ça, ce n'était pas le comportement d'un homme épanoui, réconcilié avec son sort !

— Oui, admit Alex sans grande conviction. Mais

ce n'est pas seulement la paralysie de ton père. Rayna a vingt et un ans mais elle en fait trente. Et tes parents… comment dire ? Ils se sont mis d'accord pour n'être d'accord sur rien.

Krista n'aurait pas pu mieux décrire sa famille. Décidément, Alex avait un sens du raccourci foudroyant… et il connaissait Rayna bien mieux qu'elle.

— Tu es diplomate, murmura-t-elle.

— Tout le contraire de tes parents, alors, répliqua-t-il avec un sourire. Les premiers temps, ils me paralysaient. J'ai fini par comprendre que c'était simplement leur mode d'interaction.

Elle, elle avait été plus lente, il lui avait fallu toute son enfance et son adolescence pour arriver au même constat.

— Tu les connais vraiment très bien, reconnut-elle.

— Nous vivons côte à côte.

Décidément ! Pour lui, la proximité était la clé de tout. Eh bien, tant pis s'il lui reprochait d'avoir pris ses distances, elle ne pouvait pas laisser passer cette occasion de mieux comprendre sa sœur. Elle savait déjà qu'il ne restait à Rayna que cinq mois avant de décrocher son diplôme, mais le versant personnel, sentimental ?

— Qu'est-ce qui se passe avec le petit ami de Rayna ? demanda-t-elle. Tu sais pourquoi il ne s'est pas montré ce soir ?

— Trey ? Il est plus difficile à résumer que ta famille. C'est un peu un rebelle qui ne s'oppose à rien. Il a juste envie de rester un gamin.

— Irresponsable ?

— Impulsif, plutôt. Un type charmant, ce serait impossible de ne pas le trouver sympathique. S'il voit une possibilité de s'amuser, il fonce. Pas franchement le genre de garçon à se geler sur un trottoir et chanter pour des personnes âgées.

— Toi non plus, tu n'es pas ce genre de garçon.

— Moi ? Mais je le fais tous les ans !

— Et tu chantes toujours aussi… fort ?

— En général, oui. Je fais semblant d'être sûr de moi.

Avec un petit rire, il précisa :

— C'est ce que font les hommes quand ils se sentent dépassés.

— Heureusement que j'étais là pour modérer tes élans.

— Quelle chance pour moi ! Enfin une femme assez bonne pour me dire que je chante comme un cri d'agonie.

— Pas d'agonie, de *grand blessé*, corrigea-t-elle. Les blessés ont une meilleure capacité pulmonaire que les agonisants.

Elle entendit de nouveau le rire grave d'Alex qui vibrait jusque dans sa poitrine, et, bien évidemment, se mit à rire avec lui. Huit ans plus tôt, ils riaient déjà beaucoup ensemble — à commencer par l'épisode des poinsettias renversés. Alex lui plaisait tant quand il cessait de lui imposer ses grands principes !

Grandma les rattrapa, accompagnée de Charlie Crosby, vêtu pour cette sortie d'un long manteau noir et d'un chapeau haut de forme. Sur n'importe qui d'autre, cette tenue aurait été ridicule ; sur lui, c'était digne et même élégant.

— Nous restons avec vous, annonça Grandma. Vous vous amusez plus que tous les autres.

— Ça fait chaud au cœur de voir un jeune couple si heureux, renchérit Charlie avec un sourire.

— Non ! s'exclama Krista. Je veux dire, nous ne sommes pas un couple.

— Vraiment ? Et vous ne l'avez jamais été ?

Krista se tourna vers Alex comme pour lui demander comment répondre. Il haussa légèrement les épaules.

— Ah ! s'écria Grandma, enchantée. Je vois ! Je me doutais qu'il s'était passé quelque chose entre vous après le naufrage des poinsettias !

— C'était il y a longtemps, Grandma. Huit ans, précisa Krista à l'intention de Charlie.

— Eh bien, bravo, dit celui-ci en soulevant son chapeau. Vous avez réussi à entretenir la flamme.

Comment faisait-il pour percevoir le reflet d'un si ancien brasier ? Sa clairvoyance pourrait finir par leur poser problème !

— Nous n'avons pas gardé le contact, précisa Krista avec dignité.

— Une nouvelle déflagration, donc.

— Mais non, rien du tout ! mentit-elle.

Puis elle tira le bras d'Alex.

— Dis-leur, toi !

— Rien du tout, confirma-t-il.

— Ils protestent trop, tous les deux, fit remarquer Grandma avec satisfaction. Moi, je dis qu'ils sont de nouveau ensemble.

Krista allait protester plus vigoureusement encore quand sa grand-mère se mit à rire.

— Tu verrais ta tête, ma chérie ! Nous te taquinons, voyons !

— Moi, pas, intervint Charlie. Je trouve toujours qu'ils ressemblent à un couple.

Derrière eux, le reste du groupe gagnait du terrain et bien sûr, pensa Krista, sa mère serait comme toujours à l'avant-garde, brûlant de savoir de quoi ils parlaient. A moins que… Elle risqua un regard derrière elle… Non, pas cette fois. Le miracle avait eu lieu : sa mère était rentrée à la maison. Un peu rassérénée, elle sourit à Charlie en lançant d'un ton léger :

— Il ne faut pas se fier aux apparences !

Ils arrivèrent devant la maison suivante, et Milo, qui portait le panier de friandises, fut délégué pour sonner. Tout en s'écartant pour le laisser passer, Alex lui glissa :

— On vient de me faire comprendre qu'il valait mieux que je reste en retrait.

— Quelqu'un s'est enfin décidé à te dire que tu chantes comme un veau ? demanda gentiment Milo en lui tapotant l'épaule. Bravo, Krista.

Alex grimaça et se tourna vers elle en souriant. Elle

lui rendit son sourire et se perdait dans son regard chaleureux quand une voix pointue éclata à son oreille.

— Vous deux, alors, vous êtes adorables !

C'était la dame qui chantait à la chorale. Avec un petit rire attendri, elle alla prendre sa place au premier rang, et ce fut au tour de Rayna de s'écrier :

— Attends, j'ai bien entendu ? Toi et ma sœur ?

— Mais non. Pas du tout, répondit Alex, très sûr de lui.

C'était dit sur un ton si dégagé, si décontracté — comme si le courant étrange qui circulait entre eux n'était pas une telle affaire —, que dans n'importe quelle autre famille, elle n'aurait eu qu'à confirmer pour stopper net la rumeur, pensa Krista, troublée malgré elle. Chez les Novak, ce ne serait pas aussi simple ! A la première occasion, elle s'arrangerait pour prendre Alex à part, histoire de lui expliquer la difficulté de leur situation. Autrement, les jours à venir seraient un véritable enfer.

Alex n'avait jamais été aussi content de voir arriver la fin d'une chanson ! La température semblait avoir chuté de dix degrés depuis le début de leur tournée. La météo annonçait de la neige dans les jours prochains mais pour l'instant, il faisait trop froid. La tournée finie, Grandma Novak invita tout le groupe à venir prendre un chocolat chaud à la maison, ou un lait de poule bien réconfortant. Les chanteurs acceptèrent avec enthousiasme et parcoururent le trajet en un temps record — en partie grâce au vent glacial qui les poussait dans le dos !

— Du vin chaud, ce serait bien aussi, proposa Grandma Novak en leur ouvrant la porte. Nous avons les épices, mais je ne sais pas, pour le vin.

— Je file à côté chercher une bouteille, proposa Alex.

— Je t'accompagne, dit aussitôt Krista.

Il haussa les sourcils, surpris par ce revirement. Depuis qu'on les avait pris pour un couple, elle s'était arrangée pour ne plus s'approcher de lui.

— Oui, je veux voir ce qu'ils ont fait de la maison, ajouta-t-elle à la cantonade. Je jouais souvent à côté quand j'étais gosse.

Elle s'expliquait trop, d'un air trop dégagé. Plusieurs membres du groupe lui jetèrent un regard surpris.

— Nous n'avons pas changé grand-chose, dit Milo, qui tapait des pieds et se frottait les mains pour se réchauffer. Pourquoi crois-tu que nous sommes toujours fourrés chez tes parents ?

— Filez, ordonna Grandma Novak en les chassant d'un geste. Prenez votre temps. Le vin chaud ne presse pas.

Alex et son père habitaient une maison de plain-pied, quasiment identique à celle des Novak quant à la disposition des pièces : un salon, une salle à manger et une cuisine d'un côté, et de l'autre un couloir menant à la salle de bains et aux chambres. Une bonne chaleur y régnait, très agréable après la température glaciale des rues.

— Garde ton manteau, recommanda Alex. La visite ne prendra pas longtemps et tu seras obligée de le remettre dans une minute.

— Je ne suis pas là pour visiter.

Décidément, il ne comprenait rien à rien.

— Si je n'étais pas sûr du contraire, dit-il lentement, je penserais que tu cherches à te retrouver seule avec moi.

— C'est exactement ce que je cherche à faire.

Il sentit ses muscles se crisper. Tout à coup, la température de la pièce lui sembla étouffante. Allait-elle se jeter dans ses bras ?

Elle se retourna vers lui, prit une grande inspiration, et déclara :

— Il faut stopper cette histoire de couple tout de suite.

Il la dévisagea, médusé et même un peu vexé. Bon, d'accord, c'était stupide d'imaginer qu'elle se jetterait sur lui alors que plusieurs personnes attendaient leur retour à côté. Mais elle croyait vraiment effacer cette image de couple en s'éclipsant avec lui sur un prétexte plus que douteux ? Il fit un effort pour se reprendre et murmura avec un brin d'ironie :

— Et moi qui croyais que tu envisageais de passer de bons moments avec moi…

— De bons moments, bien sûr, mais pas de devenir un couple. Je vois d'ici la réaction de ma mère !

Lui non plus ne cherchait pas une relation avec elle, mais elle rejetait cette idée avec tant de véhémence qu'il en fut blessé.

— Désolé de te décevoir, Krista, mais en insistant pour venir ici avec moi, tu viens de confirmer tous leurs soupçons.

Puis, sans attendre sa réaction, il se dirigea à grands pas vers l'arrière de la maison. En rénovant la cuisine, quelque temps auparavant, ils y avaient intégré une cave à vin. Il examinait la sélection quand Krista vint le rejoindre. Il sentit sa présence derrière lui mais s'interdit de tourner la tête.

Avec moins d'assurance cette fois, elle reprit :

— Je n'avais pas d'autre moyen de discuter seule à seul avec toi. Nous devons faire quelque chose pour qu'ils cessent de penser que nous sommes ensemble.

Il était temps de reconstituer leur stock. La cave ne contenait qu'une demi-douzaine de bouteilles pour le moins hétéroclites…

— Tu sais ce qu'il faut prendre pour un vin chaud ? demanda-t-il.

— Quoi ? Non, aucune idée.

— Un merlot, peut-être.

Il choisit une bouteille assez ordinaire et lui montra l'étiquette.

— Celle-ci vient du supermarché. Je ne suis pas un grand connaisseur mais cela me ferait mal de faire macérer des épices dans un grand vin.

— Moi auss… Alex, pourquoi est-ce que nous parlons de vin ? Nous n'avons que quelques minutes, il faut trouver une stratégie.

Elle avait retiré son bonnet, l'électricité statique crépitait dans ses cheveux, et son nez était encore rougi par leur long séjour dans le froid. Ses lèvres, en revanche, avaient pâli, et il voyait une lueur de panique dans son regard. Elle se montrait si sûre d'elle depuis son arrivée qu'il prit un malin plaisir à la voir perdre pied.

— Pourquoi ? s'enquit-il. Ta mère peut penser ce qu'elle veut, quelle importance ?

— Tu sais comment elle est. L'œuvre de sa vie, c'est de me faire revenir en Pennsylvanie, elle fera pression par tous les moyens possibles ! Et si elle croit qu'il se passe quelque chose entre nous, elle s'en servira pour faire levier.

— Je ne comprends toujours pas. Si tu sais déjà que tu resteras à Prague, où est le problème ?

— Le problème, c'est qu'elle va me rendre folle !

— Alors dis-lui qu'il n'y a rien entre nous.

— Elle ne me croira que si c'est la vérité, dit-elle d'un ton presque suppliant. Il faut absolument que nous arrêtions de flirter, tous les deux.

— Parce que nous avons flirté ?

— Moi, oui.

D'un geste impulsif, elle s'accrocha à son bras.

— Je n'ai jamais oublié combien c'était génial, au lit avec toi, avoua-t-elle. Tu dois bien te souvenir aussi, non ? Tu y étais.

Oh oui, il s'en souvenait…

— C'est du passé, Krista. Le présent, c'est tout à fait autre chose.

— Je ne te fais plus aucun effet ?

Que répondre à cela ? Ils ne voyaient pas du tout le monde de la même façon, leur conception de la famille était radicalement à l'opposé l'une de l'autre, mais il l'appréciait beaucoup. Il l'avait toujours appréciée.

— Tu es une femme très séduisante, répondit-il. Mais j'ai tourné la page.

— Tu vas te remettre avec la blonde qui était à la Boutique de Noël ?

— Julia ? Comment sais-tu que je suis sorti avec elle ?

— Elle me l'a dit. Alors c'est vrai ?

— Et en quoi est-ce que cela te regarde ?

— Si tu sortais avec Julia, les autres en concluraient que tu ne t'intéresses pas à moi.

Une logique assez tortueuse, mais une logique tout de même.

— Tu *voudrais* que je sorte avec elle ?

Elle retira la main de son bras pour faire un grand geste excédé.

— Ecoute, quand je te parle ! s'exclama-t-elle. Je ne *veux* pas que tu sortes avec elle, je dis juste que si tu le faisais, tout serait plus simple.

Elle ne voulait pas qu'il sorte avec une autre femme. Une euphorie subite gonfla sa poitrine. Une euphorie dépourvue, elle, de toute logique.

— Je ne vais pas sortir avec Julia, déclara-t-il.

— A cause de moi ?

Il se mit à rire.

— C'est la conversation la plus bizarre que j'aie jamais eue ! s'exclama-t-il.

— Alors tu as dû mener une vie très ennuyeuse !

Ennuyeuse, sa vie ? Sans aller jusque-là, il devait avouer que la présence de Krista donnait de nouvelles couleurs à son existence. Mais il préféra éluder la question.

— Ça n'a pas fonctionné la première fois, avec Julia, je ne vois pas pourquoi ce serait différent maintenant.

— Le timing ne serait plus le même. Julia dit que quand tu es sorti avec elle, il y a des années, tu étais *amoché* par une femme qui t'avait brisé le cœur.

Elle le fixa droit dans les yeux et ajouta :

— Cette femme, c'était moi ?

Il la dévisagea, abasourdi.

— Julia t'a dit ça ?

Il n'en revenait pas. Ce n'était pas du tout comme

cela qu'il voyait son histoire avec Krista. Il avait rompu avant d'avoir réellement eu le temps de craquer pour elle.

— Mais nous ne nous sommes pas connus assez longtemps pour que tu me brises le cœur ! lança-t-il, sûr de lui.

Mais il s'écarta, pressé d'échapper au regard trop attentif de Krista, et ajouta avec une certaine impatience :

— Viens, filons d'ici avant que ta famille se mette à tirer des conclusions fausses.

Sa bouteille à la main, il traversa la maison en sens inverse et ouvrit tout grand la porte d'entrée, en lui faisant signe de le précéder dans la nuit glaciale.

— Tu penses pouvoir, alors ? demanda-t-elle.

Elle se planta devant lui, ses grands yeux bruns levés vers les siens, ses lèvres toutes proches des siennes.

— Ne pas flirter avec moi, je veux dire, précisa-t-elle.

Et elle sortit, sans lui laisser le temps de réagir.

Et voilà, constata-t-il, fataliste, il ne lui avait pas fallu plus de trois minutes pour le retourner comme une crêpe.

Ils étaient presque arrivés chez les Novak quand il parvint enfin à formuler sa réponse.

— Je crois pouvoir me contrôler, dit-il, heureux d'entendre que sa voix ne trahissait aucune émotion. J'espère que tu as bien compris que je ne suis pas rongé par les regrets depuis huit ans ?

Ce qui était la pure vérité. En même temps, il ne voulait pas se mentir : face à Krista, sa première réaction avait été puissante, très puissante. A l'époque, il espérait bien davantage que quelques semaines de plaisir. Brisé par son départ un peu trop brusque à son goût, il s'était hâté de sortir avec d'autres filles, pour mieux l'oublier…

L'allée des Novak n'étant pas suffisamment large pour qu'ils puissent la remonter côte à côte — et les décorations illuminées réduisant encore le passage —, il s'effaça donc pour qu'elle passe la première.

— Je voudrais être sûre de comprendre, dit-elle en

s'arrêtant, le front plissé, sur la première marche du perron. Tu n'as pas du tout repensé à moi depuis mon départ ?

Comme il l'aurait souhaité ! Mais hélas, ce n'était pas du domaine du possible. Pas alors qu'il vivait à côté des Novak et qu'il les voyait aussi souvent. Chaque fois qu'Eleanor parlait de Krista, il sentait à quel point il s'était trompé sur son compte — mais cela, il ne pouvait pas le lui dire !

— Voilà longtemps que je me suis consolé, répondit-il simplement.

Elle pivota si brusquement qu'elle perdit l'équilibre. Il la reçut dans ses bras. Comme dans un rêve, alors qu'il l'aidait à reprendre pied, il perçut un parfum absolument délectable.

— C'est vrai, ça ? demanda-t-elle tout bas.

Sous le charme, il scruta son visage délicieux, à quelques centimètres seulement du sien… Elle le contemplait avec une sincérité touchante… puis, sans avertissement, elle glissa les doigts dans ses cheveux et l'embrassa.

Ses lèvres étaient froides, mais une chaleur familière explosa en lui. Huit ans auparavant, sa réaction avait toujours été aussi immédiate, à fleur de peau. Parfois, il n'avait même pas besoin d'un baiser, un simple contact de sa main suffisait à lui donner envie de l'entraîner dans un lit.

La pointe de sa langue taquina la sienne… Il la serra plus étroitement contre lui, réalisant soudain que, malgré tout ce qui le dérangeait chez elle, il avait tout de suite eu envie de la reprendre dans ses bras. Oui, dès l'instant où il était tombé nez à nez avec elle dans la cuisine de ses parents. Oh si, elle lui faisait encore de l'effet ! Un effet toujours aussi intense, et même plus violent qu'autrefois.

Perdu dans un brouillard sensuel, il l'embrassa de toute son âme. De très loin, il entendait des soupirs de plaisir… et aussi un autre son, une sorte de… raclement ?

— Ah, vous voilà ! s'écria une voix familière.

Ils se séparèrent d'un bond.

Le raclement qu'il avait entendu, c'était l'ouverture de la porte d'entrée. Debout sur le seuil, Eleanor les regardait tour à tour, arborant un sourire éblouissant.

Après le fiasco retentissant de son tête-à-tête avec Alex, Krista aurait bien aimé pouvoir avaler une modeste dose d'alcool pour se réconforter, mais le vin chaud de sa grand-mère, chaud, sucré, et épicé — en un mot : écœurant —, ne l'aidait pas du tout. Discrètement, elle gagna la lisière du groupe assemblé dans le salon et, à la première occasion, s'éclipsa dans la cuisine. Ouf, un peu de répit ! Depuis Le Baiser, sa mère surveillait le moindre de ses gestes ; elle lui avait même fait signe de la rejoindre, plusieurs fois, sans doute pour exiger des précisions. Krista avait fait comme si elle ne voyait rien.

Si elle espérait trouver la cuisine vide, elle en fut pour ses frais. Milo se tenait près de l'évier, l'air coupable, un verre vide à la main.

— Par pitié, ne le dis pas à ta grand-mère, mais son vin chaud me fait penser à des betteraves bouillies.

Soulagée, Krista alla vider son propre verre dans l'évier.

— Je dirais plutôt un médicament, le genre épais et sucré que les gosses refusent d'avaler, précisa-t-elle avec une grimace.

— Tu sais quoi ? Tu me plais, laissa tomber Milo en s'adossant au plan de travail.

Il avait le même sourire que son fils, la même attitude décontractée.

— Alors, qu'as-tu pensé de notre maison ? enchaîna-t-il.

Il avait donc cru à son prétexte ? Il était bien le seul !

— Très agréable, répondit-elle sans emphase.

— C'est ce que j'ai pensé en l'achetant mais je suis un peu daltonien. Quand il a emménagé avec moi, Alex a repeint les cloisons, qui étaient vertes, et la cuisine rose.

— Ce devait être très… coloré.

— Effroyable, paraît-il.

Il riait facilement de lui-même, encore un trait attachant qu'il partageait avec son fils.

— Et avant, où habitiez-vous ?

— Un appartement rue Grover. Et avant cela, une grande maison à Shenandoah Acres. J'ai acheté l'appartement après la mort de ma femme, mais il ne m'a jamais plu. J'aime avoir de la place, et aussi un jardin.

— Et comment se fait-il qu'Alex soit venu vivre avec vous ?

— C'est lui qui me l'a proposé. Il m'a surpris, parce qu'il avait un logement très agréable en plein centre. J'ai mis près de deux ans à comprendre.

— Comprendre quoi ?

— Il se faisait du souci pour moi. Sa mère était morte depuis dix ans et j'étais toujours aussi triste.

— Je suppose que l'on ne se remet jamais tout à fait…

— Là, tu n'as pas tort, reconnut-il avec un sourire douloureux. Mais ce n'était pas tout à fait ça. En fait, je faisais une dépression. C'est fini, maintenant.

— Parce que Alex vit avec vous ?

— Parce que Alex m'a harcelé jusqu'à ce que je voie un médecin. J'ai découvert que je souffrais de dépression clinique, et avec la mort de ma femme en prime… Bref, tout s'est réglé avec le traitement.

— Alex est un bon fils.

— Le meilleur des fils et aussi un associé fantastique. Même s'il m'a encore surpris en décidant de se lancer avec moi dans le paysagisme.

— Mes parents, c'est tout le contraire. Je leur répétais que je ne voulais pas travailler à la pépinière, mais ils continuaient à croire que je les rejoindrais un jour. Surtout ma mère.

— Eleanor espérait te garder sous son aile. On voit combien elle est heureuse que tu sois là.

— C'est vrai. Vous savez aussi comment elle s'y est prise pour me faire revenir.

— Tu n'en avais pas envie ?

Une question simple, à laquelle il était assez compliqué de répondre. Milo n'avait-il pas remarqué que malgré l'arrivée des invités son père restait enfermé dans son bureau ? Elle cherchait encore une formulation acceptable quand sa mère entra en coup de vent dans la cuisine.

— Te voilà, Krista ! Je me demandais où tu te cachais. Alex doit te chercher aussi.

Et voilà ! C'était exactement ce qu'elle redoutait ! Les grandes manœuvres commençaient.

— Je ne me cachais pas, maman, je discutais avec Milo.

— Ta fille et moi, nous faisions connaissance, confirma ce dernier avec un sourire. J'aime bien parler avec elle, elle me fait penser à Joe.

— Non, sérieusement ? s'écria Krista, abasourdie. Mais… en quoi ?

— Vous dites tous les deux exactement ce que vous pensez, répondit-il avec un bon sourire.

— Si tu veux mon avis, Milo, Joe devrait se taire plus souvent, marmonna Eleanor.

Médusée, Krista les dévisagea tour à tour. Ils n'avaient donc pas remarqué que son père et elle ne s'adressaient quasiment pas la parole ?

— Tiens, puisqu'on parle du loup, il serait temps qu'il sorte de sa tanière. Krista, va donc dire à ton père que nos amis veulent le voir.

Elle faillit refuser. C'était tellement typique de sa mère de la mettre dans une position impossible ! Elle se retint, parce que ni sa mère ni Milo n'auraient compris sa réticence. Après une brève hésitation, elle sortit, en rejetant les épaules en arrière. En somme, aller chercher son père, ce n'était pas une telle affaire ! Elle saurait gérer !

Le bureau qui lui servait de tanière se trouvait au bout d'un couloir tapissé de photos de famille. Celles de Rayna et elle étaient les plus nombreuses, bien entendu, et curieusement, vu leur écart d'âge, les photos commémorant les étapes importantes de leur vie avaient été placées côte à côte. On les voyait bébés, puis le jour de leur rentrée à l'école primaire — chacune avec une dent de devant en moins —, adolescentes en robe de bal, le jour de leur remise de diplôme de secondaire… Cet agencement faisait ressortir leur ressemblance, une ressemblance dont Krista n'avait jamais eu conscience jusqu'ici. Assez émue, elle s'attardait à contempler cette progression parallèle de deux petites filles qui s'étaient si peu rencontrées… quand une photo lui sauta aux yeux. La famille à la plage, quand Rayna avait environ deux ans. L'océan en toile de fond, Rayna sur les épaules de leur père, ses jambes grêles pendant sur sa poitrine. Près de lui, leur mère prenait la pose, son drap de bain drapé comme un paréo autour de ses hanches, et au premier plan, Krista, rayonnante, la main de son père posée sur son épaule menue. Quatre sourires heureux… Depuis son retour, elle n'avait pas vu son père sourire une seule fois.

Elle respira, continua son chemin et alla frapper à la porte close du bureau. Pour toute réponse, elle n'entendit qu'une sorte de plainte étouffée.

— Papa ? C'est Krista !

Rien. Pourtant, elle était presque sûre d'avoir entendu… Mais comment en être certaine, avec cette porte solide qui étouffait les sons ? Elle frappa de nouveau.

— Papa ? Je vais entrer !

Résolument, elle ouvrit… et s'arrêta net, horrifiée. Son père était étendu sur le sol, le torse légèrement relevé sur les coudes. Les bras tremblant de l'effort qu'il faisait, il cherchait à se traîner vers son fauteuil.

— Papa ! Qu'est-ce qui se passe ?

Une autre image de son père couché sur le sol jaillit devant ses yeux. A la pépinière, à côté du chariot élévateur… Le cœur battant, elle se précipita.

— Que crois-tu qu'il se passe, je suis tombé de mon fauteuil, grommela son père sans un regard pour elle.

Elle encaissa la rebuffade et fit taire sa tristesse pour se concentrer sur le problème immédiat.

— Qu'est-ce que je peux faire ? demanda-t-elle.

— Va chercher Alex.

Indécise, elle évalua la situation. Son père n'avait jamais été un homme massif, et il pesait moins aujourd'hui qu'avant l'accident. De plus, il s'était déjà positionné, il suffirait de le soulever pour le remettre dans son siège. Elle s'avança d'un pas.

— Je crois que je peux…

— Je ne t'ai pas demandé de croire, contente-toi d'aller chercher Alex !

Elle recula, choquée, les yeux brûlants de larmes.

— S'il te plaît, ajouta son père d'une voix radoucie, sans daigner toutefois la regarder.

Elle tourna les talons et se précipita dans le salon en cherchant Alex des yeux. Par chance, il se tenait face à elle, en grande discussion avec le couple de la chorale. Elle n'eut pas un mot à dire. Dès qu'il vit son visage, il se hâta de la rejoindre.

— Il y a un problème ?

— C'est papa. Il est tombé de son fauteuil.

D'un geste impatient, elle s'essuya les yeux. Elle s'efforçait de ne pas dramatiser, mais elle était à deux doigts de fondre en larmes.

— Je sais que c'est impressionnant, mais c'est déjà arrivé, tu sais ? lui dit Alex en posant gentiment la main sur son épaule.

Elle cligna des yeux, réussit à se reprendre. Comme elle hochait la tête, il la lâcha et s'engouffra dans le couloir.

Elle le suivit mais n'entra pas dans le bureau — son père lui avait clairement fait comprendre qu'il ne souhaitait pas qu'elle mette les pieds dans son domaine. Ce fut donc du couloir qu'elle entendit Alex demander :

— Joe, ça va ? Vous vous êtes fait mal ?

— Juste un bleu à l'orgueil, répliqua son père d'une voix tendue. Figure-toi que j'ai laissé tomber mon stylo. Je me suis penché pour le ramasser et je me suis retrouvé par terre.

— Le frein du fauteuil n'est pas mis.

— Il a dû se desserrer quand je me suis penché.

— Je vous soulève à 3. Prêt ? 1, 2…

Les yeux clos, le cœur serré, Krista s'adossa au mur. Pendant un instant, elle n'entendit que la respiration laborieuse de son père.

— Et voilà ! dit enfin Alex. Vous êtes sûr que vous n'avez mal nulle part ?

— C'est l'avantage d'être paraplégique ! On ne sent pas la douleur.

Alex eut un petit rire. De son côté, Krista ne voyait pas du tout le côté comique de la situation. Comment aurait-elle pu ? Son père était paralysé à vie et c'était entièrement sa faute.

— Vous avez des invités dans le salon, ajouta Alex. Vous venez nous rejoindre ?

— Non, merci. J'ai eu suffisamment de distraction pour la soirée.

— D'accord, mais Krista se fait du souci pour vous. Elle voudra sûrement s'assurer que vous allez bien.

— Non !

Le refus claqua, sans appel.

Toujours adossée au mur du couloir, Krista encaissa le coup. Un autre. Peut-être son père ajouta-t-il autre chose, mais elle n'entendit rien de plus — juste le vrombissement bizarre dans ses oreilles. Elle aurait aimé s'éloigner, mais fut incapable de bouger.

Alex sortit du bureau et s'arrêta net en la voyant. Le visage grave, il tira la porte derrière lui avant de s'approcher d'elle.

— Tu as entendu ?

Elle hocha la tête. Une larme roula sur sa joue. Elle s'en voulait de prendre les choses tellement à cœur mais voilà, entre son père et elle, c'était insoluble. Avec beaucoup de douceur, Alex lui effleura la joue.

— Ton père ne voulait pas dire ça de cette façon. Il était juste humilié, il ne voulait pas que tu le voies à terre.

Là, c'était franchement généreux de sa part. Depuis le

temps qu'il vivait à côté, il devait bien savoir que si son voisin et ami se retrouvait en fauteuil roulant, c'était la faute de sa fille aînée !

— Tu disais qu'il était déjà tombé de son fauteuil ? demanda-t-elle. Ça lui arrive souvent ?

— Pas souvent, non. Une fois, j'étais là quand il a laissé tomber un cachet. C'est arrivé comme ce soir, le frein était mal engagé et quand il s'est penché, le fauteuil est parti en arrière.

Elle avala sa salive avec difficulté. Quelle humiliation, si des tâches aussi simples que de ramasser un stylo ou un comprimé posaient un tel problème…

— Je suis contente que tu aies été là, murmura-t-elle.

Sous la paume de sa main, elle sentit la peau tiède, un peu rêche, de la joue d'Alex. Elle n'avait pas eu conscience de lever la main pour le toucher. Leurs regards se rivèrent l'un à l'autre, et elle sentit aussitôt l'appel puissant qui l'avait poussée à l'embrasser sur les marches du perron.

— Merci d'être là pour lui, ajouta-t-elle.

— Mais non, c'est normal.

C'était très précieux au contraire, mais elle n'insista pas.

5

Préposée au bac à balles, Krista se retrouvait face à un problème. Il était l'heure de fermer le magasin, et le dernier occupant du bac, un petit garçon très blond, refusait de vider les lieux. Surexcité, il riait comme un fou, jetait des balles en l'air, et poussait des hurlements de joie quand elles lui retombaient sur la tête.

— La séance est terminée, lança-t-elle. On ferme !

De plus en plus déchaîné, le gamin attrapa une balle verte et la projeta vers elle de toutes ses forces. Surprise, elle fit un petit bond de côté. Sans le filet qui entourait l'installation, elle l'aurait prise en pleine figure !

— Hé, attention ! protesta-t-elle. C'est Noël ! Tu veux te faire rayer de la liste des enfants sages ?

Il choisit une autre balle, rouge cette fois. Il visait remarquablement bien et le fait qu'il n'ait que trois ans la mettait dans une situation délicate : elle pouvait difficilement sévir. Elle n'avait aucune habitude des enfants. A Prague, la plupart de ses amis étaient célibataires et aucun n'avait de jeunes enfants. En fait, elle n'avait plus fréquenté de tout-petits depuis… Rayna.

Justement, sa sœur, qui donnait apparemment un coup de main à la Boutique quand ses cours et son travail le lui permettaient, se dirigeait vers elle. Aujourd'hui, elle avait noué ses cheveux en arrière avec un ruban rouge, mais, curieusement, cette touche de coquetterie soulignait son expression mélancolique. Rayna avait un problème, c'était évident. Krista aurait donné beaucoup pour qu'elle veuille bien se confier à elle, mais elle ne savait pas comment rétablir le lien avec cette inconnue qui était sa petite sœur. Pas plus qu'elle ne savait comment s'y prendre pour calmer un petit garçon au bord de l'hystérie.

— Sa mère m'a envoyée le chercher, expliqua Rayna. C'est notre dernière cliente. Dès qu'elle sera passée à la caisse, nous pourrons fermer.

Aujourd'hui, la Boutique fermait très tôt, à 14 heures. La météo annonçait une grosse chute de neige et les Novak savaient d'expérience qu'aucun client ne se hasarderait plus sur la route de la colline.

— Aide-moi à le déloger, lui demanda Krista. Mais fais attention, il est déchaîné… et armé !

Rayna écarta le filet qui masquait l'entrée, un geste assez téméraire vu le talent avec lequel le gamin lançait ses balles. Ce petit avait un bel avenir dans le base-ball !

— Alors, mon grand, dit-elle tranquillement, qu'est-ce que tu attends ? C'est l'heure de rentrer attendre le Père Noël !

— Père Noël ! cria le petit garçon.

Toujours avec autant de vivacité, il nagea dans les balles jusqu'à la sortie du bac et s'empara de la main que Rayna lui tendait. Cette dernière lui fit franchir le filet et le posa sur ses pieds en ébouriffant gentiment ses cheveux blonds.

— Impressionnant, murmura Krista.

— Oh ! Je connais une ou deux astuces…

Le petit garçon se précipita vers une grande femme mince qui s'approchait.

— Maman ! On va attendre le Père Noël ?

La maman le prit dans ses bras et l'entraîna vers la sortie en lançant :

— Joyeux Noël !

— Vous aussi, répondit Krista.

Rayna ne dit rien ; elle s'éloignait déjà.

— Attends ! lui cria Krista.

Pour toute réponse, elle eut droit à un regard interrogateur. Quel retournement ! Petite, Rayna la suivait partout, éperdue d'admiration, ravie si sa grande sœur adorée acceptait de jouer avec elle. Aujourd'hui, c'est tout juste si elle daignait lui répondre. Il fallait du courage pour persévérer, mais Krista n'avait pas l'intention d'abandonner la partie.

— Tout va bien pour toi ?

— Mais oui, répondit Rayna d'un air blasé.

— Tu n'es pas… toi-même.

— Qu'est-ce que tu en sais ? Tu ne me connais pas.

Un affreux sentiment de déjà-vu saisit Krista. Hier soir, son père l'avait repoussée. Aujourd'hui, c'était au tour de Rayna. Une fois de plus, elle prit sur elle et reprit :

— Je veux juste te dire que si je peux t'aider, je suis là.

— Tu veux dire, jusqu'au lendemain de Noël ?

— Eh bien, oui…

Rayna la dévisagea longuement, durement, et elle soutint son regard sans flancher. Oui, elle avait réservé son vol pour la Suisse le soir même de son arrivée… et vu l'accueil qu'on lui faisait, elle avait sans doute bien fait.

— Mais j'espère que nous garderons mieux le contact, une fois que je serai de retour à Prague, ajouta-t-elle.

— Peut-être.

Rayna esquissa un sourire. Tout au moins quelque chose qui y ressemblait.

— Tu es gentille de te faire du souci, mais tout va bien, dit-elle.

— C'est vrai, ça ?

— C'est vrai. Il faut que j'y aille.

— Je viens aussi.

Mais Rayna lui tourna le dos et s'éloigna.

Krista serra les dents, le souffle coupé par une vague de frustration, de peine et de colère. Du calme, du calme… Il fallait qu'elle se calme. Elle se concentra sur des gestes sans importance, ranger les rayons, ramasser un costume tombé à terre. Là-bas, Grandma terminait sa caisse, Rayna déclenchait la fermeture des grands volets métalliques qui protégeaient les vitrines.

La neige était arrivée, de gros flocons duveteux dansaient dans une lumière grise, adhéraient à l'herbe rêche de la pépinière, au pavé du parking.

— Formidable ! De la neige pour Noël ! s'exclama Grandma.

Rayna marchait vers la sortie en boutonnant son manteau.

— Je file au supermarché, dit-elle. Tu n'as rien à ajouter à ta liste ?

— Non, rien.

Ce soir, Grandma leur préparait le réveillon traditionnel tchèque : soupe de poisson, carpe frite, salade de pommes de terre et friandises assorties. Eleanor était restée à la maison pour lancer la préparation des desserts — le seul moyen qu'elles avaient trouvé de la convaincre de ne pas venir travailler aujourd'hui.

— Rayna ! N'oublie pas le pain noir, Alex et Milo l'adorent ! lança Grandma.

Subitement, Krista se sentit beaucoup mieux. Et ce n'était pas uniquement la perspective d'un dîner délicieux, elle était assez honnête pour se l'avouer. Alors comme ça, Alex serait aussi là pour le réveillon ?

— N'oublie pas que je passe le début de la soirée dans la famille de Trey, précisa Rayna.

— Oui, pas de problème, tu nous rejoindras pour le dessert. Pense juste à garder un peu de place. Et conduis prudemment, ma grande.

— Vous aussi !

Voilà, elle était partie.

Krista et sa grand-mère achevèrent de fermer le magasin et sortirent à leur tour sur le parking déjà blanc. Prudente, Krista prit le bras de sa grand-mère, et ne le lâcha que quand elle fut bien installée sur le siège du passager de sa solide Volvo. Elle ne regrettait plus de n'avoir pas loué de voiture ; Grandma n'aimant pas conduire par mauvais temps, là au moins, elle pouvait proposer son aide sans craindre d'être rabrouée !

Elle lança le moteur et patienta pendant qu'il chauffait, le regard dans le vide.

— Rayna se détendra, assura tout à coup sa grand-mère. Tu dois juste être un peu patiente.

— Comment as-tu deviné que je pensais à elle ?

— J'ai passé la matinée avec vous. Je ne suis pas aveugle.

Troublée, Krista alluma le chauffage, et le coupa aussitôt quand la grille souffla un air froid.

— Elle me tient à distance, dit-elle d'une voix contenue.

— Elle est comme Joe, il lui faut un moment pour s'ouvrir. Laisse-lui le temps.

— Je n'ai plus que deux jours.

— C'est dommage que tu ne puisses pas rester plus longtemps. Et je ne dis pas ça parce que c'est agréable de t'avoir au magasin. Tu me manques terriblement.

— Toi aussi, tu me manques, Grandma.

Sa voix s'enroua un peu, et elle se tut. Elle n'avait pas réalisé avant de le dire combien elle regrettait de ne plus voir sa grand-mère. Gênée de se montrer aussi émotive, elle relâcha le frein à main et fit reculer la Volvo en ajoutant d'un ton plus léger :

— Avec ce temps, je suis contente de piloter une voiture aussi sûre ! J'espère seulement qu'ils ont salé les rues. Tu m'excuseras si je conduis lentement, je n'ai plus du tout l'habitude de ces routes en zigzag.

Le silence retomba mais cette fois, c'était un silence tout simple, sans tensions.

— Tu veux bien que l'on s'arrête dans le salon de thé de la Grand-Rue ? demanda brusquement Grandma. C'est sur notre chemin.

— Tu es sûre ? Plus on tardera à rentrer, plus les rues seront enneigées. Je croyais que tu étais pressée de commencer les préparatifs du réveillon ?

— Je n'ai pas vraiment le choix, expliqua sa grand-mère, penaude. J'ai dit à Martin que je prendrais un café avec lui.

Krista lui jeta un regard soupçonneux.

— Martin ? Je t'en prie, dis-moi que ce n'est pas encore quelqu'un de ton site de rencontres !

— Il est vraiment très gentil, je t'assure ! Il trouve que j'ai un nez délicieux.

— Un *nez* délicieux ?

— Il fait une fixation sur les nez. Plus ils sont petits, plus il est content. La dernière fois que nous avons pris un café ensemble, il m'a fait une foule de compliments sur le mien.

— La dernière fois ? Tu le connais déjà ?

— C'était mon tout premier. Je crois qu'il voudrait que je sois sa petite amie.

— Mais toi, qu'est-ce que tu veux ?

— Moi, je voudrais être avec Charlie, et garder Martin comme ami, mais je ne sais pas comment le lui dire.

Pas plus qu'elle n'avait osé lui dire qu'elle était trop occupée pour le retrouver avant le réveillon, en pleine tempête de neige !

— Tu pouvais juste dire : « Martin, je ne peux pas aujourd'hui, je n'ai pas le temps. Je vous trouve très gentil, mais j'aimerais juste que nous soyons amis », lui expliqua patiemment Krista, comme on parle à un enfant.

— A t'entendre, c'est facile, mais…

— Mais rien du tout ! C'est facile. Un point c'est tout.

— Pour toi, peut-être. Moi, la seule idée de faire de la peine à Martin… Tiens, le salon de thé est là, sur ta droite. Arrête-toi.

Obéissante, Krista trouva une place libre juste devant la vitrine, et fit son créneau en pensant qu'entre les fêtes et la tempête de neige, Jarrell ressemblait à une ville fantôme. Elle coupa le contact, et se tourna vers sa grand-mère.

— Grandma, que dirait Charlie s'il savait que tu continues à voir d'autres messieurs ?

— Il ne doit surtout pas le savoir ! s'écria Grandma, affolée.

— Dans ce cas, il faut être claire avec Martin.

Sa grand-mère lui jeta un regard suppliant.

— Tu ne veux pas le lui dire pour moi ?

— Moi ? Grandma, bien sûr que non ! Ecoute, je serai là pour te soutenir moralement, mais à une autre table. Si tu as besoin de courage, tu n'auras qu'à me regarder.

— Je devrais peut-être te présenter ?

— Et lui donner l'impression qu'il compte suffisamment pour toi pour que tu lui présentes ta famille ?

Grandma plissa le nez avec une petite moue.

— Je n'y avais pas pensé, avoua-t-elle.

Décidément, si son père et sa sœur refusaient son aide, elle pouvait au moins voler au secours de sa grand-mère. Et elle aurait de quoi faire ! Celle-ci s'était mise dans de beaux draps !

En poussant la porte du salon de thé, Alex fut surpris de déclencher un carillon sonore ; il n'avait pas remarqué le gros bouquet de clochettes décoratives fixé au chambranle. Il vit Grandma Novak, assise en face d'un monsieur au visage très rose et aux épais cheveux blancs, qui semblait s'être cassé le nez plusieurs fois au cours de sa longue existence. Il n'y avait qu'une seule autre cliente, tout au fond de la salle, une jeune femme aux longs cheveux bruns attablée devant un grand café, dont la silhouette lui était… Krista ?

Elle tourna la tête à ce moment-là, son regard croisa le sien… et ce fut exactement comme s'il revivait leur première rencontre : un choc, puis un courant qui le poussait vers elle. Il sentait bien que quelque chose avait changé entre eux hier soir, après la chute de Joe. Il pouvait même situer l'instant précis : c'était quand il s'était perdu dans ses yeux noyés de larmes. Il y avait eu comme un basculement… et sa détermination de la tenir à distance s'était s'effritée.

Oh ! Et puis pourquoi résister à une attirance sexuelle ? Tant qu'il était bien clair sur le fait qu'il ne se passerait rien de plus, il pouvait assumer ! Krista repartirait, il tournerait la page ; il était plus mûr aujourd'hui, il ne risquait plus de craquer pour une femme avec des priorités aussi différentes des siennes.

Il referma la porte, rejoignit la table de Krista, et désigna d'un mouvement de menton la table où Grandma Novak riait à une plaisanterie de son compagnon.

— Que fais-tu ici alors que ta grand-mère est là-bas ?

— Je lui apporte un soutien moral. Elle n'a pas le courage d'avouer à sa première conquête qu'elle veut juste être une amie, sans plus.

Ah ! Il comprenait mieux le coup de fil qu'il venait de recevoir sur son portable.

— Elle a essayé de te convaincre de le lui expliquer à sa place ?

— Comment as-tu deviné ? demanda Krista, surprise.

— On ne peut rien me cacher… et surtout, elle a tenté la même manœuvre avec moi. Elle vient de me laisser un message pour me demander de la rejoindre ici d'urgence.

— Cette petite… sournoise a dû t'appeler quand elle est allée aux toilettes ! Tu ne vas pas faire ça ?

En disant cela, elle posa la main sur la sienne. Une main douce, tiède…

— Si je reste, tu continueras à me tenir la main ? murmura-t-il.

Elle le lâcha comme s'il l'avait brûlée.

— Je ne te tenais pas la main, je…

Sa voix s'éteignit, ses yeux se plissèrent. D'une voix très différente, elle lâcha :

— Tu me taquines.

— Oui.

— Tu vas rester debout encore longtemps ou tu comptes t'asseoir un jour ?

Il retint un sourire. Elle était adorable quand elle s'énervait. Ses joues rosissaient, son nez se plissait… Il écarta la chaise qui lui faisait face et s'assit.

— Avec plaisir.

— Quand tu m'as interrompue, j'allais t'expliquer que Grandma doit apprendre à gérer ces situations par elle-même. Je le lui ai déjà dit.

— Oh. Elle n'a pas dû apprécier. Elle m'a tout de suite appelé en renfort.

— Quelle manipulatrice ! Si elle compte continuer à surfer sur ces sites de rencontres, il va falloir qu'on l'éduque un peu.

Un rire tonitruant éclata à l'autre bout de la salle. Ils se retournèrent tous les deux avec le plus de discrétion possible, juste à temps pour voir le compagnon de Grandma poser l'index sur le bout de son nez.

— Tu vois ? dit Krista à mi-voix. Grandma ne devrait pas se laisser faire ! Il dit lui-même qu'il est fétichiste du nez.

Alex ne put s'empêcher de sourire.

— Je ne trouve pas ça bien méchant, dit-il. En fait de fétichisme, ce n'est rien comparé au mien.

— Ah ? C'est quoi, ton fétiche ?

Le visage grave, il posa les deux coudes sur la table et se pencha vers Krista comme s'il s'apprêtait à lui révéler un grand secret. Instinctivement, elle se pencha à son tour, les yeux arrondis.

— Les femmes irascibles dans les salons de thé, murmura-t-il.

— Tu recommences !

— Moi ? Je ne vois pas du tout ce que tu veux dire.

Il posa l'index sur le bout de son nez… et elle écarta sa main d'une tape et croisa les bras, contrariée.

— Je ne suis pas irascible. Je me fais du souci pour ma grand-mère.

Du coin de l'œil, il vit la jeune fille qui tenait le

comptoir lui faire signe en brandissant une grosse chope de porcelaine blanche.

— Pardon, dit-il en se levant. Mon chocolat chaud est prêt.

— Mais tu n'as rien commandé !

— Je prends toujours la même chose.

Il alla chercher son chocolat, et revint à leur table. La première gorgée lui fit fermer les yeux d'extase. Une chaleur merveilleuse se répandait dans sa poitrine.

— Ah ! J'en avais besoin, murmura-t-il. J'ai eu froid toute la journée.

— Tu travaillais ?

Pas exactement ; il avait juste marché dans les bois pendant des heures à la recherche de la photo parfaite. On pouvait appeler cela du travail mais pour lui, c'était l'un des plaisirs de l'existence.

— Non, l'entreprise est fermée pendant les fêtes, répondit-il. Je suis allé faire une petite balade dans la montagne. Voilà plusieurs heures qu'il neige en altitude.

— C'était beau ?

— Magnifique. La Pennsylvanie est toujours belle, mais j'ai un faible pour l'hiver.

— Moi aussi.

Tiens ? Encore une chose que le sédentaire et la nomade avaient en commun.

— Je suis content de te voir, déclara-t-il soudain. Au fait, ça s'est passé comment avec ton père, ce matin ?

Un instant plus tôt, elle souriait, chaleureuse. Son visage se ferma, son regard se fit plus sombre, plus triste.

— Il dormait encore quand nous sommes parties pour la Boutique.

— Et ta mère ? Elle t'a fait des commentaires au sujet du baiser ?

— Pas encore. Elle dormait aussi.

— Tu peux encore te tromper, tu sais ? Elle ne t'ennuiera peut-être pas avec cette histoire.

— Bien sûr. Et le Père Noël viendra ce soir.

— Oh ! Et puis c'est ta faute !

— Non, c'est la tienne, répliqua-t-elle. Il ne fallait pas dire que tu pouvais te contrôler.

— Moi, je peux me contrôler ! C'est toi qui cèdes à tes pulsions. C'est *toi* qui m'as embrassé.

— Tu m'as embrassée aussi.

— Evidemment ! Je ne suis pas de marbre. Une femme superbe m'embrasse, bien sûr que je l'embrasse aussi !

En fait, ce n'était pas tout à fait aussi simple. La vérité, c'était que l'intensité du désir qu'elle éveillait en lui explosait tous les cadrans. Mais cela, il ne comptait pas le lui dire !

— Tant que tu parviendras à garder tes mains pour toi, ajouta-t-il le plus sérieusement du monde, nous devrions nous en sortir.

— Pas de problème !

Puis, comme il haussait un sourcil sceptique, elle lança :

— Bien sûr que je peux ! Tu ne comptes tout de même pas traîner chez nous tout l'après-midi, rien que pour me tenter ?

— Non, assura-t-il avec un sourire satisfait. Moi, je vais affronter la tempête pour aller au centre commercial et terminer mon shopping de Noël. Tu as trouvé tous les cadeaux, toi ?

— Je vais offrir des bons d'achat.

Il la regarda, surpris. Elle plaisantait ? Non, elle était sérieuse.

— Cela fait vraiment très longtemps que tu n'as pas passé les fêtes de Noël en famille, dit-il.

— Ce qui veut dire ?

Il chercha comment s'expliquer… et comprit que c'était impossible.

— Oublie ça, marmonna-t-il. Je n'ai pas à me mêler de tes affaires.

— Tu trouves que des bons d'achat, c'est trop impersonnel, c'est ça ?

— D'accord, puisque tu tiens à le savoir, oui, c'est

ce que je pense. Dans ta famille, on se donne beaucoup de mal pour choisir le cadeau idéal. Je suis surpris que tu ne le saches pas.

— Mais je le sais !

Bon sang ! Loin de réussir à l'apaiser, il venait de la fâcher. Il grimaça, ennuyé de l'avoir critiquée une fois de plus.

— Je le sais, répéta-t-elle, mais je vis en Europe. C'est beaucoup trop cher de poster des cadeaux.

— Tu es ici, cette année, et il te reste plus de deux heures avant Noël.

— Mais je…

— On ne peut vraiment compter sur personne !

Ils sursautèrent et levèrent les yeux sur Grandma Novak qui venait de se camper près de leur table, les poings sur les hanches, furieuse… et se fichant manifestement d'interrompre leur discussion.

— Vous avez vu ce que Martin a voulu faire ? demanda-t-elle.

Machinalement, Alex se retourna. Le dénommé Martin avait disparu, et pourtant il ne se souvenait pas d'avoir entendu les clochettes de la porte. Décidément, quand il était près de Krista, le reste du monde avait tendance à disparaître. Pas bon, ça. Pas bon du tout.

— Il a voulu m'embrasser ! s'exclama Grandma Novak, outrée. En plein sur la bouche !

— Il a réussi ?

— Bien sûr que non ! J'ai esquivé. Et il a eu le culot de me dire qu'il me trouvait coincée.

— Alors tu en es débarrassée, conclut Krista. Bravo !

— Bravo ? Mais je ne suis pas *coincée* ! Si je tiens un homme que j'ai envie d'embrasser, je n'hésite pas une seconde !

Le regard d'Alex se posa aussitôt sur les lèvres de Krista. Chez les Novak, les femmes étaient sensuelles et fières — ce devait être génétique —, et il adorait. Non, non, oublier ça, vite ! Krista et lui n'étaient compatibles que physiquement. Sur tous les autres plans… Enfin, elle ne comprenait même pas que faire des cadeaux à sa famille, cela représentait davantage qu'une simple obligation !

— Venez, on s'en va, ordonna sombrement Grandma Novak.

— Bonne idée ! s'écria Krista en se levant d'un bond. Je te dépose à la maison et ensuite, Alex m'emmène faire du shopping, ajouta-t-elle en lui jetant un regard rapide. Il ne nous reste plus beaucoup de temps avant la fermeture des magasins.

Au diable les rennes harnachés à un traîneau ! Pour le confort et la sécurité, Krista préférait mille fois une lame de chasse-neige fixée à l'avant d'un pick-up. En roulant sur la quatre-voies enneigée qui menait au centre commercial, elle fut un peu déçue de voir qu'Alex gardait la lame en position haute.

— Je pourrai voir le chasse-neige à l'œuvre en rentrant ?

Elle venait d'apprendre que comme beaucoup de paysagistes de la région, les Costas arrondissaient leurs revenus, l'hiver, en proposant un service de déneigement.

— Désolé, non. Nous ne sommes pas censés toucher aux routes principales. Nous faisons surtout les parkings d'entreprises. De toute façon, la route sera encore praticable au retour. La météo n'annonce la grosse neige que pour cette nuit.

Le parking du centre commercial était si bondé qu'il dut le quadriller pendant plusieurs minutes avant de trouver une place.

— Pourquoi les gens font-ils leurs courses à la dernière minute ? demanda Krista en sautant à terre. Ils ne se rendent pas compte qu'il va neiger ?

— Les gens à qui il manque un cadeau le 24 au soir sont prêts à tous les sacrifices pour le trouver. Et toi, qu'est-ce qui t'a fait changer d'avis ?

— Ça me fait mal de l'admettre, mais tu avais raison, je ne peux pas distribuer des bons d'achat alors que tout le monde échange de vrais cadeaux. Qui sait quand je reviendrai de nouveau pour Noël ?

— Tu pourrais décider de rentrer tous les ans.

— Je ne compte pas le faire, répliqua-t-elle sèchement. Le voyage coûte une fortune.

Puis elle se hâta de changer de sujet, avant qu'il puisse ajouter quelque chose dans le genre « Mais passer du temps avec ta famille, cela n'a pas de prix ». Elle était au courant, mais encore faudrait-il que sa famille ait envie de passer du temps avec elle. Et que sa mère s'abstienne de la harceler.

— L'heure tourne, marmonna-t-elle. Allons-y.

Les artères du centre commercial étaient bondées de gens chargés de gros sacs multicolores. Il y avait des décorations partout, les lumières des vitrines étincelaient de tous côtés.

— Ce que ça a changé ! s'exclama-t-elle, surprise. De mon temps, ce centre commercial était parfaitement nul. Nous faisions tous nos achats à Harrisburg.

— Un groupe d'investisseurs a racheté et rénové. Et ils ont gagné leur pari, tout le monde est revenu ici.

— Je veux bien le croire ! Je parie que c'est très agréable, même en temps normal, sans les décorations.

Parmi les clients qui se pressaient dans les différentes boutiques, elle vit une majorité de femmes. Quelques-unes parmi les plus jeunes la reconnurent et lui lancèrent des saluts rapides, d'autres se retournèrent pour regarder Alex avec un intérêt manifeste. Impossible de leur en vouloir. Avec son blouson noir ouvert sur un pull beige qui mettait en valeur ses cheveux et ses yeux, il était absolument irrésistible. Quand une femme trop chargée la bouscula, il posa la main au niveau de ses reins pour la soutenir… et ne la retira pas.

— Histoire de ne pas te perdre, expliqua-t-il.

Elle se fichait de ses raisons, le contact lui plaisait.

C'était comme si un courant chaud se diffusait partout dans son dos… Une illusion, sûrement. Elle avait déjà bien chaud, et plusieurs couches de vêtements séparaient sa peau de la main d'Alex.

— Nous ferons mes courses en dernier, décida-t-il. Je prends juste des paniers gourmands, je préfère ne pas les traîner sur des kilomètres. Alors, dis-moi, où veux-tu aller ?

Les possibilités étaient si nombreuses qu'elle avait un peu le tournis, mais il était hors de question d'avouer qu'elle ne savait pas par où commencer. Elle choisit donc d'entrer dans le premier magasin venu, une boutique de prêt-à-porter. Presque aussitôt, elle tomba sur un pull léger à l'échancrure en V d'une magnifique couleur vieil or.

— Regarde, ce sera parfait pour Grandma, pour aller au restaurant avec ses prétendants !

Parfait ! Elle venait de trouver son premier cadeau ! Elle n'avait pas le commencement d'une idée pour le reste de sa famille, mais la pression diminuait un peu. Ils reprirent leur chemin, passèrent devant une demi-douzaine de vitrines présentant tout et n'importe quoi sans qu'aucune ne l'attire. Ce n'était pas tout de choisir des cadeaux, elle voulait tomber juste !

— Tu as le droit de me demander conseil, tu sais ? murmura Alex.

— Oui, mais si je te demande ton avis, tu me feras encore remarquer que tu connais ma famille mieux que moi.

— Moi ? Je ne ferais jamais ça !

— Tu ne t'en es pas privé jusqu'ici. Mais bon, admettons que tu ne reviendras pas à la charge.

— *Admettons* ?

— J'ai dit que j'admettais ! Tu m'as dit ce que tu pensais et ce n'est pas ton genre d'en rajouter une couche. J'irai même jusqu'à dire que je regrette de ne pas mieux connaître leurs goûts. Je n'ai pas la moindre idée de ce qui ferait plaisir à Rayna.

— Tout ce qui a un rapport avec les chats. Depuis qu'elle a Casper, c'est devenu une passion.

— Je n'hallucinais pas, alors ? Il y avait bien un chat blanc au sous-sol, le premier matin ! Je ne l'ai pas revu depuis.

— C'est une chatte. Pourquoi crois-tu qu'elle s'appelle Casper ?

— Je vois ! Casper le chat fantôme.

— Exactement. Je suis même étonné que tu l'aies vue. En dehors de Rayna, elle fuit tout le monde.

— Elle portait une petite clochette à son collier.

— C'était pour la trouver plus facilement, mais il paraît qu'elle a réussi à s'en débarrasser.

Quelques mètres plus loin, un petit stand proposait des sacs. Krista craqua pour un grand fourre-tout décoré de silhouettes de chats — et de deux ! —, et accueillit avec soulagement la proposition d'Alex d'entrer dans la librairie voisine. Très grande, la boutique proposait des titres sur tous les thèmes possibles et imaginables. Elle y trouverait forcément son bonheur !

— Ton père aime les thrillers, lui apprit Alex. Des auteurs comme Tom Clancy, Jeffrey Archer, Ken Follett. Choisis le dernier titre de l'un des trois et tu ne pourras pas te tromper.

Elle ne se doutait même pas que son père aimait lire. Petite, elle ne l'avait jamais vu un livre à la main ; le journal, à la rigueur. Bien sûr, tout avait changé maintenant, pensa-t-elle, le cœur serré. Ce n'était pas comme s'il pouvait encore jouer au squash ou faire un parcours de golf.

Elle choisit quelques livres pour lui et en prit un de plus, sur un coup de tête, pour sa grand-mère. Puis Alex suggéra qu'ils aillent voir les DVD et elle s'arrêta devant un coffret de documentaires présentant les plus belles villes d'Europe.

— Je vais le prendre, décida-t-elle. Pour maman, histoire de la convaincre de venir me voir.

— Cela n'arrivera pas. Elle ne laissera pas ton père.

— Elle peut bien le laisser une semaine ! lança-t-elle en ajoutant le coffret à son panier. Cela leur ferait le plus grand bien à tous les deux.

— Pas s'il arrivait quelque chose à ton père alors qu'elle est à des milliers de kilomètres.

— Mais on ne peut pas vivre comme ça, en planifiant toujours le pire. On ne ferait plus rien. Les avions, ça existe !

— Les avions ne te ramènent pas toujours assez vite, murmura-t-il d'une voix sourde.

Surprise, elle scruta son visage avec attention.

— Je ne t'aurais pas pris pour un tel… fataliste, dit-elle. Non, ce n'est pas le mot, plutôt pessimiste.

— Juste réaliste. Si tu as tout ce que tu veux, file à la caisse, il y a la queue et le magasin va fermer.

Il cherchait à changer de sujet, mais il n'avait pas tort pour autant. C'était bientôt l'heure de la fermeture et il devait encore acheter ses paniers gourmands.

Un peu plus tard, leurs courses terminées, ils prirent l'escalator pour redescendre au rez-de-chaussée et passèrent près du sapin de Noël géant de l'atrium.

— Je dois ramener papa à la maison, dit Alex. Il était de service de Père Noël, mais il doit avoir terminé, maintenant.

— Il n'a pas pris sa propre voiture ?

— Je n'y tenais pas, avec cette tempête de neige. Tôt ou tard, il devra se faire opérer de la cataracte. Il voit encore plutôt bien, mais pourquoi prendre des risques ?

Krista hocha la tête, pensive. La vie d'Alex était bien différente de la sienne. Dans un sens, elle admirait assez son dévouement pour son père, mais elle refusait toujours de culpabiliser pour ses propres choix. On pouvait parfaitement vivre au loin sans cesser d'aimer sa famille.

Un chant de Noël qu'elle n'avait pas entendu depuis des années jaillit de la sono. Une femme à la voix fabuleuse disait à son chéri que tout ce qu'elle voulait pour Noël, c'était d'être auprès de lui. Dès les premières notes, Krista bascula dans un autre lieu, une autre époque… Elle avait vingt et un ans, elle était rentrée à la maison pour les vacances d'hiver, et elle voyait en secret un garçon qui la rendait folle de désir. Le même garçon qui, devenu un homme, marchait près d'elle en ce moment.

— Tu te souviens de cette chanson ? s'écria-t-elle. Elle me fait penser à toi. Tu te souviens du soir où je t'ai appelé de la salle de bains de mes parents ?

— Raconte.

Elle revoyait la scène comme si c'était hier. Parce que c'était le réveillon, la fête familiale par excellence, elle n'avait pas pu s'échapper pour aller le rejoindre.

— La veille de Noël, chez nous, c'est un vrai branle-bas de combat, commença-t-elle. Le seul moyen d'avoir quelques minutes de solitude, c'était de m'enfermer dans la salle de bains. Oh ! J'avais tellement envie d'être avec toi ce soir-là…

— Tu aurais pu m'inviter.

— Tu oublies que je n'avais rien dit à ma famille. De toute façon, ce n'est pas exactement ce que je voulais dire. Je voulais me retrouver… dans ton lit.

Il cessa de marcher, et elle l'imita. Immobiles au cœur d'un tourbillon de passants qui faisaient de brusques crochets pour les éviter, elle eut l'impression qu'ils se retrouvaient seuls tous les deux, loin de tout. Elle ne savait toujours pas si l'attirance qu'elle éprouvait était nouvelle, ou s'il s'agissait juste d'un écho du passé. Elle savait seulement qu'elle n'avait jamais rien vécu de plus réel.

— Tu ne devrais pas dire des choses pareilles, Krista.

Spontanément, elle leva la main pour effleurer ses lèvres. Pas pour le faire taire, juste pour voir si sa bouche était toujours aussi douce. Ce geste, elle avait envie de le faire depuis tout à l'heure, dans le salon de thé. D'une voix lointaine, elle demanda :

— Et pourquoi pas ?

Il intercepta sa main… mais la garda bien serrée dans la sienne.

— Tu repars bientôt, dit-il. Même si j'étais partant…

— Mais tu es partant.

Sans réfléchir, il effleura à son tour sa joue, promena son pouce sur sa lèvre inférieure…

— Admettons, murmura-t-il. Mais c'est la veille de Noël. Tu es en visite chez tes parents et moi, je vis avec mon père. Pour nous retrouver seuls, je ne vois que ta salle de bains !

Elle fit la grimace. La salle de bains de ses parents, avec son carrelage bleu ciel et ses aménagements pour handicapés, n'était vraiment, mais vraiment pas sexy.

— Le centre commercial, c'est suffisamment privé pour toi ? demanda-t-elle.

Elle se coula contre lui, si près que sa bouche ne fut plus qu'à quelques centimètres de la sienne. Le souffle court, il s'enquit :

— Tu comptes m'embrasser de nouveau ?

— Tu ne voudrais pas prendre l'initiative, pour une fois ? chuchota-t-elle d'une voix méconnaissable.

Elle vit les pupilles d'Alex se dilater, ses paupières s'alourdir. Il se pencha vers elle…

— Alex ! Man, je suis super content de tomber sur toi !

Le salut jovial éclata à leurs oreilles comme une fanfare. Krista sursauta violemment, et Alex se redressa avec une expression de frustration si intense qu'elle en devenait presque comique.

— Malt. C'est bien de te voir, dit-il en tendant la main au nouveau venu.

Ce dernier le happa dans une étreinte d'ours.

— Krista, je te présente Malt Green. Malt, Krista Novak.

Malt broya la main de Krista avec enthousiasme. Des cheveux blond-roux, une carrure solide, un visage agréable. Elle nota que son manteau était en cachemire et ses dents blanchies par un professionnel.

— En fait, je m'appelle Mark, expliqua-t-il joyeusement. « Malt », c'est un sobriquet du lycée dont je n'arrive pas à me défaire. Mais allez-y, Krista, appelez-moi « Malt » comme tout le monde ! Sachez juste que je choisis mieux mes boissons, maintenant.

— Vous vous connaissez depuis longtemps, Alex et vous ? demanda-t-elle avec un sourire.

Malt jeta un bras autour des épaules d'Alex.

— Nous deux ? De vrais frangins, à une époque. Je n'ai jamais compris comment nous avions pu perdre le contact.

— Tu es parti vivre à Toronto, dit Alex.

— Toronto, pas Tombouctou ! Je t'ai appelé les dernières fois que je suis passé par Jarrell mais je n'ai jamais réussi à te joindre.

— J'étais un peu occupé.

Bizarre, songea Krista. Elle aurait supposé qu'il ferait l'impossible pour revoir un vieux copain.

— Tu travailles toujours avec ton père ? enchaîna Malt. Ça se passe bien ?

— Formidable.

— Et tu ne penses jamais à ce que l'on aurait pu faire, tous les deux ?

— Non, Malt. Je suis un homme heureux.

Assez interdite, Krista nota le regard pénétrant dont Malt enveloppait Alex, et aussi l'intensité un peu insolite de sa question.

— Moi aussi, je suis heureux ! lança Malt. J'ai rencontré la femme de ma vie. Heureusement qu'elle a de la patience, vu les heures que je passe à faire tourner l'entreprise !

Krista lui aurait volontiers expliqué qu'il se trompait en les prenant pour un couple, mais il ne lui en laissa pas l'occasion.

— Ma boîte produit des agendas haut de gamme, des calendriers, toute une ligne de papeterie, poursuivit-il en se tournant vers elle. Nous nous appelons Greenscapes. Jetez un coup d'œil à notre site.

— Je n'y manquerai pas.

— Fantastique !

Il donna une grande claque sur l'épaule d'Alex.

— Dis, je réunis toute la bande le lendemain de Noël au Timeout.

— Il paraît, oui.

— Cette fois, tu dois absolument venir. Emmène Krista. Je dois absolument te voir, j'ai une proposition à te faire…

Il s'éloignait déjà, sans laisser à Krista la possibilité de lui dire qu'elle serait en Suisse ce jour-là.

— Je suis bien où je suis ! lança Alex.

— Viens le 26 et écoute ce que j'ai à te dire, ça ne t'engage à rien ! Heureux de vous avoir rencontrée, Krista. Joyeux Noël à tous !

Et il se fondit dans la foule avec un dernier signe de la main.

— Pas facile de placer un mot avec lui, murmura Krista, un peu étourdie. Nous n'avons même pas pu lui dire que nous ne sommes pas ensemble.

— Il comprendra quand je me présenterai au Timeout sans toi.

— Tu comptes y aller ?

Un peu perplexe, elle chercha à formuler ce qu'elle avait ressenti.

— J'ai eu l'impression que tu cherchais à l'éviter, précisa-t-elle.

— Non. Il vit au Canada, voilà tout.

Une explication qui n'expliquait rien du tout !

— Où voulait-il en venir avec sa proposition ?

— Rien d'important, répliqua-t-il en évitant son regard. Viens, papa doit nous attendre.

Elle le suivit, assez déconcertée. Si seulement elle

avait pu se rendre à la réunion au Timeout, elle aurait assez aimé découvrir ce mystère dont Alex refusait de lui parler. Pour la première fois depuis son arrivée, elle regretta de n'avoir pas réservé son retour un jour plus tard.

6

Jackie, la mère de Trey, élevait seule ses trois fils depuis son divorce, près de dix ans auparavant. Petite, très blonde, énergique, elle accueillit Rayna avec un large sourire et plongea aussitôt une longue cuiller dans la marmite qui mijotait sur son fourneau.

— J'essaie une nouvelle recette de soupe aux clams, expliqua-t-elle. Tiens, goûte et dis-moi ce que tu en penses.

Rayna reçut les différents arômes en plein visage et recula en luttant contre une nausée subite.

— Rayna, ça va ?

Elle fit un vague signe rassurant de la main, s'assit avec précaution sur la chaise la plus proche et respira à fond. Des gouttes de sueur perlaient à son front.

— Ça va aller dans une minute…, murmura-t-elle.

— Tu n'as pas l'air bien. Ne bouge pas, je t'apporte un verre d'eau.

Jackie ouvrit vivement un placard, saisit un verre et le remplit au robinet.

— Bois doucement, lui recommanda-t-elle en le glissant dans sa main.

Rayna obéit, docile. L'eau fraîche lui fit du bien.

— Mieux ? demanda Jackie.

— Beaucoup mieux, oui. Désolée.

— Tu n'as pas à t'excuser !

Soucieuse, elle la dévisagea un instant et ajouta :

— J'espère seulement que tu ne couves pas une grippe. Ce serait dommage, au moment des fêtes !

Rayna hocha la tête sans répondre. Elle savait bien, elle, qu'elle n'était pas malade. Seulement les femmes enceintes étaient particulièrement sensibles aux odeurs… et les arômes qui flottaient dans la cuisine de Jackie étaient puissants.

— Ça va mieux, répéta-t-elle. Je devrais peut-être manger quelque chose. Je suis au régime et…

— Toi ? Mais tu n'as aucun besoin de faire un régime ! Tu as une silhouette fabuleuse.

— Merci, mais vous comprenez, avec les fêtes…

Elle s'embrouillait. Elle avait dit cela au hasard, pour rassurer Jackie. En réalité, elle ne s'apprêtait pas à perdre du poids mais à en prendre, énormément…

— Bon, d'accord, mauvaise idée, reconnut-elle en réprimant une subite envie de pleurer.

— Vous, les filles, avec vos régimes… Enfin, si ton seul problème, c'est de n'avoir rien mangé, on peut arranger ça tout de suite !

Rayna s'obligea à acquiescer, et à picorer la grappe de raisin que lui offrait Jackie. Devant tant de gentillesse, il lui vint une envie terrible de se confier… Mais la mère de Trey ne devait pas savoir qu'elle était enceinte avant son fils.

Elle n'avait pas revu Trey depuis le match de hockey. La veille au soir, il lui avait téléphoné au retour de sa soirée avec son équipe, sans demander comment s'était passée la tournée de chants de Noël ou pourquoi elle ne l'avait pas attendu à la sortie des vestiaires. Il s'était contenté de lui chanter d'une voix avinée le dernier tube à la mode en guise de chanson d'amour.

— Trey m'a dit qu'il passait la journée chez vous, dit-elle. Il est là ?

— Où veux-tu qu'il soit ! répliqua Jackie en levant les yeux au ciel. Il joue en bas avec Buddy.

— Je vais leur dire bonjour, murmura Rayna en se levant.

— Si tu descends, demande-leur de venir mettre le

couvert. Leur frère va arriver d'une minute à l'autre avec sa femme et sa petite fille.

Rayna se retourna, surprise.

— Je ne savais pas que Bruce serait là.

Elle connaissait Buddy, le petit frère de Trey, mais n'avait encore jamais rencontré l'aîné de la fratrie, qui était parti s'installer à Washington, où il avait décroché un bon poste, avant qu'elle commence à sortir avec Trey.

— Ils sont arrivés hier, lui confia Jackie avec un sourire radieux. Ils logent chez les beaux-parents de Bruce, à trois kilomètres de là. Heureusement qu'ils sont aussi près, sinon ils n'auraient jamais pu venir ce soir, avec cette neige. Attends de voir la petite Katelyn, elle est adorable !

Une sonnerie retentit, et elle se remit aussitôt à s'affairer.

— Bon, le riz est cuit, je démarre les scampi aux crevettes. Je compte sur toi pour faire monter les garçons !

Rayna descendit au sous-sol en traînant les pieds, et traversa la salle qui abritait la chaudière. Des éclats de voix lui parvenaient à travers une porte close. Elle entra sans frapper dans une grande pièce lambrissée de pin, avec un grand tapis berbère sur le sol.

— Je mène ! s'écria Buddy. Tu ne peux plus me battre.

— Tu veux parier ?

Assis côte à côte sur un canapé, le regard rivé au téléviseur installé devant eux et les mains crispées sur des manettes en forme de volant, les deux frères vivaient leur course avec intensité. A l'écran, des personnages multicolores pilotaient de petits bolides. Instinctivement, les deux frères se penchaient d'un côté, puis de l'autre, en fonction des virages du circuit. La ligne d'arrivée fondait sur eux. Trey hurla :

— Je vais te faire la peau !

— Noooon !

Puis leurs vociférations se confondirent.

Rayna se demandait encore qui avait gagné quand Buddy brandit le poing en criant :

— Je t'avais dit que je te grillerais !

— Tu as eu de la chance, c'est tout.

En posant sa manette, Trey s'aperçut enfin de la présence de Rayna.

— Salut, bébé ! lança-t-il, tout heureux. Tu es là depuis longtemps ?

— Assez longtemps pour t'avoir vu perdre ! brailla Buddy.

— J'arrive juste, dit-elle en s'avançant vers le canapé.

La main de Trey saisit la sienne, tira, et elle atterrit sur ses genoux. Il éclata de rire et l'embrassa avec tant de ferveur qu'elle se sentit encore plus étourdie.

— Mmm, murmura-t-il sans s'écarter. Je suis content de te voir.

— Bon, je monte, marmonna Buddy.

Rayna ouvrait la bouche pour lui transmettre le message de sa mère quand Trey la fit taire en l'embrassant de nouveau, avec beaucoup de sensualité cette fois. Elle ferma les yeux, incapable de résister aux sensations qu'il éveillait en elle. Avec ses formes voluptueuses, elle avait toujours plu aux garçons, mais aucun ne l'avait jamais troublée comme lui. Elle se cambra en nouant les bras autour de son cou, et il s'enflamma à son tour, la broya contre lui… et s'écarta subitement.

— Stop, stop, souffla-t-il d'une voix étouffée, les yeux dans le vide. La famille est là. Si on n'arrête pas tout de suite, on ne pourra plus se retenir.

Il avait raison, bien sûr. Habituellement, elle montrait plus de retenue. Ses hormones étaient-elles à ce point bouleversées par sa grossesse ? Gênée, elle glissa de ses genoux en marmonnant :

— Désolée.

— Ne t'excuse surtout pas !

Il l'attira contre lui en posant un baiser chaste sur ses cheveux.

— Tu m'as manqué, bébé.

Ah ? Pourtant, il n'avait guère fait d'efforts pour la

voir ! En évitant soigneusement son regard — elle savait que si elle basculait dans son beau regard bleu, elle lui pardonnait tout —, elle répliqua :

— Nous devions être ensemble hier soir. C'est toi qui t'es défilé.

— Je ne pensais pas que ça t'embêterait. Si tu veux vraiment que je sois quelque part, tu n'as qu'à le dire et j'y serai !

Elle eut envie de répondre qu'elle ne devrait même pas avoir à demander. Bien sûr qu'elle voulait qu'il vienne faire la tournée des chants de Noël avec elle ! Visiblement, ce qui était évident pour elle ne l'était manifestement pas pour lui. Mais il la regardait d'un air si gentil, si sincère… qu'elle renonça à s'expliquer.

— Bien sûr, murmura-t-elle dans un soupir. Je le sais.

Il l'embrassa de nouveau avec tendresse. Un peu réconfortée, elle décida qu'elle avait peut-être mal réagi, à la patinoire. Quand ils étaient avec leurs copains, les hommes disaient toutes sortes de choses qu'ils ne pensaient pas. Trey ne lui avait jamais fait de grandes déclarations, mais elle comptait pour lui, c'était évident. Elle pourrait peut-être lui avouer qu'elle était enceinte, en fin de compte…

Il releva la tête.

— Quelqu'un descend, fit-il remarquer.

Elle tendit l'oreille, entendit un pas lourd dans l'escalier et réprima un geste excédé. Une occasion venait de lui échapper.

— J'étais censée te dire de monter mettre le couvert, dit-elle.

Il eut une grimace comique.

— Tu crois que ma mère envoie la cavalerie pour nous traîner là-haut ?

— Trey ? Tu te caches ?

Une voix d'homme résonnait dans la salle de la chaudière, et un instant plus tard, un inconnu poussait la porte de la salle de jeux. Son visage était plus carré que celui de Trey, sa carrure plus large, mais la ressemblance entre eux sautait aux yeux. Bruce, l'aîné des trois frères, s'arrêta net en la voyant.

— Ah, tu as de la visite, dit-il en fronçant les sourcils.

— C'est juste Rayna, lança Trey d'un ton léger. Ma copine.

— Tu as une copine, toi ? Désolé, Rayna, je suis juste surpris que mon frère ait trouvé une fille capable de le supporter.

— Merci ! protesta Trey.

Bruce éclata de rire et s'avança, la main tendue.

— Vous ne sortez sûrement pas ensemble depuis bien longtemps.

— Un an, murmura Rayna, mal à l'aise.

— Waouh ! Et je n'étais pas au courant ?

Le cœur de Rayna se mit à battre trop vite, douloureusement. Elle avait parlé de Trey à tout le monde dans sa famille, même à ses cousins les plus lointains. Et lui…

— Tu ne sais pas tout de ma vie, répliqua Trey, le visage sombre.

Mais s'il tenait vraiment à elle, son grand frère l'aurait tout de même su, non ?

Le regard de Bruce se posa sur l'écran avant de revenir vers elle.

— Ah ! Je comprends mieux. Vous aimez aussi les jeux vidéo, Rayna ?

— En fait, non.

— Papa, papa !

Une fillette aux cheveux bouclés se précipita dans la pièce.

— Mamie m'a donné un cadeau ! clama-t-elle en brandissant un joli nœud rouge et doré.

Bruce la souleva dans ses bras avec un grand rire.

— Je crois bien qu'il y a encore autre chose pour toi, ma puce. Ça, ça fait surtout partie de l'emballage.

— Salut, Katelyn, lança Trey en levant une main désinvolte. Tu te souviens de moi ?

La fillette enfouit son visage dans le cou de son père.

— Oh ! Allez, la gronda doucement celui-ci. Tu es timide avec ton oncle Trey ?

Trey s'arracha du canapé, tendit la main à Rayna et l'aida à se lever à son tour.

— Katelyn fait toujours ça quand elle me voit, dit-il.

— Je me demande pourquoi, ajouta Bruce. D'habitude, elle va facilement vers les gens.

— Je ne suis pas doué avec les enfants, répondit Trey en haussant les épaules. On ferait bien de monter ou maman va s'énerver.

Rayna se dirigea machinalement vers la porte. Le bras de Trey encerclait ses épaules, mais elle ne s'était jamais sentie plus éloignée de lui. Depuis qu'ils sortaient ensemble, elle n'avait pas pensé une seule fois à lui demander s'il aimerait avoir des enfants un jour. A en juger par sa réaction face à sa nièce, la réponse était claire.

— Alors, il se passe quoi entre vous deux ? lança Eleanor Novak.

Alex dut convenir qu'elle s'était montrée très patiente : elle avait attendu que le repas du réveillon soit servi et savouré, la table débarrassée, le lave-vaisselle en route et tous les convives installés devant le feu de cheminée avant de poser sa question. Il croisa le regard de Krista et, d'un mouvement des sourcils, l'invita à répondre.

— Je suis très contente que tu me poses la question, maman, répondit-elle, sardonique. Nous voulions justement t'annoncer que nous sommes tombés amoureux.

— Ah ? s'enquit-il sans se troubler.

— Oh oui ! Amoureux fous, confirma-t-elle, très pince-sans-rire.

Elle était perchée près de lui sur le retour du canapé en L — plus par coïncidence que par choix car, le temps qu'elle termine de ranger la cuisine, il ne restait plus d'autre place.

Radieuse, Eleanor battit des mains avec un sourire assez chaleureux pour faire fondre la neige qui tombait sans discontinuer.

— Oh ! Je suis contente ! s'exclama-t-elle. Vous êtes faits l'un pour l'autre.

Krista poussa un long soupir.

— Maman, je te taquine ! Nous ne sommes pas amoureux.

Sa mère braqua sur elle un regard outré… et se tourna vers lui.

— Alex, c'est vrai, ce qu'elle vient de dire ?

Le reste du groupe suivait cet échange avec des expressions assez contrastées, nota Alex. Grandma Novak et son père attendaient sa réponse avec intérêt, mais Joe sirotait son vin sans regarder personne. Rayna semblait préoccupée, et Trey feuilletait une revue sportive abandonnée sur la table basse.

— C'est vrai, déclara-t-il. Krista et moi, nous ne sommes pas amoureux.

— Tu es sûr ? demanda Eleanor. Je vous ai pourtant vus vous embrasser.

Pour la première fois, la discussion sembla capter l'attention de Rayna.

— Alex et Krista s'embrassaient ? demanda-t-elle.

— Mais vous feriez un couple fabuleux ! insista Eleanor.

— Laisse tomber, intervint Joe. Si Alex et Krista te disent qu'ils ne sont pas amoureux…

— Ils ne peuvent pas en être sûrs, riposta-t-elle. L'amour, c'est compliqué. Tant qu'on ne l'a pas vécu, on ne sait pas à quoi ça ressemble.

Joe laissa échapper une petite exclamation d'impatience.

— Si tu t'écoutais, Eleanor, tu dirais moins de bêtises.

Krista se pencha un peu vers Alex — ses cheveux sentaient la fraîcheur propre, comme les bois après la pluie.

— Aïe, murmura-t-elle. Qu'est-ce que j'ai déclenché ?

— Tu vois bien ! s'exclama Eleanor. Ils se chuchotent

des choses. Des mots doux, si ça se trouve ! Ça montre bien qu'il se passe quelque chose entre eux.

— Maman ! protesta Krista. Cela prouve juste que nous acceptons encore de nous parler. Dites, vous autres, vous ne pourriez pas me donner un coup de main ?

Rayna ne réagit pas, mais Trey finit par lever les yeux de sa revue en demandant gentiment :

— Désolé, j'étais ailleurs. Vous parlez de quoi ?

— Ils chuchotaient, confirma Grandma. Je l'ai vu comme toi.

— Moi aussi, renchérit Milo.

— Oui, d'accord, admit Krista. Mais nous ne sommes tout de même pas amoureux.

Alex jeta un coup d'œil à Eleanor. Celle-ci n'aurait pas eu l'air plus effondrée si elle venait d'être informée d'un décès dans la famille.

— Je vois, marmonna-t-elle, vexée. Bravo ! C'est charmant de décevoir les gens comme ça.

Elle se leva brusquement et quitta la pièce.

Il y eut plusieurs secondes de silence, puis Grandma Novak murmura :

— Krista ? Va t'excuser.

— Mais de quoi ?

— De l'avoir fait marcher. Tu sais très bien comment elle réagit.

Avec un soupir théâtral, Krista se leva et sortit à son tour.

— Alex ? demanda Grandma Novak en haussant un sourcil. Tu ne l'accompagnes pas ?

— Moi ? Qu'est-ce que j'ai fait ?

— Ne pose pas de questions, lui recommanda Trey. Obéis.

Alex, qui n'était pas du tout convaincu de l'intérêt de s'interposer entre deux fortes femmes, quitta le salon… et s'arrêta dès qu'il sortit du champ de vision du groupe rassemblé devant la cheminée. De sa position derrière le sapin, il voyait Krista et sa mère dans l'entrée, face à face. Ni l'une ni l'autre ne semblaient avoir remarqué sa présence.

— Je regrette, maman, dit Krista.

— Ta grand-mère t'a envoyée me faire des excuses, c'est ça ?

— En fait, oui.

— Donc, tu ne regrettes pas vraiment de m'avoir taquinée.

— Et toi, tu regrettes de ne pas m'avoir dit la vérité sur tes ulcères ?

— Ce n'est pas la même chose. Moi, j'ai vraiment cru que tu étais amoureuse d'Alex. J'ai cru que tu reviendrais peut-être vivre à Jarrell.

— Et moi, j'ai vraiment cru que tu allais mourir ! Quant à m'installer ici… Maman, tu dois bien te rendre compte à quel point c'est invraisemblable.

— Je t'ai vue embrasser Alex.

— Je vais peut-être te choquer, mais j'ai embrassé un certain nombre d'hommes dont je n'étais pas amoureuse.

Discrètement, Alex recula. Trop d'informations ! En même temps, il ne pouvait pas s'empêcher de se demander où il se situait sur la liste des hommes de Krista. En bonne place ?

— Donc, il n'y a pas d'homme dans ta vie ? Personne à qui tu tiens vraiment ? demanda Eleanor, une note d'espoir dans la voix.

Il prêta l'oreille, intéressé malgré lui par la réponse.

— Non, répondit Krista.

— Quand tu étais petite, tu disais toujours que tu voulais te marier et avoir des enfants.

— C'est ce que disent toutes les petites filles. Et je le ferai peut-être un jour.

— C'est aussi ce que veut Alex.

— Maman, Alex est un ami. On ne tombe pas amoureux en deux jours ! D'ailleurs, même si je tombais amoureuse de lui, ce n'est pas pour autant que je reviendrais m'installer à Jarrell.

— Je peux toujours espérer.

— Tu ne renonces jamais…

— Comment veux-tu que je renonce ? Tu habites au bout du monde ! C'est comme si tu m'avais oubliée.

Krista la dévisagea, choquée.

— Tu plaisantes ?

Elle posa la main sur son cœur et ajouta avec tendresse :

— Tu es ici, maman. Où que je sois, tu es avec moi.

Eleanor essuya une larme… et Alex s'éclipsa, à moitié honteux, à moitié heureux d'avoir surpris cet échange. En supposant que Krista se fichait de sa famille, il avait commis la même erreur qu'Eleanor pensant que Krista allait choisir de s'installer à Jarrell. Il voyait maintenant que ce n'était pas le cas. Mais alors pourquoi avait-elle tant tardé à revenir ? Elle supportait très mal les manigances de sa mère, et ses tentatives de régir sa vie, mais cela ne semblait pas une raison suffisante pour s'absenter huit ans. Quant à son séjour en Suisse, il ressemblait de plus en plus à un mauvais prétexte.

De retour dans le salon, il fit un signe du pouce à Grandma Novak pour lui annoncer que la paix était conclue et se rassit à sa place. Son père et Joe s'étaient lancés dans un grand débat sur l'évolution de la tempête de neige, mais il les entendait à peine. Il guettait le retour de Krista. Au bout de quelques minutes, Eleanor revint, les yeux humides. Grandma Novak lui demanda où était passée Krista.

— En bas, elle emballe ses cadeaux. Personne ne doit descendre avant qu'elle ait terminé.

— Pas de problème pour moi, lâcha Joe, ironique.

Trey se mit à rire.

N'y tenant plus, Alex se leva.

— Je vais l'aider, dit-il. Je sais déjà ce qu'elle vous a acheté.

— Tu crois que c'est une bonne idée ? demanda Joe. Si tu descends, Eleanor va planifier votre mariage dans la minute qui suivra.

— Tu te crois malin ! répliqua Eleanor. Il y a des jours où je me demande pourquoi j'ai accepté de me marier avec toi.

— *Accepté ?* Tu m'as supplié de t'épouser.

— Dans tes rêves !

Alex n'entendit pas la suite, il était déjà dans l'escalier.

Le sous-sol était divisé en trois parties : une grande pièce lambrissée avec un bar, un téléviseur et deux canapés, la chambre de Rayna et la salle de bains attenante, et un espace de ciment brut avec des placards, un poste de couture et un établi.

— N'entrez pas ! cria Krista en entendant ses pas dans l'escalier. Je fais mes paquets !

Il la trouva dans la zone atelier, devant une table jonchée de papier cadeau, de rouleaux d'adhésif et de ciseaux. Elle cachait quelque chose derrière son dos.

— Ce n'est que moi, dit-il.

Elle se détendit et remit sur la table le pull doré qu'elle destinait à sa grand-mère.

— Tu prends un risque en descendant, lui fit-elle remarquer sans le regarder. Ma mère n'a pas encore renoncé à nous voir ensemble.

— Ton père s'occupe de la convaincre que nous n'allons pas tomber amoureux.

— Cela ne changera rien. Elle n'écoute jamais ce qu'il lui dit.

— Le plus important, c'est que nous sachions, nous, que ce n'est pas de l'amour.

— Tu as raison.

Délicatement, elle replia le pull, le déposa dans une boîte sur un lit de papier de soie et ajusta le couvercle. Ensuite seulement, elle leva les yeux vers lui.

— Qu'est-ce que c'est, entre nous, à ton avis ? Du sexe ?

Il reprit son souffle.

— Krista, je ne m'habituerai jamais à ta façon de dire les choses, brut de décoffrage.

— C'est chou, tant de délicatesse.

Elle emballa sa boîte dans du papier rouge.

Plus pour se donner une contenance que parce que c'était réellement utile, il saisit le rouleau d'adhésif le plus proche, en détacha une longueur et la lui tendit.

— Je ne suis pas délicat, répliqua-t-il.

— Plus que moi, en tout cas.

— Tout le monde est plus délicat que toi.

Quand elle prit le tronçon de ruban adhésif, leurs doigts se frôlèrent. Il eut l'impression qu'elle l'avait fait exprès.

— Si je restais plus longtemps, je te montrerais à quel point je ne le suis pas, affirma-t-elle.

— Pourquoi ne restes-tu pas plus longtemps ?

La question sembla la surprendre.

— Je te l'ai déjà dit. Je vais faire du ski en Suisse.

— Il y a tout de même une chose que je ne comprends pas.

— Quoi donc ? demanda-t-elle en mettant de côté son cadeau terminé.

— Pourquoi n'es-tu pas revenue plus tôt ?

Voilà pourquoi il était descendu au sous-sol, réalisa-t-il : pour avoir la réponse à cette question.

Krista entreprit d'emballer un autre cadeau, évitant son regard.

— Cela ne s'est pas fait, voilà tout.

— Pourquoi ? insista-t-il.

— Ce n'est pas si facile d'obtenir des congés.

Bien. Le moment était venu d'admettre qu'elle ne lui donnerait pas ses vraies raisons. Et au fond, pourquoi le ferait-elle ? C'était comme elle l'avait dit, ils n'étaient pas amoureux. Ils se désiraient, tout simplement.

7

Debout devant la grande baie vitrée du salon, Krista se frottait distraitement les bras. Le matin de Noël était arrivé et la neige tombait toujours aussi fort.

Traînant les pieds dans ses chaussons, Grandma lui apporta une tasse fumante de café et resta près d'elle pour contempler le ciel bas et lourd. Emue, Krista nota qu'elle lui arrivait tout juste au menton.

— Tu crois que ça va s'arrêter ? lui demanda sa grand-mère, au bout d'un instant.

— En fin d'après-midi, d'après la météo. Je n'en reviens toujours pas que nous ayons réussi à aller à l'église ce matin.

— Grâce à Alex !

Et grâce à la souffleuse à neige de l'entreprise Costas, oui, elle le savait. Alex s'était levé tôt pour dégager leurs deux allées puis, avec le chasse-neige fixé à l'avant de son camion, il avait déblayé un passage jusqu'à l'église. D'autres familles avaient pu profiter de ses efforts, et à l'heure de l'office, la nef était à demi pleine d'âmes intrépides. Chez les Novak, seul Joe avait été dispensé de la cérémonie.

— Nous avons de la chance de l'avoir pour voisin ! ajouta Grandma.

— Chut ! Les louanges vont finir par lui monter à la tête, murmura Krista en jetant un regard rapide à Alex qui était à l'autre extrémité du salon, occupé à disposer ses cadeaux sous le sapin.

Rasé de frais, en pantalon noir et chemise rouge foncé, il semblait plus jeune que d'habitude et… beau. Absurdement beau. Son cœur battit soudain un peu plus fort. Elle venait de se souvenir… Ce matin, en sortant de l'office, un rayon de soleil éblouissant avait subitement percé le plafond tourmenté des nuages, et Alex lui avait dit qu'elle était belle.

— Mais non, voyons, répondit Grandma. Ce garçon ne se prend pas au sérieux. C'est d'ailleurs ce qui…

— Les cadeaux ! C'est l'heure des cadeaux ! s'écria Eleanor, mettant un terme heureux à cette conversation.

Puis elle s'installa à côté du sapin dans son fauteuil de velours rouge. Petites, Krista et Rayna la taquinaient quand elle s'y asseyait en disant qu'elle « faisait sa reine ». Aujourd'hui, elle avait toujours autant l'air de superviser les allées et venues de ses sujets !

— Oui ! s'exclama Grandma.

Puis elle chuchota très vite :

— J'ai hâte de voir ce qu'Alex a choisi pour toi.

— Mais rien, enfin !

— Bien sûr que si ! C'est l'un des plus gros cadeaux sous le sapin. J'ai vu l'étiquette.

— Mais je ne lui ai rien pris, moi !

La veille, au centre commercial, elle n'avait pensé qu'à sa famille. Une erreur, bien sûr. Elle allait faire de la peine à Alex, et c'était la dernière chose qu'elle souhaitait.

— Tu sais quoi ? lui glissa sa grand-mère d'une voix de conspiratrice. J'ai deux cadeaux pour Charlie. Tu n'as qu'à lui offrir le plus gros des deux.

— Tu me sauves la vie ! Tu es sûre que cela ne t'ennuie pas ?

— Pas du tout. Charlie ne viendra pas aujourd'hui, il est bloqué par la neige. Contente-toi de dire comme moi.

— Et alors ? lança Eleanor, impatiente. Vous venez ? Qu'est-ce que vous complotez, toutes les deux ?

— Si on te le disait, ce ne serait plus un secret !

répliqua joyeusement Grandma en entraînant Krista vers le groupe rassemblé autour du sapin.

Il ne restait que deux sièges libres, l'un près de Milo sur la partie longue du canapé en L, l'autre près d'Alex sur la partie courte.

— Mets-toi à côté de Milo, Grandma, ordonna Eleanor. Comme cela, Alex et Krista pourront être ensemble.

Grandma obéit aussitôt.

Excédée, Krista serra les dents. A l'église aussi, sa mère s'était arrangée pour les placer côte à côte !

— Tu veux bien laisser tomber, maman ? marmonna-t-elle en passant devant elle. Ça ne marchera pas.

— Je ne vois pas du tout de quoi tu parles, ma chérie.

— Tu sais exactement de quoi je parle. Et si tu te rendais seulement compte à quel point tu…

— Calme, calme, lui chuchota Alex. C'est Noël !

C'était vrai. L'heure n'était pas aux disputes. Mais tout de même, elle avait du mal à encaisser ! Ce matin, à l'église, sa mère les couvait d'un regard si insistant, Alex et elle, qu'elle avait eu du mal à se concentrer sur les paroles de l'officiant. La présence d'Alex près d'elle l'empêchait tout autant de se concentrer, d'ailleurs — mais cela, elle refusait de s'y arrêter.

La chaleur de son souffle eut un effet bienfaisant sur elle. Il sentait le savon, le shampooing, le grand air en hiver… et il avait raison. Qu'importe si sa mère la rendait folle ? Elle avait la chance, cette année, de passer Noël avec sa famille. Elle se souvint d'autres Noëls où ils lui avaient affreusement manqué, fit un effort, et réussit à se calmer.

Chez les Novak, on avait toujours accordé énormément d'importance à la fête de Noël. Du fait de l'écart d'âge entre Rayna et elle, il y avait très longtemps eu quelqu'un à la maison pour croire au Père Noël. Chaque année, pour entretenir la légende, son père grimpait sur le toit, se penchait sur la cheminée, et… Sa gorge se noua. Elle se souvenait encore de son émotion en entendant cette voix caverneuse tomber du ciel pour lui demander ce qu'elle voulait pour Noël. Ce miracle, il ne pourrait plus le leur offrir aujourd'hui. Malgré elle, elle jeta un regard rapide à son père et se détourna aussitôt pour ne pas voir ses jambes paralysées.

Alex tapota la place à côté de lui, et elle s'installa. Elle ne pouvait pas changer le passé. Ni sa mère !

— Très bien, nous pouvons commencer ! lança cette dernière. Rayna ? La distribution !

Rayna avait déjà pris sa place habituelle, assise en tailleur sur le parquet près du monceau de cadeaux.

— C'est moi la Fille Noël, répondit-elle avec un faible sourire.

Ce sourire était le summum de la joie qu'elle avait manifestée jusqu'ici. Pendant le dîner du réveillon, elle s'était montrée très silencieuse. Trey, lui, avait parlé pour deux.

— Commençons par mon cadeau pour Milo, proposa Grandma. Le gros paquet avec les bonshommes de neige rouges.

La boîte était assez impressionnante, mais Rayna la souleva sans effort pour la passer à son destinataire. Milo la prit avec un coup d'œil interrogateur pour Grandma, qui lui répondit d'un grand sourire innocent. Il déchira le papier, souleva le couvercle, et découvrit un monceau de papier crépon froissé qu'il se mit à écarter à pleines poignées… Enfin, tout au fond, il finit par trouver… un gilet de sauvetage orange vif en miniature.

Perplexe, il le montra aux autres.

— C'est pour une poupée ?

— Mais non ! s'exclama Grandma avec un rire joyeux. Lis l'étiquette !

Milo se pencha pour déchiffrer l'inscription, secoua la tête en riant et lut tout haut :

— Gilet de sauvetage pour balle de golf.

Tout le monde éclata de rire. Sauf Krista, qui ne

comprenait pas. Alex se pencha vers elle pour lui glisser à l'oreille :

— Papa s'est mis au golf l'été dernier. Grandma Novak et lui font la compétition chaque année à qui offrira le cadeau le plus drôle.

— A vous, Leona, enchaîna Milo. Rayna, le cadeau rouge derrière toi.

Grandma ne mit pas trente secondes pour ouvrir son paquet et en sortir… un T-shirt immense sur lequel était imprimé le corps voluptueux d'une jeune fille en Bikini. Riant aux éclats, elle sauta sur ses pieds, enfila le T-shirt par-dessus ses vêtements et prit la pose, une main sur la hanche bronzée et sexy de la beauté imprimée sur le maillot de coton blanc.

— J'ai pensé que vous pourriez le mettre pour rencontrer vos galants, expliqua Milo.

— Je n'ose même plus regarder ma propre mère ! s'exclama Joe, en se couvrant les yeux.

Ce qui, bien sûr, déclencha de nouveaux rires.

— Je crois que nous sommes tous d'accord : Milo est le grand gagnant du gag de l'année ! lança Eleanor.

— Moi, en tout cas, je vote pour lui ! renchérit Grandma en faisant chalouper le corps juvénile sur son T-shirt.

La glace était rompue, la distribution continua dans une ambiance joyeuse.

Au fur et à mesure que grandissait la pile de cadeaux sur ses genoux — un foulard de soie, des gants de cuir noir doublés de cachemire, des chaussons de peluche mousseuse —, Krista fut de plus en plus heureuse d'avoir renoncé à ses bons d'achat. Le pull de Grandma, le sac de Rayna et les livres pour son père remportèrent un franc succès. La réaction de sa mère fut moins satisfaisante. Quand elle ouvrit son coffret de DVD sur les plus belles villes d'Europe, son front se plissa et elle se mit à lire d'un petit air distant la présentation imprimée au dos du coffret.

— Tu regardes souvent des émissions de voyage, lui fit remarquer Krista. J'ai pensé que tu aimerais…

— Peut-être, répondit sa mère sans enthousiasme, en mettant le coffret de côté.

Krista sentit qu'elle ne devait rien dire de plus. Alex confirma en lui serrant discrètement le coude — sûrement un signal pour lui demander de se taire. Mais elle ne put s'empêcher d'ajouter :

— Et tu pourrais te décider à me rendre visite, histoire de voir tout cela en vrai.

— Sûrement pas ! répliqua aussitôt sa mère. J'aimerais mieux visiter New York. Si tu reviens vivre aux Etats-Unis, tu pourras m'emmener.

Krista ouvrait la bouche pour répliquer quand son père intervint :

— Tu es obligée de dire des choses pareilles, Eleanor ?

— Je dis juste la vérité ! Tu voudrais que je mente ?

— Le matin de Noël, oui, j'aimerais mieux.

Eleanor se redressait, prête à livrer bataille, quand Grandma suggéra d'une voix paisible :

— Voyons ce qu'Alex a offert à Krista.

Aussitôt, Eleanor se désintéressa de la dispute naissante.

— Oh oui ! Qu'est-ce que c'est ? lança-t-elle.

— Attends, Rayna, je t'aide.

Alex se leva pour lui prendre des mains un grand paquet plat qu'il posa avec précaution sur la table basse devant Krista.

— On dirait un cadre… Un tableau ? demanda-t-elle.

Alex, bien évidemment, lui répondit… d'un sourire neutre.

Délicatement, elle écarta le papier. C'était bien un cadre. Pas un tableau, mais la photographie grand format d'un paysage — et pas n'importe quel paysage ! Sous un soleil éclatant, un panorama de champs et de fermes sous la neige. En contrebas, une petite ville nichée sur les berges d'une rivière gelée. Le paysage était saisi de l'orée d'un bois, et l'on voyait chaque brin d'herbe, chaque brindille gainée de blanc, en contraste avec la texture rude et sombre des écorces et le ciel radieux. Très haut, un aigle planait.

— Je reconnais ce point de vue, murmura-t-elle, le cœur battant.

Le premier jour, avec Alex, ils avaient pris sa voiture pour monter dans la montagne. Emus par la splendeur du paysage, ils s'étaient arrêtés à ce point de vue et Alex lui avait donné de quoi s'en souvenir toute sa vie : un premier baiser si stupéfiant que, huit ans plus tard, elle ne l'avait toujours pas oublié.

— Alex a un talent fou. Celle-ci aussi est de lui ! s'écria Grandma avec un grand geste vers le champ de fleurs sauvages que Krista avait admiré le soir de son arrivée.

Mais Krista leva à peine la tête, presque hypnotisée par son cadeau. Alex n'avait pas pu prendre cette photo hier, pendant sa randonnée — l'état des routes ne permettait pas de monter aussi haut et d'ailleurs il n'y avait pas eu ce ciel pur, ce grand soleil. Les questions se pressaient sur ses lèvres mais elle ne pouvait pas les poser devant sa famille ; elle allait devoir s'arranger pour prendre Alex à l'écart. De quand datait cette photo ? L'avait-il prise pour elle ? Se souvenait-il de ce qu'ils avaient partagé à cet endroit ?

— C'est très joli…, murmura soudain sa mère.

Sa déception crevait les yeux — elle n'avait jamais su cacher ses réactions. Sans doute espérait-elle, de la part d'Alex, autre chose qu'une banale photo. Un bijou, sans doute ? Mais elle ne se doutait pas que ce paysage était mille fois plus personnel.

— Merci, murmura Krista en posant la main sur le bras d'Alex. Je l'adore.

— Je me disais aussi…

Il évitait son regard, haussait légèrement les épaules. Il *se disait aussi* ? Krista se mordit la lèvre, troublée par l'attitude d'Alex autant que par les regards curieux braqués sur elle.

Heureusement, la voix de Rayna rompit le silence.

— Il reste encore quelques cadeaux !

— Je crois bien que celui-là est de la part de Krista, pour Alex. N'est-ce pas, ma chérie ?

Krista tressaillit. Elle avait oublié ce détail. Elle retomba brutalement dans le présent et se tourna vers sa grand-mère qui lui adressa un clin d'œil complice. Un peu affolée, elle remit à plus tard tout ce qui se cachait peut-être derrière le cadeau qu'Alex lui avait fait. Pour l'instant, elle tremblait de découvrir… ce qu'elle lui avait offert !

— Oui, c'est ça, répondit-elle d'une voix blanche.

Avec un peu de chance, Alex n'avait pas remarqué le clin d'œil de sa grand-mère. Il lui jeta toutefois un regard bizarre — mais peut-être se demandait-il quand elle avait trouvé le temps de faire une course supplémentaire. Comme elle regrettait, maintenant, de n'avoir pas demandé à Grandma de quoi il s'agissait ! Anxieuse, elle regarda Alex déballer son cadeau. Il glissa la main à l'intérieur et en tira un… vêtement, long, noir, opulent…

— Un peignoir ! s'exclama sa mère en lui lançant un regard de triomphe. Quel cadeau fabuleux pour ton *ami*, Krista !

Grandma aussi lui souriait… sans mesurer un seul instant les ravages qu'elle venait de faire.

— Je l'adore, dit sobrement Alex.

Rouge de confusion, Krista se tourna vers lui et se heurta à son regard rieur.

Le même jour, un peu après 17 heures, Alex se dit que si le quartier avait organisé un concours de popularité, son père et lui seraient arrivés très loin devant le Père Noël. Le joyeux bonhomme ne possédait pas, comme eux, un chasse-neige et une souffleuse de puissance industrielle !

— Il y en a bien quarante centimètres, lui fit remarquer son père quand il grimpa à bord de leur camion.

— Au moins, oui !

Il claqua la portière, heureux de s'abriter du froid. La neige, qui n'avait pas cessé de toute la journée, semblait enfin vouloir s'arrêter. Ils étaient sortis trois heures plus tôt, son père et lui, pour se dégourdir un peu après le somptueux repas de Noël chez les Novak en dégageant les petites rues du quartier et les accès aux garages. Puis ils avaient poussé jusqu'à la maison de retraite locale, une des bonnes clientes de l'entreprise. Alex venait de dégager les allées à la souffleuse pendant que son père s'occupait du parking. Les visiteurs étaient toujours nombreux au moment des fêtes.

— Heureusement que beaucoup de gens sont en congé le 26, observa Milo. On n'aura pas trop de la journée pour tout déblayer.

— J'ai contacté les sous-traitants. Il y aura beaucoup de travail mais avec un peu de chance, nous en viendrons à bout.

— Rentrons ! On n'y voit plus assez bien, et Ellie et Joe nous ont invités pour terminer les restes.

C'était la tradition. Les Novak servaient de véritables banquets pour le réveillon et le déjeuner de Noël, mais le soir du 25, ils ne faisaient pas la cuisine. C'était une soirée porte ouverte, sans repas organisé, où famille et amis étaient conviés à passer quand ils le voulaient et à manger tout ce qui leur faisait envie, en se servant eux-mêmes.

— Alors on y va, répondit Alex.

Il était encore tombé deux ou trois centimètres depuis leur dernier passage dans le quartier. Consciencieux, Milo abaissa la lame du chasse-neige et expédia les plaques neuves sur les épaisses congères qui bordaient la rue. D'une voix distraite, il demanda :

— Krista repart quand ?

— Demain, répondit Alex, lugubre.

— Tu en es sûr ? Avec toute cette neige, son vol n'est pas annulé ?

— En fait, nous sommes plutôt épargnés par rapport aux autres régions du Nord-Est. J'ai entendu à la radio que les équipes de Harrisburg étaient parvenues à dégager les pistes de l'aéroport.

— Mais elle a bien un changement quelque part ?

— Oui, à Washington. Il n'a pas neigé là-bas.

— Dommage. Je veux dire, dommage qu'elle reparte aussi vite.

Alex réprima un soupir.

— Tu ne vas pas t'y mettre aussi, papa ? Chercher à savoir si je m'intéresse à elle. Essayer de nous jeter dans les bras l'un de l'autre.

— Je n'ai pas besoin de chercher à savoir quoi que ce soit. Je connais mon fils.

Une affirmation qui pouvait s'interpréter de plusieurs façons ! Alex jugea plus prudent de ne pas poursuivre la discussion.

Son attirance pour Krista était donc si évidente ? Il ne dit plus rien pendant le trajet du retour, réfléchissant à sa propre attitude. Lui, si peu porté sur les gestes impulsifs, lui qui pensait toujours d'abord aux conséquences, il avait ressorti du fond de son armoire la photo encadrée de la montagne, pour l'emballer dans un papier cadeau. Huit ans plus tôt, il comptait l'offrir à Krista en souvenir de leur premier baiser, mais la photo se trouvait encore chez l'encadreur quand elle était partie s'installer en Europe. Par la suite, il l'avait rangée, oubliée… jusqu'à hier, quand elle lui était brusquement revenue à l'esprit. Pourquoi ? Sûrement pas parce qu'il éprouvait encore des sentiments pour elle — après tout ce temps, c'était peu probable. Et elle, à quoi pensait-elle en voyant ce paysage ? A en juger son expression ce matin, il aurait du mal à la convaincre que cette photo… n'était qu'une simple photo.

Il avait à peine franchi le seuil de la maison des Novak qu'Eleanor bondissait déjà de son fauteuil pour lui barrer l'entrée du salon.

— Tu veux bien me rendre un petit service ?

— J'ai le choix ? demanda-t-il.

Elle lui donna une petite tape amicale sur le bras.

— Ce n'est pas grand-chose. Je voudrais juste que tu ailles voir si Krista a besoin d'un coup de main pour rapporter notre souffleuse à la maison. Elle a aidé les voisins à dégager leur allée.

Aussitôt, il referma son blouson. Krista n'était pas encore rentrée ? Mais la nuit tombait !

— J'y vais.

— Et encore une petite chose, ajouta Eleanor. Si tu pouvais mentionner, comme ça, en passant, combien nous aimons l'avoir à la maison, et combien nous espérons qu'elle restera…

— Vous le lui avez dit combien de fois, aujourd'hui ?

— Pas souvent ! Trois ou quatre fois, grand maximum.

Il retint un sourire. Il comprenait mieux pourquoi Krista tardait tant à revenir ! Quand Eleanor comprendrait-elle qu'elle repoussait sa fille à force de vouloir la retenir ? Mais ce n'était pas l'heure des conseils.

N'ayant pas vu Krista en revenant de la maison de retraite, il prit donc la direction opposée et remonta le trottoir en guettant le bruit caractéristique de la souffleuse. En vain.

Le silence était presque parfait. Il faisait tout à fait nuit, à présent, mais entre le reflet des réverbères sur la neige et les illuminations de Noël, on y voyait comme en plein jour. Il repéra bientôt la souffleuse, plantée au milieu de l'allée des Snyder, un sympathique couple de retraités. Il alla sonner à la porte.

— Alex ! Entrez ! s'écria cordialement Mme Snyder en lui ouvrant. Vous prendrez bien un chocolat chaud ? Figurez-vous que Krista Novak est venue dégager notre allée. Pete est chez les voisins. Il essaie de réparer leur chauffe-eau. Toute la famille en visite pour les fêtes et plus d'eau chaude, vous imaginez la catastrophe ? Il était chauffagiste, vous savez. Chauffage et climatisation !

Alex le savait, car Pete Snyder s'était servi de ses contacts pour leur avoir une chaudière neuve à un très bon prix, quand l'ancienne avait rendu l'âme. Son hôtesse l'entraîna dans sa cuisine spacieuse en lançant gaiement :

— Krista ! Regarde qui la tempête vient de nous envoyer.

Juchée sur un tabouret devant le plan de travail, le visage rougi par le froid, Krista se réchauffait les mains à une grande tasse de chocolat chaud. Son bonnet, son écharpe et ses gants étaient sur une chaise.

— Alex ! Je parie que c'est maman qui t'envoie.

— Comment as-tu deviné ?

— Je passe un coup de fil à Ellie pour la prévenir que vous serez ici encore un petit moment tous les deux, décréta Mme Snyder qui remplissait une tasse de chocolat onctueux qu'elle lui tendit. Tenez, Alex, régalez-vous. Figurez-vous que Krista s'apprêtait à me raconter Prague ! ajouta-t-elle en décrochant son téléphone.

— Mme Snyder était ma prof de français au lycée, expliqua Krista. Si je me suis intéressée aux langues, c'est grâce à elle.

— Je n'ai pas eu beaucoup d'élèves comme Krista, vous savez ! expliqua Mme Snyder.

Puis elle leva le doigt. Chez les Novak, quelqu'un venait de décrocher.

— Ellie ? Joyeux Noël ! Ici Susie Snyder. Je voulais juste vous prévenir que Krista et Alex sont tous les deux ici, avec moi.

Alex retira son blouson et prit le tabouret à côté de celui de Krista. Il venait seulement de réaliser qu'en fait, il savait très peu de chose d'elle et de sa vie. D'une voix contenue, pour ne pas gêner Mme Snyder qui menait une conversation animée au téléphone, il demanda :

— Combien de langues parles-tu ?

— Couramment ? Quatre. Ce n'est pas si impressionnant, précisa-t-elle, comme il ouvrait de grands yeux.

Mme Snyder pourrait te dire que chaque langue est plus facile que la précédente.

— Mais pas le tchèque ! protesta cette dernière en raccrochant. C'est une langue très difficile, c'est bien connu.

— *Mluviš česky ?* demanda Krista en souriant.

— *Jen trochu.*

Puis elle s'adressa à Alex en expliquant :

— Krista m'a demandé si je parlais tchèque et je lui ai répondu « Juste un peu ». Je me demande encore pourquoi tu as choisi cette langue, Krista.

— Grandpa Novak me parlait tchèque quand j'étais toute petite, et mon université avait un département de langues slaves. J'ai sauté sur l'occasion et je me suis aperçue que je retrouvais des mots, des phrases, une musique…

— Mais de là à le parler couramment… Tu as participé à un programme d'échange du style Erasmus ?

— Non, mais j'ai eu une colocataire tchèque pendant deux ans. Mon professeur nous avait suggéré d'habiter ensemble, il disait qu'Ana avait besoin qu'on l'aide avec son anglais, moi avec le tchèque, et que ce serait un avantage pour nous deux. Et il avait raison !

— Je comprends mieux ! Et comment es-tu partie à Prague ?

— Sur un coup de tête.

Krista jeta un coup d'œil rapide à Alex qui se garda de tout commentaire. Il connaissait déjà cette partie de l'histoire !

— Un ami d'Ana, qui avait créé une agence de traduction et d'interprétariat, voulait un Américain dans son équipe, expliqua Krista. Ana m'a mise en contact avec lui, il m'a proposé le poste et je suis partie.

— Ta mère m'a raconté que ça s'était fait très vite. Comme si tu avais disparu du jour au lendemain.

— Elle trouvait que j'aurais dû rester terminer mon dernier semestre.

— Je ne suis pas du tout d'accord avec elle ! Quand la vie vous tend une perche, il faut la saisir. D'ailleurs, tu as bien fini par décrocher ton diplôme, non ? Et puis, quelle chance de partir comme cela, avec un emploi ! Moi, si on m'avait proposé de me payer pour aller voir le monde…

Alex avait écouté les deux femmes avec attention. Il venait de découvrir une Krista nouvelle, beaucoup plus détendue, beaucoup plus heureuse… Pourquoi était-elle si crispée avec sa famille ?

— Je n'ai pas vu le monde entier, vous savez. Mais Prague est bien située pour découvrir le reste de l'Europe, et si on s'y prend bien, le coût des voyages est raisonnable. J'ai pu visiter la plupart des grandes capitales.

— Ohh, murmura Mme Snyder, la main sur le cœur. Je suppose que tu n'as pas de photos avec toi ?

— Si. Dans mon ordinateur. J'ai un dossier sur chaque grande ville. Vous allez me trouver bête, mais j'ai fait un montage, les photos défilent en musique.

— Il faut absolument que tu viennes les montrer au Foyer du troisième âge ! Nous organisons des soirées, ta grand-mère et moi. Tu pourrais nous faire une conférence formidable.

— Je ne peux pas. Je pars demain.

— Quel dommage ! Je suppose que ton vol ne sera pas retardé par le mauvais temps ?

— Il faudrait davantage qu'une tempête de neige pour fermer Harrisburg. Il y a eu quelques retards aujourd'hui, mais tout doit rentrer dans l'ordre demain.

Manifestement, elle avait entendu les mêmes prévisions météo que lui, songea Alex. Quel gâchis ! Pour masquer sa réaction, il plongea le nez dans sa tasse de chocolat.

— Bon, si tu ne peux vraiment pas, parle-moi de ta vie à Prague, poursuivit Mme Snyder. Ton quotidien, ton travail.

— Le travail ? Ça va. Enfin, c'est un boulot comme un autre.

Il dressa l'oreille. Il avait toujours supposé qu'elle menait une vie passionnante. Se pouvait-il qu'elle se soit lassée de son travail ?

— Que veux-tu dire ?

— Quand on fait la même chose depuis huit ans, ce n'est plus vraiment un challenge. Ces derniers temps, je traduis surtout des documents administratifs. Ce n'est pas franchement passionnant.

— Et où habites-tu ? Dans le centre de Prague ?

— Près du centre, dans le quartier de Vinohrady. C'est tranquille, très sûr, comme presque partout à Prague. Il y a des cafés, des magasins, des parcs, les rues sont bordées d'arbres. C'est très agréable. On y croise beaucoup d'expatriés.

— Tes amis sont surtout des expatriés ou surtout des Tchèques ? demanda soudain Alex, intéressé.

— Moitié moitié. La plupart de mes amis tchèques, je les ai connus grâce à Ana. Le plus drôle, c'est qu'elle, elle habite à Manhattan. Depuis cinq ans, maintenant !

— L'herbe est toujours plus verte…, cita Mme Snyder en riant.

— *Aby opràvněný*, renchérit Krista, qui traduisit aussitôt pour lui. C'est bien vrai !

— Et tu ne te sens jamais seule ? demanda-t-il.

C'était sorti tout seul et il se demanda d'où lui était venue cette question. Mais Krista ne sembla pas surprise.

— Non, je ne peux pas dire que je me sente seule. J'ai tout un groupe d'amis que je vois souvent, je travaille beaucoup. Au fond, je n'ai pas le temps de me sentir seule.

Pour la première fois, il se représentait la vie mouvementée qu'elle s'était créée à Prague. Eleanor pourrait toujours rêver, sa fille avait quitté Jarrell pour de bon.

Sur le chemin du retour, Alex marcha près d'elle, la main posée dans son dos pour la soutenir si elle glissait. Ses bottes avaient d'excellentes semelles, elle ne glisserait sûrement pas, mais elle ne lui suggéra pas de déplacer sa main pour autant.

— Tu es vraiment parti à ma recherche pour rapatrier la souffleuse ? demanda-t-elle.

Depuis l'ouverture des cadeaux, ce matin, elle attendait de pouvoir lui parler en tête à tête. Elle ne voulait surtout pas gâcher cette occasion, mais elle cherchait encore son angle d'attaque.

— C'est un équipement lourd, répondit-il d'une voix mesurée. J'aurais pu la pousser pour toi si tu ne l'avais pas laissée chez les Snyder.

Au moment où ils partaient, M. Snyder était rentré, très intéressé par la présence de la souffleuse sur le pas de sa porte. Il avait demandé à l'emprunter jusqu'au lendemain matin, pour pouvoir dégager les accès de quelques voisins, vers l'autre extrémité de la rue.

— Je suis solide, tu sais, fit-elle remarquer. J'ai du muscle !

Elle prit une pose de culturiste, son gros blouson gâchant un peu l'effet.

— Bref, tu devais bien savoir que j'étais capable de rapporter la souffleuse sans toi, conclut-elle.

Il lui jeta un regard perplexe.

— Où veux-tu en venir ?

— Au fait que la souffleuse n'était pas ta seule raison de me traquer jusque chez les Snyder. Je dirais que tu voulais aussi passer un moment avec moi.

— Je plaide coupable, répliqua-t-il aussitôt. Franchement, tu t'attendais à quoi après m'avoir offert un peignoir aussi sexy ?

Elle pivota brusquement vers lui, l'index braqué sur le centre de sa poitrine.

— Justement, je comptais te parler de ce peignoir. Tu as bien vu Grandma me faire un clin d'œil, n'est-ce pas ?

— Peut-être, répondit-il, prudent.

— Tu as parfaitement compris que le peignoir venait d'elle et qu'elle le destinait à Charlie.

— Une conclusion logique, dit-il, réprimant à grand-peine un sourire moqueur.

— Alors pourquoi as-tu dit que tu l'adorais ? lança-t-elle, les mains sur les hanches. Tu devais bien savoir comment maman allait interpréter ta réponse !

— Je ne pensais pas à ta mère. Juste à combien je serais content si tu m'offrais *vraiment* un peignoir.

— Depuis quand ?

— Depuis que j'ai réalisé à quel point j'ai envie que nous nous retrouvions dans le même lit avant ton départ.

Elle se remit à marcher, contrariée de se sentir rougir. Alex venait-il réellement de dire… ce qu'il venait de dire ? C'était un revirement complet ! D'un ton faussement léger, elle reprit :

— Malheureusement, rien n'a changé. Nous n'avons toujours nulle part où nous retrouver.

— C'est pire qu'un malheur, répondit-il tranquillement. C'est une tragédie.

— Il y a un rapport avec le cadeau que tu m'as offert ?

Puis, comme il haussait les sourcils d'un petit air perplexe, elle précisa :

— Tu n'as tout de même pas oublié ce qui s'est passé à cet endroit précis !

— Que s'est-il passé à cet endroit précis ?

— Notre premier baiser ! s'exclama-t-elle, vexée d'avoir eu à le lui rappeler.

— Ah ? Peut-être, oui, marmonna-t-il en plissant le front.

Il avait vraiment oublié ? Etait-il sérieux ? Comment une expérience aussi fondamentale avait-elle pu lui laisser une impression aussi tiède ? Pour une fois dans sa vie, elle s'abstint de dire tout net ce qu'elle pensait.

— Tu n'aurais pas pris cette photo il y a huit ans, en la gardant pour moi pendant tout ce temps ? demanda-t-elle.

— Pourquoi est-ce que j'aurais fait une chose pareille ?

Elle fit de son mieux pour cacher sa déception. Dire qu'elle commençait à croire qu'Alex avait éprouvé de réels sentiments pour elle ! Depuis quelques heures, elle se demandait même si une part de ces sentiments n'aurait pas survécu jusqu'à aujourd'hui. Et là, elle ne savait plus.

— J'ai tout un stock de photos, enchaîna Alex. J'ai toujours tout gardé, depuis mes premières pellicules.

Ils arrivaient au niveau de l'allée de la maison qu'il partageait avec son père. Une illumination raisonnable soulignait les buissons du jardin, une couronne discrète décorait la porte. Il n'y avait pas une seule lumière à l'intérieur.

— Papa doit déjà être chez vous, dit-il. Nous y allons ?

D'un geste courtois, il lui faisait signe de le précéder dans l'allée suivante. Krista oublia son ego endolori. Elle n'avait pas envie de rentrer chez ses parents ! Elle était pourtant revenue pour voir sa famille, mais tout était si difficile, avec eux ! Et puis à quoi jouait-elle ? Pourquoi cherchait-elle à faire dire à Alex que leur histoire comptait encore à ses yeux ? Elle vivait à Prague ! Elle ne pouvait pas se permettre de craquer pour lui — même physiquement. Décidément, il ne lui restait qu'un moyen d'exprimer sa frustration : se plaindre de sa mère.

— Je sais bien que c'est Noël, marmonna-t-elle, mais si tu savais comme je redoute de remettre les pieds à la maison. Maman pense que plus elle me répétera « Tu pourrais revenir vivre à Jarrell », plus il y aura de chances que son souhait se réalise.

— J'ai remarqué, et j'ai quelque chose qui t'aidera à l'affronter. Cela s'appelle de l'ouzo.

— Qu'est-ce que c'est ?

— Un alcool grec qui te mettra d'humeur si philosophe que tu te ficheras de tout ce que l'on pourra te dire. J'en ai une bouteille à la maison. Viens, personne ne nous attend, ils nous croient chez les Snyder.

— Mais… oui, tu as raison ! Quand Mme Snyder a appelé ma mère, elle n'a pas dit combien de temps nous allions rester.

— Alors ?

Elle se mit à rire et lui saisit la main.

— Alors qu'est-ce que tu attends ? Vite, avant qu'on nous voie !

8

La salle à manger était plongée dans les ténèbres. Alex s'avança à tâtons, en suivant le rebord de la table du bout des doigts. La vitrine où était rangé l'ouzo devait se trouver… quelque part par ici.

— Tu tiens vraiment à ce qu'on n'allume pas ? marmonna-t-il.

— Oui !

Krista n'avait pas cessé de pouffer de rire depuis leur entrée furtive par la porte de derrière, puis pendant qu'ils retiraient leur blouson et manteau à la lueur de la veilleuse au-dessus du fourneau. Elle semblait convaincue que s'ils allumaient une seule lampe, ils se feraient repérer aussitôt. Il était donc parti en éclaireur, parce qu'il savait où trouver la bouteille.

— Cette pièce donne sur la maison de mes parents, précisa-t-elle. Ils ne doivent absolument pas savoir que nous sommes ici !

— Aïe ! Bon sang de…

— C'était quoi, ça ? murmura-t-elle, toujours plantée sous l'arche entre la cuisine et la salle à manger.

— Je crois bien que c'était une chaise. Du moins d'après mon genou. Je commence à distinguer des formes. Tout ça grâce aux illuminations dans ton jardin.

Elle se remit à rire.

— C'est bien la première fois que je les apprécie !

Il atteignit le petit meuble qui leur servait de bar sans

nouvel accident, se pencha pour ouvrir la porte basse et tâtonna à l'intérieur à la recherche de l'ouzo.

— Je l'ai ! Maintenant, les petits verres.

Ils se trouvaient plus haut. Le plus délicatement qu'il put, il explora les contours des verres. Ceux qu'il cherchait avaient des bases évasées… Au bout de quelques instants, il renonça, saisit deux verres au hasard et se lança dans le trajet du retour. Bien entendu, il heurta une seconde fois le même obstacle.

— Fichue chaise ! grommela-t-il. Rappelle-moi pourquoi je n'ai pas pris une lampe de poche ?

— Tu l'aurais trouvée sans allumer ?

Une logique assez tordue, mais une logique tout de même.

Près de l'arche, il sentit la main fraîche de Krista se poser sur la sienne.

— Je te prends la bouteille, dit-elle en joignant le geste à la parole. Donne-moi la main, je te guide. Je vois très bien dans le noir.

— Et où allons-nous ?

— La cuisine. Nous allons nous alcooliser à la lumière de la veilleuse.

La lueur de la petite ampoule révélait tout juste les contours du mobilier. Ils s'installèrent à un coin de la table, et quand ils approchèrent leur chaise, leurs genoux se touchèrent. Sans trahir le trouble qu'il ressentait, Alex posa les verres devant eux, dévissa le bouchon et servit deux généreuses rasades.

— Tu cherches à me soûler ? demanda Krista. Ce sont des verres à martini !

— Je n'ai pas trouvé les verres à ouzo, alors j'ai vu large. C'est comme ça que l'on boit l'alcool grec en Amérique !

— Ah ? Cela ne doit pas vous arriver souvent, alors. La bouteille est quasiment pleine.

— Nous ne sortons l'ouzo que pour les occasions spéciales.

— Et c'est une *occasion spéciale* ? lança-t-elle d'un ton léger tout en soupesant le verre qu'il venait de faire glisser vers elle.

A la lueur de la veilleuse, elle était encore plus jolie qu'en plein jour…

— Tu plaisantes ? répliqua-t-il en lui souriant. C'est Noël et je suis seul dans le noir avec une très belle femme.

Il souleva son verre, trinqua avec elle.

— *Stini yamos !* C'est « santé et bonheur », en grec.

— *Stini yamos !* répéta-t-elle.

Par-dessus le bord de son verre il la regarda avaler une gorgée et cligner des yeux.

— Ça a un goût d'anis. C'est moins fort que je ne m'y attendais.

— La teneur en alcool est assez faible, mais ça soûle très vite parce que c'est sucré, lui expliqua-t-il. En Grèce, on trouverait déplacé de boire de l'ouzo sans rien manger.

— Tu es déjà allé en Grèce ?

— Jamais.

— Pourquoi ? Vous n'avez plus de famille, là-bas ?

— Pas que je sache. Mes grands-parents paternels sont nés aux Etats-Unis.

— Et tu n'as aucune curiosité pour le pays de tes ancêtres ?

Son père avait bien proposé de faire le voyage, cinq ans plus tôt. Ils s'étaient même fait faire des passeports, mais à la période où ils devaient partir, l'entreprise avait décroché une série de gros chantiers. Le projet s'était trouvé reporté et depuis, aucun des deux n'avait plus jamais mentionné la Grèce.

Alex but une nouvelle gorgée, soudain maussade. Il n'avait aucune envie de se laisser entraîner dans une discussion sur les pays lointains. Demain matin, Krista prendrait l'avion pour l'autre bout du monde… Pour l'instant, elle était là, et il comptait bien en profiter.

— Je te ressers ? demanda-t-il.

— Tu cherches vraiment à me soûler ! Et ensuite, tu profiteras de mon état pour me séduire.

La bouteille resta en suspens. Il n'avait jamais été très doué pour saisir les petites opportunités du moment, mais à force de côtoyer Krista, il commençait à modifier son approche !

— J'aurais ma chance ? demanda-t-il tout bas.

Le silence s'abattit sur eux, si profond qu'il entendit le vent siffler. Puis Krista tendit la main, lui prit son verre et le mit de côté avec le sien.

— Je préfère que l'ouzo n'émousse pas l'expérience, murmura-t-elle.

Il sentit son corps s'éveiller brutalement. Une chose au moins n'avait pas changé entre eux : Krista n'avait même pas besoin de le toucher pour le rendre fou de désir. Leurs regards se rivèrent l'un à l'autre. Il se leva, elle l'imita…

— Je me précipiterais bien vers ta chambre, dit-elle d'une voix délicieusement enrouée, mais je ne sais pas où elle est…

— Nous n'allumons toujours pas ?

Elle secoua la tête, s'approcha de lui et promena les doigts sur son torse.

— Je me ferai un plaisir de trouver le chemin à tâtons…

Il laissa échapper un petit bruit, mi-rire, mi-plainte, saisit sa main et l'entraîna dans le couloir. Il faisait de nouveau très noir ; il buta sur un coin mal tendu de moquette et se retint de la main contre le mur.

— Je te préviens, lui dit-elle d'un ton sévère, si tu tombes et si tu te casses quelque chose, je ne te le pardonnerai jamais !

Cette fois, il partit d'un grand éclat de rire, et il riait toujours en refermant la porte de sa chambre derrière eux. C'était très nouveau pour lui, ce bien-être dans le désir. Il ne savait même pas pourquoi il trouvait Krista aussi irrésistible… mais les questions, il se les poserait plus tard. Pour l'instant, il y avait plus urgent. L'embrasser, par exemple…

Leurs lèvres se trouvèrent dans l'obscurité et s'ajustèrent aussitôt comme les deux moitiés d'un tout. Et aussitôt, une violente chaleur le submergea. Cela lui avait tant manqué, ce dialogue immédiat, vertigineux, de leurs corps. Des mains, il explora la taille souple qui se cambrait contre lui. Trop de vêtements ! Un pull, sous le pull, un chemisier, plus bas, un jean. Tout ça, il fallait s'en débarrasser !

— Ton lit. Où est-il ? haleta-t-elle contre ses lèvres.

Il était bien en peine de le dire ! Maintenant que Krista était dans ses bras, il perdait tous ses repères. Son dos heurta un mur. Non, une porte, il sentait la poignée contre sa hanche. Bon, fini d'avancer au jugé. Il tendit la main, tâtonna un instant, et alluma. Krista sursauta et se figea contre lui, les yeux plissés. Si elle avait pu se voir en cet instant, elle se serait sûrement trouvée ridicule. Lui, il contempla ses joues roses et ses yeux éperdus en pensant qu'il ne l'avait jamais trouvée aussi belle.

— Mais… pourquoi… est-ce que tu… ?

— Ma chambre donne du côté *opposé* à la maison de tes parents, expliqua-t-il. Personne ne remarquera la lumière, personne ne se posera de questions, et personne ne viendra frapper à notre porte pour nous demander ce que nous faisons.

En ce qui concernait ce dernier point, il l'espérait ! Quoi qu'il en soit, même si sa chambre s'était trouvée juste en face du salon des Novak, il aurait tout de même pris le risque. Ce moment, il voulait le vivre à fond, dans tous ses détails. Il saisit doucement le visage de Krista entre ses paumes pour mieux plonger dans ses yeux. Huit ans plus tôt, elle l'avait pris de court avec la nouvelle de son départ en Europe, mais cela n'arriverait plus. Cette fois, il savait très bien que demain elle s'envolerait de l'autre côté de l'Atlantique. Il ne se faisait aucune illusion, elle ne laisserait pas sa vie à Prague pour revenir vivre à Jarrell.

— Je veux voir exactement ce que je fais, dit-il d'une voix rauque.

Il la souleva dans ses bras, l'emporta vers son lit et s'allongea près d'elle. Puis il l'embrassa. Sans fermer les yeux.

Langueur, détente absolue… Un corps repu. Krista se sentait si fabuleusement bien qu'elle ne parvenait même pas à imaginer une situation plus agréable que la sienne, allongée dans le lit immense d'Alex, son corps nu collé au sien. Et cette chaleur exquise, comme si c'était l'été sous les tropiques plutôt que l'hiver en Pennsylvanie…

— Stupéfiant, murmura-t-elle.

— Merci.

Amusée, elle le poussa du coude.

— Je voulais dire nous deux, ensemble. Stupéfiant.

— Je suis toujours d'accord avec toi.

Elle se mit à rire.

— Sérieusement Alex, je n'ai rien ressenti d'aussi intense depuis… eh bien, depuis la dernière fois que nous étions ensemble.

Elle attendit qu'il lui réponde que lui aussi venait de vivre une expérience hors du commun. Seul le tic-tac de la petite horloge de chevet lui répondit. Cette fois encore, la sensation avait-elle été plus forte pour elle que pour lui ? Comme ce premier baiser dont il ne gardait qu'un vague souvenir ? Peut-être devrait-elle en rester là et se contenter de savourer ce moment béni des dieux qu'elle vivait.

— Alors ? insista-t-elle pourtant. C'était pareil pour toi ? Ou tu es *toujours* aussi passionné ?

— La passion, c'est ma nature.

— Mais à ce point ?

— On est obligés de tout analyser ?

— Eh bien… oui. Je voudrais comprendre pourquoi c'est meilleur avec toi qu'avec les autres. Non pas que j'aie une foule de points de comparaison ! Suffisamment toutefois pour savoir que ce qui vient de se passer est franchement exceptionnel.

— Une femme qui dit exactement ce qu'elle pense, c'est assez exceptionnel aussi.

— Je gagne du temps et j'évite les malentendus. Pour en revenir au désir entre nous, c'est puissant pour toi aussi ?

— Très puissant, oui. Depuis le jour où je t'ai vue pour la première fois. Je ne m'en suis jamais caché.

Elle aussi avait ressenti cet appel immédiat.

— Et la première fois que tu m'as embrassée ?

— J'aurais voulu t'arracher tes vêtements.

— Ah ! Donc, tu te souviens bien de ce premier baiser ! A l'endroit même où tu as pris cette fabuleuse photo que tu m'as offerte.

— Je me souviens de l'effet que tu m'as fait.

Il se montrait toujours aussi évasif mais elle ne s'y trompait plus. Avec une jubilation secrète, elle comprit qu'il n'avait pas oublié le moindre détail de ce baiser.

— Tu veux entendre ma théorie sur ce qui se passe entre nous ? demanda-t-elle. Ce n'est pas un coup de foudre amoureux. D'ailleurs je ne crois pas aux coups de foudre.

— Moi non plus. Je pense qu'il faut apprendre à se connaître avant de pouvoir s'aimer. Alors, quelle est ta théorie ?

— Les phéromones. Nous sommes attirés par l'odeur de l'autre.

Pris de court, il la toisa un instant avant de demander :

— L'odeur ? Je *sens* ?

Elle enfouit le visage dans son cou pour respirer le parfum tiède, légèrement musqué, de sa peau.

— Oui. Tu sens merveilleusement bon, mais ce n'est pas le mot. En fait, les phéromones n'ont pas d'odeur, mais le cerveau les détecte à partir des nerfs des narines.

— Attends un peu. Tu cherches à me dire que quand

quelqu'un nous intéresse, nous sommes à la merci de nos *narines* ?

— Pas seulement nous, les humains. Tu savais que les rats femelles émettent des phéromones quand elles sont prêtes à s'accoupler ?

— Je me serais bien passé de le savoir ! Et toi, comment sais-tu des horreurs pareilles ?

— En fait, c'est assez comique. J'ai une copine à Prague qui porte un parfum aux phéromones.

— Mais tu viens de dire qu'elles n'ont pas d'odeur !

— Oui ! Mais le fabricant en met une dose dans un parfum. Un très bon parfum, d'ailleurs, très frais, un peu citronné.

— Et ça fonctionne ?

— Becca affirme que oui. De toutes mes amies, c'est celle qui sort le plus. De quoi donner un certain poids à ma théorie.

— Sauf que tu ne portes pas ce parfum, si ?

— Entre nous, ça doit être naturel.

Elle tourna la tête pour le regarder, et il fit de même au même moment. Leurs lèvres s'effleurèrent dans un baiser très doux, très détendu. Avec un sourire gourmand, il caressa sa hanche, l'empoigna pour l'attirer contre lui… Dès qu'elle sentit son érection, elle se redressa d'un bond et tira le drap à elle pour couvrir sa nudité.

— On ne peut pas recommencer ! lança-t-elle vivement.

Il se souleva sur un coude, la tête dans la main, et attendit son explication… qui ne vint pas. Comme elle le contemplait, indécise, il demanda d'une voix très calme :

— Qui sommes-nous pour lutter contre nos phéromones ?

— Mais il faut bien ! Tôt ou tard, ma mère va s'apercevoir que nous ne sommes plus chez les Snyder. Elle ne doit pas savoir ce que nous venons de faire.

Elle se pencha en tâtonnant pour attraper ses vêtements. Elle trouva d'abord son soutien-gorge, glissa les bras dans les bretelles… Alex braquait sur elle un regard si intense qu'elle dut s'y reprendre à trois fois pour fermer l'attache — elle n'y pouvait rien si ses mamelons durcissaient ! Il était terriblement, radicalement sexy avec ses joues rêches, ses cheveux en désordre et ses paupières lourdes. Un peu affolée, elle insista :

— Ma mère ne comprendrait pas.

— Tu ne crois pas que tu attaches un peu trop d'importance à ce que comprendrait ou non ta mère ?

Il n'avait pas tort… Et pour tout dire, elle non plus ne comprenait pas ce qui se passait entre eux. Sa théorie des phéromones sonnait bien, mais elle avait omis une information importante : en l'état actuel des recherches, rien ne prouvait l'existence des phéromones humaines. Son soutien-gorge en place, elle retrouva sa culotte et, timide tout à coup, l'enfila sous le drap.

— Je vais rentrer la première, décida-t-elle. Attends cinq ou dix minutes avant de nous rejoindre.

— Ils vont trouver ça bizarre. Ils savent que nous étions ensemble chez les Snyder, non ?

— Tu as raison ! Habille-toi vite, il faut arriver ensemble.

Il se redressa et le drap glissa, révélant un poitrail impressionnant parsemé de duvet sombre. Ses muscles, il ne les avait pas développés en salle de sport mais à la dure, en travaillant de ses mains. Krista serra les poings pour effacer le souvenir de la texture de sa peau nue au creux de ses paumes.

— A ton avis, quelle distance faudra-t-il maintenir entre nous, une fois là-bas ? s'enquit-il nonchalamment. Trente centimètres ? Cinquante ?

— Trente, ce serait sûrement suff…

Il souriait. Elle s'interrompit pour clamer, indignée :

— Ça t'amuse de me taquiner ?

— Seulement parce que c'est si facile.

Les premières notes d'un tube de Linkin Park jaillirent de sous le lit. Elle reconnut l'intro de l'une de ses chansons préférées.

— J'ai un message, murmura-t-il.

Il se pencha pour attraper son jean, en sortit son portable et vérifia l'écran.

— C'est Rayna.

Il pressa une touche, lut le message et tendit l'appareil à Krista.

Reste chez Snyder le + longtemps possible. Mes parents en grande forme.

— Autrement dit, personne ne nous attend avant un moment, devina-t-il. Que veux-tu faire du temps qu'il nous reste ?

Elle ouvrit la bouche pour lui dire que cela n'avait aucun sens de jouer les prolongations. Plus longtemps ils resteraient ensemble, plus grand serait le risque de se faire surprendre. Il suffirait que Milo décide de faire un saut chez lui… Cela n'en valait pas la peine. Cet élan incompréhensible qui les jetait l'un vers l'autre n'avait aucun avenir.

Seulement, comme il venait de le lui faire remarquer, elle repartait demain. Si elle laissait passer cette occasion de lui faire l'amour, il n'y en aurait plus jamais d'autre…

Elle défit l'attache de son soutien-gorge et libéra ses seins.

— J'ai envie de toi.

Enfin ! Les parents venaient de se retirer dans leur chambre. Rayna patienta environ trois minutes avant d'enfiler son manteau et de se diriger vers la porte.

Pour sortir, elle devait encore traverser le salon où sa grand-mère, blottie dans le fauteuil près du sapin, feuilletait le petit guide amoureux que lui avait offert Krista pour Noël.

— Que dis-tu de ça, Rayna ? demanda-t-elle sans lever la tête. « Si vous pensez être amoureuse de deux hommes, optez pour le second. Vous n'auriez pas craqué pour lui si vous aimiez vraiment le premier. »

Rayna s'arrêta un instant pour examiner la citation. Cela sonnait juste. Depuis qu'elle connaissait Trey, c'est tout juste si elle avait regardé un autre homme.

— Je dirais que ça tient la route, répondit-elle.

— Il me semble aussi.

Grandma leva enfin les yeux vers elle et la contempla à travers ses lunettes de lecture.

— Tu sors, ma grande ? J'allais proposer un dernier verre à trois, toi, moi, et Krista quand elle sortira de sa douche.

Surtout pas ! Entre le temps passé à dégager les allées des voisins et sa visite chez les Snyder, Krista n'avait pas été très présente, cet après-midi, et franchement, elle préférait !

— Désolée, Grandma, dit-elle. Je file chez Trey.

Sa grand-mère sembla sur le point de dire quelque chose, sans doute pour lui rappeler que c'était leur dernière chance de passer un moment avec Krista, puis elle renonça et lui sourit.

— Bonne soirée, ma grande.

— Merci, Grandma, répondit-elle avec tendresse.

Sa grand-mère ne lui faisait pas la morale, *elle*, sur les nuits qu'elle passait avec Trey. Si seulement sa mère pouvait suivre son exemple. Elle avait tout de même vingt et un ans ! Mais Eleanor Novak faisait partie de ces mères incroyablement vieux jeu, même pour sa génération. La semaine précédente, elle avait même suggéré qu'une fille devrait se refuser, si elle voulait se faire épouser ! Avant de coucher, se faire passer la bague au doigt, comme dans les années 1950 ! Heureusement, elle se trompait… car ce soir, Trey allait la demander en mariage !

Un élan de joie la souleva, si puissant qu'elle pensa, attendrie, que le bébé l'avait sûrement senti aussi. Trey était passé en début d'après-midi pour lui offrir une charmante montre en argent. Ce cadeau, elle l'avait ouvert devant ses parents, mais au moment où elle embrassait Trey pour le remercier, il lui avait glissé à l'oreille de venir chez lui ce soir. Il avait un autre cadeau pour elle, bien plus important, pour quand ils seraient seuls tous les deux. Il ne pouvait s'agir que d'une chose : une bague de fiançailles !

Oublié, le moment à la patinoire où elle l'avait entendu minimiser leur relation, oublié, le fait que son frère aîné n'était même pas au courant de leur relation ! Dire qu'elle avait été à deux doigts de conclure qu'elle ne comptait pour rien, qu'il n'avait aucune envie de s'engager avec elle… Le soulagement lui donnait presque le vertige. Son rêve allait donc se réaliser ? Trey était enfin prêt à se fixer ? Dans son euphorie, elle fit le trajet jusqu'à chez lui en pilote automatique, sans rien voir. Par chance, la route était bien déblayée et elle arriva sans difficulté.

Toujours sur son petit nuage rose, elle descendit de voiture, franchit la congère formée par les amas de neige, gravit les trois marches du perron et sonna à la porte. Elle ne parlerait pas du bébé ce soir, décida-t-elle. Comme cela, elle serait tout à fait certaine que Trey l'épousait parce qu'il l'aimait, pas parce qu'elle était enceinte. Si vraiment il se sentait prêt à franchir une étape aussi importante, à s'engager pour la vie… il s'engagerait aussi envers le bébé, le moment venu.

La porte s'ouvrit. Trey se tenait devant elle, irrésistible avec sa barbe de deux jours et ses cheveux en désordre. Le cœur tout gonflé de tendresse, elle lui rendit son sourire.

— Entre dans ma maison parfaitement vide où nous sommes seuls tous les deux, dit-il en la regardant d'un air équivoque.

— Les autres sont tous sortis ?

Elle n'en croyait pas ses oreilles. Elle n'appréciait pas du tout les colocataires de Trey, qu'elle trouvait incroyablement collants, pas plus qu'elle n'aimait ce décor typique d'une bande de célibataires, avec ses meubles de récupération et les affiches disparates qui couvraient les murs. Ce soir, elle fut amusée de voir qu'il y avait tout de même un sapin de Noël… d'un mètre de haut, parsemé de quelques décorations mesquines. C'était toujours ça.

— C'est juste toi et moi, bébé.

Qu'il était beau, pieds nus, la ceinture de son jean défaite, sa chemise déboutonnée dévoilant ses abdominaux. Elle retira son manteau, le jeta sur le dossier du canapé et courut se blottir contre lui en murmurant :

— Je n'ai pas arrêté de penser à ce que tu as dit…

— Tu veux dire mon cadeau ?

Il semblait très content de lui. Elle hocha la tête, souriante.

— Oui. Ton cadeau.

— Alors je ne te ferai pas attendre davantage, bébé. Que la fête commence !

Elle se mordit la lèvre pour maîtriser son émotion. Il recula d'un pas et, le regard braqué sur elle, retira sa chemise avec un sourire coquin, la jeta au loin et se mit à abaisser lentement la fermeture de son jean.

— Qu'est-ce que tu fais ? demanda-t-elle, stupéfaite.

— C'est évident, non ? Je déballe ton cadeau.

Rayna sentit un poids terrible lui enserrer le cœur.

— Toi, tout nu ? C'est *ça*, mon cadeau spécial ?

— Ouais… Tu n'es encore jamais venue ici quand on n'était que tous les deux. On pourra faire tout le bruit qu'on voudra.

Elle ouvrit la bouche pour protester, mais rien ne vint. Comme elle le contemplait fixement en secouant la tête, il revint vers elle, visiblement très inquiet.

— Bébé ? Qu'est-ce qui ne va pas ?

D'un geste vif, elle saisit son manteau et se mit à reculer vers la porte.

— Je vais te dire ce qui ne va pas, souffla-t-elle d'une voix blanche. Toi et moi, voilà ce qui ne va pas. Entre nous, c'est terminé, Trey. Terminé.

Dans un autre contexte, elle aurait pu trouver comique son expression horrifiée. Mais pas ce soir. Blessée, furieuse, elle tourna les talons et sortit en courant. Sans même enfiler son manteau, sans se retourner pour voir s'il la suivait, aveuglée par les larmes, elle dévala les marches et fonça jusqu'à sa voiture.

— Rayna ! hurla-t-il de la porte. Reviens ! Explique-moi ! Je n'y comprends rien, moi !

— Je sais, marmonna-t-elle sans se retourner.

Justement, c'était tout le problème.

9

Le matin du 26, des piles de vêtements bien pliés s'alignaient sur le canapé-lit sur lequel Krista venait de passer une très mauvaise nuit. Des images de son bref séjour à Jarrell n'avaient cessé de défiler dans sa tête. Maintenant, au moment de boucler son sac, une angoisse bien précise balayait ses autres préoccupations. Elle se retrouvait devant un choix difficile.

Avec précaution, elle souleva la photo encadrée offerte par Alex, respira à fond, et tenta de la caser dans son sac. C'était bien ce qu'elle pensait. Trop grande.

— Oh non…

Ses yeux se brouillèrent de larmes. Quelle réaction absurde !

— Il y a un problème, ma grande ?

Surprise, elle se retourna d'un bond. Sa grand-mère adorée avait dû descendre sans qu'elle l'entende et, au pied des marches, toute menue dans son pull rouge et vert à carreaux, elle la contemplait, un pli inquiet entre ses sourcils fins.

— Non, non, tout va bien…, marmonna-t-elle.

Elle cligna des yeux plusieurs fois pour chasser la brûlure bizarre sous ses paupières puis, voyant que sa grand-mère attendait toujours une réponse, lui montra le cadre qu'elle serrait toujours à deux mains.

— Enfin, presque rien, précisa-t-elle. Figure-toi que j'ai pris ma plus petite valise, pour ne pas être obligée de la mettre en soute, et… ça ne rentre pas.

Sa grand-mère la rejoignit et considéra le problème en se frottant le menton.

— Si tu l'emballais bien pour protéger le verre, tu pourrais l'enregistrer, dit-elle. Je suppose qu'il faudrait une caisse de bois, et beaucoup de papier à bulles…

— Seulement, je n'ai pas de caisse, répliqua-t-elle d'une voix qui tremblait un peu. Et pas le temps d'en acheter une.

— Bon, pas de panique, décréta sa grand-mère en lui tapotant gentiment le dos. Laisse-la ici. J'irai voir une entreprise d'expédition, ils sauront ce qu'il faut faire pour qu'elle te parvienne en parfait état.

Un peu rassérénée, Krista approuva de la tête et posa le cadre avec précaution, en s'imprégnant une dernière fois de la beauté de la scène. Cela lui faisait mal de laisser ce cadeau derrière elle, mais elle n'avait pas le choix !

— Merci, Grandma. J'apprécie, tu sais.

— Tu as besoin d'un coup de main pour faire ta valise ?

— Oh non ! J'ai mon système. Regarde.

Avec une animation un peu forcée, elle saisit un pantalon et le roula étroitement sur lui-même en expliquant :

— On case davantage de vêtements dans sa valise quand on les roule.

— Même les vêtements de ski ? Avec le volume, ils doivent gonfler, non ?

— Tu n'as pas tort, mais je n'en ai pas apporté. Comme je ne voulais pas trop me charger, je me suis dit que je pourrais toujours en louer sur place.

Avec un soupir, sa grand-mère s'assit sur le bord du canapé-lit.

— Où vas-tu exactement, en Suisse ?

— A Zermatt. C'est une petite ville magnifique, très pittoresque. Les voitures sont interdites, toutes les rues sont piétonnes. J'atterris à Genève et je continue en train.

— Et vous serez toute une bande ?

— Six personnes. Voilà une éternité que nous préparons ces vacances. Nous avons trouvé un forfait complet, le chalet et les remonte-pentes. Le chalet est superbe, il y a trois chambres, deux cheminées et une vue fabuleuse à chaque fenêtre.

— Ça a dû coûter très cher…

— Assez cher, oui, même divisé par six. Tout est payé d'avance, je ne peux pas me faire rembourser.

— Je comprends mieux pourquoi tu as tellement hâte de partir.

Krista s'arrêta de plier ses vêtements, troublée. Elle n'aurait pas dit cela comme ça. De plus, elle n'avait pas tout à fait *hâte de partir*. Ce matin, elle pensait surtout aux bras d'Alex et à son regret de ne pas pouvoir y retourner. Exactement comme si elle venait de lire ses pensées, sa grand-mère lui demanda :

— Alex passera te dire au revoir ?

Krista secoua la tête. Puis, comme elle sentait le regard de sa grand-mère toujours braqué sur elle, elle précisa :

— Nous nous sommes dit au revoir hier soir.

Elle pensait à leur dernier très long baiser, après qu'ils avaient fait l'amour pour la seconde fois. Ensuite, une fois revenus ici pour passer en famille les dernières heures de Noël, ils ne s'étaient plus rien dit, plus approchés l'un de l'autre. Comme si, sans se concerter, ils avaient décidé que tout s'arrêtait là. En partant, Alex s'était contenté de lui souhaiter bonne chance. Seul le pli un peu amer de ses lèvres trahissait un regret de la voir partir — et il se pouvait encore qu'elle l'ait imaginé, qu'elle ait vu ce qu'elle avait envie de voir.

— Je crois que tu l'apprécies, dit soudain sa grand-mère.

Sans lever les yeux des vêtements qu'elle roulait méthodiquement, elle répondit d'une voix égale :

— Et moi, je crois que tu vois l'amour partout depuis que tu t'es lancée sur ton site de rencontres.

— Seulement depuis que j'ai rencontré Charlie. Quel homme !

Là, Krista ne put s'empêcher d'éclater de rire.

— C'est ce que je me suis dit quand j'ai vu le peignoir que tu comptais lui offrir, Grandma !

— J'avais déjà décidé de ne lui offrir que la cravate quand je t'ai passé le peignoir.

— Juste une cravate, ce n'est pas très chaleureux…

— C'était une très jolie cravate.

— Et lui, il t'a offert… ?

— Attends, je ne te l'ai pas montré ? Cette fois, c'est sûr, je perds la tête.

D'un geste délicieusement féminin, elle étendit le bras en s'écriant :

— Il n'est pas magnifique ?

— Magnifique, oui ! s'exclama Krista en voyant le délicat bracelet en or qui encerclait son poignet.

Elle casa le dernier pull dans sa valise en secouant la tête. Décidément, elle ne comprendrait jamais sa grand-mère ! Bien sûr, cela ne la regardait pas, mais… Non, elle ne poserait pas la question qui lui brûlait les lèvres. Sa grand-mère menait sa vie amoureuse comme elle l'entendait. Oh ! et puis si ! Il fallait qu'elle en ait le cœur net…

— Dis-moi, Grandma, pourquoi, alors que tu trouves Charlie extraordinaire et qu'il craque manifestement pour toi, as-tu décidé de ne lui offrir que la cravate ?

— Il ne faudrait pas qu'il comprenne trop vite à quel point il me plaît. Les hommes n'aiment pas les conquêtes trop faciles.

— Quoi ? Mais non, Grandma, je ne crois pas ! Ils aiment surtout que l'on soit claires avec eux. Franches.

Sa grand-mère secoua la tête avec une petite moue.

— Trop de franchise, cela a vite fait de gâcher une relation.

— Krista ! lança son père du haut des marches. Dépêche-toi, tu vas rater ton avion !

Un rappel à l'ordre qui lui fit l'effet d'une gifle. Depuis son arrivée, elle n'avait eu que des échanges superficiels avec lui. La première fois qu'il s'adressait à elle spontanément… c'était pour la presser de partir !

Le cœur lourd, elle s'avança jusqu'au pied des marches. Son père la fixait avec impatience, les lèvres pincées.

— Nous avons encore des heures avant l'embarquement, papa.

— Il vaut mieux arriver en avance. Les avions n'attendent pas.

La porte se referma, elle entendit s'éloigner le roulement feutré du fauteuil. Muette, elle contempla la porte close… et s'empressa d'aller rejoindre sa grand-mère.

— Je me fais des idées ou il a hâte de se débarrasser de moi ? murmura-t-elle en feignant un amusement qu'elle était loin de ressentir.

— Tu connais ton père, ma grande. Il déteste être en retard.

— Mais il ne vient pas à l'aéroport.

— Je crois bien que si.

Stupéfaite, Krista se redressa.

— Il veut s'assurer que je monterai bien dans l'avion ? lança-t-elle d'un ton où l'humour n'arrivait pas à l'emporter tout à fait sur la tristesse.

— Il veut surtout s'assurer que tout se passera bien pour toi.

Sa grand-mère n'avait apparemment pas saisi l'ironie de la question, et elle préféra ne rien ajouter. Au moins, Grandma ne cherchait pas à lui faire croire que son père était heureux de l'avoir à la maison.

— Bon ! Tout est rentré, dit-elle en pesant sur sa valise pour la boucler. Avec tous mes cadeaux, je n'étais pas sûre d'y arriver. Je suis désolée de ne pas pouvoir t'aider à la Boutique aujourd'hui, Grandma. J'espère que tu ne seras pas trop débordée.

— Rayna me donne un coup de main, et ta mère nous rejoindra en revenant de l'aéroport.

Justement, Krista aurait bien aimé avoir plus de temps avec sa mère et Rayna. Surtout Rayna, car malgré tous ses efforts, elles ne s'étaient pas réellement *rencontrées* pendant son séjour. Elle sentait bien que sa petite sœur était en difficulté, mais il était trop tard maintenant pour découvrir la nature du problème.

— Où est maman ? demanda-t-elle. Je ne l'ai pas encore vue ce matin.

— Elle doit chercher un moyen de te retenir ici…

Elle avait à peine prononcé ces paroles qu'un grand cri éclata à l'étage. Cela ressemblait à « alléluia ! ».

— Qu'est-ce que c'est ?

— Je crois bien que c'était ta mère.

Elles se précipitèrent toutes deux dans l'escalier, et trouvèrent Eleanor dans le salon, devant le téléviseur réglé sur la météo, rayonnante de bonheur.

— Maman, qu'est-ce que tu as ?

— Ta correspondance est bien à Washington, je ne me trompe pas ? claironna sa mère.

— Oui, à Dulles. Pourquoi ?

— Un blizzard vient de s'abattre sur la région ! Les aéroports sont fermés ! Alléluia !

Cela n'aurait pas dû être possible, mais son sourire s'élargit encore.

— Autrement dit, tu ne pars pas aujourd'hui ! conclut-elle.

Alex se gara devant la Boutique de Noël et coupa le moteur du camion de l'entreprise. Tout au long de cette journée froide et lugubre passée à déneiger des parkings, il s'était senti tenaillé par deux puissants appétits. Comme Krista avait pris l'avion ce matin, il serait obligé de se rabattre sur les pastilles de menthe. Elles ne remplaceraient pas le corps de Krista dans son lit mais elles le consoleraient un peu. Et il boirait aussi quelques bières ce soir, en allant retrouver Malt Green et toute la bande au Timeout. Enfin, s'il y allait, ce dont il n'était pas encore sûr.

Il descendait du camion quand une jeune femme en

manteau rouge et bonnet tricoté émergea de la Boutique. Saisi, il s'arrêta net, un pied sur le marchepied. Krista ! Toujours à Jarrell ! En un instant, il oublia l'ennui pesant de sa journée. Son cœur se gonfla, il sourit…

Non, minute. La jeune femme avait bien la démarche de Krista, mais maintenant qu'elle s'approchait de lui, il voyait bien qu'elle était plus grande, moins menue, que les cheveux relevés sous son bonnet étaient blonds… Ce n'était que Rayna.

Quand cette dernière s'arrêta près de sa voiture en fouillant dans son sac à la recherche de ses clés, il vit son visage. Elle pleurait. Aussitôt, il oublia sa déception et se hâta de la rejoindre.

— Rayna, ça ne va pas ?

Elle s'essuya les joues des deux mains en secouant la tête. Une rafale brutale la fit vaciller. Emu, il passa le bras autour de ses épaules pour la réconforter en murmurant :

— Il fait chaud dans mon camion. Viens. On sera mieux pour parler.

Elle se laissa entraîner sans protester. Il lui ouvrit la portière côté passager, l'aida à monter, et se hâta de faire le tour, baissant la tête sous une nouvelle rafale. Une fois installé derrière le volant, portière close, il respira à fond et chercha les mots qui aideraient Rayna à se confier.

Elle sortit un mouchoir de son sac, se tamponna les joues, en prit un autre pour se moucher. Son chagrin était si violent qu'une angoisse subite le fit frissonner. Et s'il était arrivé quelque chose à Krista ? Son avion devait survoler l'océan en ce moment, en route pour la Suisse… Mais s'il y avait eu un accident, quelqu'un l'aurait tout de même prévenu, non ?

— Rayna, tu me fais un peu peur.

— Désolée, murmura-t-elle d'une voix entrecoupée de sanglots. Tout le monde va bien. Enfin, tout le monde sauf moi…

Elle prit une longue inspiration tremblante, réussit à se maîtriser, et avoua :

— Trey et moi, nous avons rompu hier soir.

— Oh ! Je suis désolé.

Il était sincère. Comme il lui pressait gentiment l'épaule, elle leva vers lui ses yeux noyés de larmes et bredouilla :

— C'est moi qui l'ai quitté…

— Ah ?

— Ça t'étonne, avoue. Tu croyais que si l'un des deux devait se défiler, ce serait forcément lui…

Elle ferma les yeux et précisa :

— C'est pour ça qu'il fallait que je le quitte.

Perplexe, il prit quelques secondes de réflexion… Rien à faire, il ne comprenait toujours pas.

Sans se préoccuper de son silence, elle reprit :

— Tu sais ce qu'on dit, que dans un couple, il y a toujours un décalage, l'un des deux est toujours plus amoureux que l'autre ?

Il haussa les sourcils, surpris. Autant qu'il sache, ce n'était pas un point de vue particulièrement répandu.

— Entre Trey et moi, c'était moi.

— Alors tu l'as quitté avant qu'il te quitte ?

— Non. J'ai rompu parce qu'il ne m'a pas demandé de l'épouser.

Alex réprima un sursaut. Se *marier* ? Ils étaient à peine majeurs ! Trey alignait les jobs sans savoir ce qu'il voulait faire de sa vie, Rayna n'avait même pas terminé ses études. Le plus délicatement qu'il put, il posa la question évidente :

— Pourquoi veux-tu te marier ?

— Parce que je suis enceinte !

Cette fois, il ne trouva rien à répondre.

Rayna plaqua la main sur sa bouche pour étouffer un sanglot.

— Je le sais depuis trois jours. Tu es la première personne à qui je le dis.

— Trey n'est pas au courant ?

Elle secoua la tête, l'air désespéré.

— Et tu veux garder le bébé ?

Elle hocha la tête plusieurs fois sans répondre.

Il réfléchit quelques secondes pour trouver la formulation la plus neutre possible.

— Alors tu as choisi un moment curieux pour rompre, dit-il enfin.

Sous le regard accusateur que Rayna lui jeta, il leva les mains d'un geste apaisant.

— Je cherche juste à y voir clair, se défendit-il.

— Tu ne comprends pas !

— C'est vrai. Rayna, écoute… Tu es comme une petite sœur pour moi, je ferai tout mon possible pour t'aider. Mais je ne suis peut-être pas la personne idéale à qui parler.

— Ne me dis surtout pas d'aller voir ma mère ! Elle se mettrait dans tous ses états, et elle irait tout raconter à Trey, sans même me demander mon avis !

Oui, ça, c'était plus que probable. Mais ne voyait-elle pas que d'ici quelques semaines, elle n'aurait plus besoin de dire quoi que ce soit ? Elle promènerait sa grossesse partout avec elle…

— Et ta grand-mère ?

— Grandma n'aime pas les secrets, je ne pourrais pas lui demander de cacher une nouvelle aussi énorme.

— Alors parle à Krista. Elle a la tête sur les épaules.

— Krista et moi… nous ne nous parlons pas. Comment veux-tu que l'on soit proches, toutes les deux, alors qu'elle habite à Prague ?

— Cette histoire pourrait vous rapprocher.

— Je ne crois pas, non.

Tout à coup, il lui sembla très important de renverser la barrière que Rayna dressait face à sa sœur. Si important qu'il osa la contredire tout net.

— Mais si ! Ecoute, je sais bien qu'elle est retournée en Europe, mais on communique très bien par Skype. Tu pourrais l'appeler et lui…

— Krista n'est pas retournée en Europe, l'interrompit-elle.

— Bon, son avion n'a peut-être pas encore… Qu'est-ce que tu as dit ?

— Krista n'est pas retournée en Europe. Elle n'est pas partie. Son avion n'a pas pu décoller. L'aéroport de Harrisburg était ouvert, mais pas celui de Washington. Il y a un blizzard là-bas, tous les vols sont annulés.

Il la dévisagea, bouche bée.

— Mais alors… où est-elle ?

— A la Boutique.

Une émotion brutale le saisit. Une émotion difficile à identifier. Du soulagement ? S'il avait dû le définir, il aurait plutôt appelé ça… du bonheur.

— Tu crois vraiment que je devrais dire à Krista que je suis enceinte ? demanda Rayna d'une petite voix découragée.

Cela lui demanda un effort, mais il réussit à se concentrer de nouveau sur les difficultés de Rayna.

— Oui, répondit-il gravement. C'est ce que je pense.

— Je vais réfléchir. Elle ne sera pas là très longtemps, seulement jusqu'au 28. Elle dit qu'elle n'a pas pu avoir de place avant.

Alex haussa les sourcils, surpris. Il lui semblait pourtant qu'en Suisse, les stations de ski se situaient en gros entre les aéroports internationaux de Genève et Zurich. Il devait y avoir une foule d'itinéraires possibles, non ? Enfin, il ne connaissait pas la géographie sur le bout des doigts. Et si le mauvais temps paralysait les aéroports côté Etats-Unis, elle pouvait effectivement se retrouver bloquée.

— Il faut prendre ces deux jours comme un cadeau, Rayna, et en profiter au maximum.

En tout cas, c'était ce qu'il comptait faire !

Dix minutes plus tôt, il hésitait encore à aller au Timeout ce soir. Il venait de changer d'avis. Parce que maintenant, il comptait faire en sorte que Krista y aille avec lui.

10

Le Timeout était un bar assez typique avec ses banquettes, ses box, son coin billard et ses écrans plats réglés en continu sur des événements sportifs. Une rencontre NBA entre Los Angeles et Detroit se déroulait d'un côté de la salle, un récapitulatif des plus beaux buts de l'année défilait de l'autre.

— Je ne regrette pas d'être venue, dit Krista alors qu'ils s'immobilisaient sur le seuil, un peu étourdis par le bruit et la fumée, mais je me demande encore pourquoi tu étais si sûr que je t'accompagnerais ce soir.

— Mes phéromones, répondit-il en bougeant les sourcils d'un air équivoque.

Elle lui décocha un large sourire.

— C'est ce que j'ai dit à ma mère quand elle a commencé à bâtir ses théories sur cette soirée ! Pour elle, si je suis prête à rencontrer tes amis, je dois vraiment craquer pour toi.

— Elle a réagi comment ?

— Sur le moment, elle ne savait plus quoi dire. Ensuite, elle a dû chercher le mot sur internet parce que, au moment où je partais, elle m'a recommandé de me fier à mon nez.

Il éclata de rire. Quand il riait, ses yeux se plissaient d'une façon absolument irrésistible. Elle pensa que si son vol n'avait pas été annulé, elle serait en ce moment précis en train de rejoindre ses amis dans un fabuleux chalet des Alpes suisses. Ce fut un choc de réaliser… qu'elle préférait être ici.

Près d'elle, Alex parcourait du regard la salle bondée.

— Les voilà, dit-il. Tout au fond, au billard.

Tout naturellement, il saisit sa main et l'entraîna. Ils se faufilèrent entre les tables, contournèrent des groupes qui parlaient avec animation. Quand ils rejoignirent la petite bande rassemblée autour d'une table, elle ne reconnut que deux visages : Malt Green, et cette Julia, la jeune maman blonde croisée à la Boutique, qui était sortie avec Alex.

— Alex ! lança Malt en se levant.

Les deux autres hommes du groupe, l'un très carré avec une coupe en brosse, l'autre long et mince, les cheveux gris sur un visage juvénile, l'accueillirent avec le même enthousiasme.

— Je ne comprends toujours pas comment on a pu perdre le contact ! s'exclama l'homme aux cheveux en brosse en se tournant vers Krista. Au lycée, on était inséparables !

Krista pensa à ses propres copines de lycée, de qui elle n'avait plus de nouvelles. Pour la première fois, cette idée lui procura un petit sentiment de regret. Au fond, Jarrell n'était pas aussi petit que ça. Il y avait tout de même deux lycées, et si les élèves des différents établissements se côtoyaient à l'occasion, elle n'avait encore jamais croisé les amis d'Alex. Pas plus qu'elle ne l'avait vu, lui, avant sa visite mémorable à la pépinière…

On fit les présentations, mais comme tout le monde parlait en même temps, elle ne saisit pas quel nom correspondait à qui. Si Malt Green était venu seul, les deux autres hommes avaient emmené leur femme, deux petites brunes qui se ressemblaient tant que l'on pouvait les prendre pour des sœurs. D'ailleurs, elles l'étaient peut-être ! La seule qu'elle soit parfaitement sûre de situer était… Julia, qui ne ressemblait pas du tout aux deux autres femmes, et dont le sourire manquait singulièrement de sincérité.

Au bout de quelques minutes, et sans qu'elle comprenne comment, le groupe se scinda en deux : les hommes au billard, les femmes près du jeu de fléchettes.

— On ne savait pas qu'Alex avait quelqu'un, lança l'une des deux femmes avec gourmandise.

— Oui, quelle surprise, enchaîna Julia en dévisageant Krista avec attention.

Krista comprit qu'elle se repassait mentalement leur conversation à la Boutique de Noël. Assez ennuyée, elle répondit :

— Nous ne sommes pas ensemble. Enfin, si, mais pas… Je ne serais même plus là ce soir si mon vol n'avait pas été annulé.

— Oui, il paraît que la neige a bloqué beaucoup de voyageurs. Tu partais où ?

— Au ski, en Suisse, mais je rentrais aussi chez moi. J'habite à Prague.

Sur le joli visage de Julia, il y eut comme un carambolage d'expressions. Krista se souvint de sa théorie selon laquelle une femme aurait jadis brisé le cœur d'Alex en allant s'installer en Europe. Dommage qu'elles ne soient pas seules, toutes les deux, elle aurait volontiers remis les pendules à l'heure. Vu le contexte, elle voyait mal comment s'y prendre pour la détromper !

— C'est cool ! s'écria une des deux femmes.

— Tu devais être mal quand ton vol a été annulé, renchérit la seconde.

— En fait, non, pas tant que ça, répondit-elle. Ma famille est ici, et je suis contente de pouvoir passer encore un moment avec eux.

Elle était sincère. Elle avait apprécié cette journée à la Boutique, à gérer les flux de clients friands de promotions d'après-Noël. Rayna était même allée jusqu'à dire qu'elle les avait beaucoup aidées !

— Avec ta famille… et avec Alex ? demanda Julia.

— Oui, admit-elle sans la moindre gêne. C'est toujours agréable de passer un moment avec de vieux amis.

Elle chercha Alex des yeux et le trouva assis à une petite table en face de Malt Green. Sa tenue décontractée, jean et pull noir ras du cou, était identique à celle de la plupart des hommes dans la salle, alors pourquoi était-il si différent ?

— Attends… je te reconnais ! s'écria l'une des deux femmes en braquant l'index sur elle. Tu faisais partie de l'équipe de *cheerleaders* du lycée !

— Oui, reconnut-elle avec une grimace amusée. J'étais celle qui braillait le plus fort, c'est sûrement pour ça que tu te souviens de moi.

— Mais non ! Je me souviens parce que tu étais superbe ! J'étais en première année quand tu étais en dernière, je voulais être comme toi.

— Euh… merci…

Difficile de savoir que répondre à une déclaration pareille ! Sans l'écouter, son admiratrice enchaînait déjà :

— Tes parents ont une pépinière, c'est ça ?

Puis, comme Krista hochait la tête, elle s'écria, ravie :

— Je me disais aussi ! J'y suis allée plusieurs fois. Ton père est vraiment gentil. Un jour, j'étais très chargée, tu vois, avec un gros sac de copeaux de pin, et il n'a pas voulu me laisser le porter jusqu'à ma voiture. Il m'a dit de poser le sac sur ses genoux et il l'a emporté sur son fauteuil.

— Mon père aussi est en fauteuil, intervint l'autre femme. Lui, c'est à cause des complications de son diabète. Et ton père, Krista ?

La question la heurta de plein fouet. Une tension subite la saisit aux épaules, et ce fut d'une voix qui résonna bizarrement à ses oreilles qu'elle répondit :

— Un accident avec un chariot élévateur.

— Oh ! C'est horrible ! C'est arrivé comment ?

La culpabilité familière croula sur elle, et elle eut un peu de mal à reprendre son souffle. Elle avait supposé que tout le monde *savait* — en tout cas tous ceux qui connaissaient un peu ses parents —, mais ses trois compagnes la dévisageaient en attendant sa réponse… Elle s'éclaircit la gorge et s'efforça de formuler les choses de façon à éviter toute question supplémentaire.

— Il a été coincé contre un mur par le chariot, à la pépinière, il y a une dizaine d'années. Depuis, il est paralysé des deux jambes.

Les deux petites brunes plaquèrent leur main sur leur bouche, choquées.

— Mais comment… ? voulut demander Julia.

La voix de Malt Green l'interrompit.

— Krista ! Viens voir une seconde !

« Sauvée ! » pensa-t-elle en remerciant mentalement Malt. Dans sa hâte d'échapper à la curiosité des trois femmes, elle aurait volontiers bondi par-dessus les tables pour le rejoindre.

— A tout de suite, murmura-t-elle en se levant.

— C'est bien que tu sois venue ce soir, lui lança Malt dès qu'elle s'approcha. Il faut que tu m'aides à convaincre Alex. Il ne comprend pas où est son intérêt !

Le visage fermé, Alex glissa de côté sur sa banquette pour lui faire une place. Surprise, elle lui jeta un regard interrogateur. Que se passait-il de si grave ? Lui, habituellement si calme, semblait tendu à l'extrême.

— Je ne vois pas l'intérêt de mêler Krista à cette histoire, dit-il.

— Je ne suis pas d'accord avec toi ! répliqua Malt. Elle saura peut-être te faire entendre raison.

— Je doute de pouvoir le convaincre de faire une chose qu'il n'aurait pas envie de faire…, avança-t-elle prudemment.

Malt rejeta la tête en arrière dans un grand éclat de rire.

— C'est que tu n'as pas vraiment essayé ! Enfin, tes chances sont sûrement meilleures que les miennes.

— La question est réglée, décréta Alex. J'ai déjà dit « non », Malt.

Krista les dévisagea tour à tour. C'était un peu comme s'ils parlaient une langue inconnue.

— A quoi as-tu dit « non » ? demanda-t-elle.

Sans laisser à Alex la possibilité de répondre, Malt se mit à lui exposer la situation :

— Je veux ouvrir une filiale de ma boîte aux Etats-Unis. Les premiers temps, nous proposerons des produits qui mettront en valeur la diversité de nos paysages. Plus tard, je voudrais sortir une gamme présentant chaque Etat séparément.

— Quel rapport avec Alex ?

— Je veux qu'il prenne les photos ! Notre atout sur le marché, c'est la qualité artistique de nos paysages. Et pour la qualité artistique, Alex est le meilleur.

D'un geste las, ce dernier se frotta la nuque.

— Tu ne sais même pas si je fais toujours de la photo, dit-il.

— Bien sûr que si ! répondit aussitôt Malt. J'ai vu des œuvres à toi dans la vitrine de l'encadreur, à deux rues d'ici.

Pendant quelques instants, Alex contempla sa bière sans rien dire.

— Et comment as-tu su que les photos étaient de moi ?

— Tu as une patte très particulière, mon vieux. Tu as la classe, et c'est pour ça que je te veux. Je paierai les meilleurs prix.

Krista pressa le bras d'Alex en murmurant :

— Je dirais que c'est une sacrée opportunité.

— Pour quelqu'un d'autre, peut-être, répliqua-t-il. Pas pour moi.

— Tu ne vas tout de même pas me dire que tu préfères le paysagisme à la photo ! C'est moi, Alex, ton vieux Malt. J'étais avec toi quand tu as acheté ton premier appareil. Tu étais si excité que tu dormais avec ! La photo, c'est ta passion !

— Je ne prendrai quand même pas le poste.

Krista réussit à se taire. Malt attaquait si fort que si

elle interrogeait Alex sur les raisons de son refus, comme elle avait terriblement envie de le faire, ce serait comme s'ils se liguaient tous deux contre lui. Le silence retomba.

— Tu es buté comme un âne, reprit Malt, découragé. J'ai cru que tu aurais pitié d'un vieil ami qui se ronge de culpabilité depuis plus de dix ans.

— Tu n'as aucune raison de te sentir coupable, répondit Alex d'une voix égale.

— Ah ? Et le fait que *ma* boîte aurait dû être *notre* boîte ? Tu te souviens de notre voyage au Canada, et tous nos projets ? Tu te souviens quand on se levait avant l'aube pour saisir la meilleure lumière, et qu'on disait que la vie ne nous réserverait rien de plus beau ?

— On était des gamins. On peut parler d'autre chose, maintenant ?

Malt secoua la tête, mais n'insista plus.

La conversation roula sur d'autres sujets, mais Krista ne cessa de penser à l'offre fabuleuse qu'Alex venait de refuser. C'était pourtant tout ce qu'il aurait dû souhaiter : montrer ses photos au monde, vivre de son talent ! Quoi qu'il décide, elle le soutiendrait. Mais elle n'était pas du tout convaincue qu'il était sincère en refusant ce travail.

Un soir ordinaire, Alex se serait largement satisfait de la compagnie de ses amis jusqu'à la fermeture du bar, à bavarder joyeusement. Mais il ne s'agissait pas d'un soir ordinaire.

Leur petit groupe avait fini par se rassembler autour d'une grande table. Krista était assise juste à côté de lui — autrement dit, beaucoup trop loin. Il se tourna vers elle en haussant les sourcils. D'un mouvement presque imperceptible, elle hocha la tête. Un instant plus tard, elle bâillait ouvertement en se couvrant la bouche de la main.

— Désolée ! Je suis un peu fatiguée. Je crois que c'est le décalage horaire.

— Je ferais bien de te ramener chez toi, lança Alex en ravalant un sourire.

— Quoi ? protesta Malt, outré. Mais la soirée commence à peine !

Alex ne prit pas la peine de lui répondre et enfila son blouson avec entrain. Krista l'imita en décochant aux convives son sourire le plus charmeur.

— C'était gentil de m'inviter…

— Un vrai plaisir, assura Malt. Alex, tu sais comment me joindre si jamais tu changes d'avis.

— Ça n'arrivera pas.

Alex serra la main de ses amis, embrassa les femmes, et lança, sans y penser vraiment, qu'il faudrait absolument se revoir bientôt. Quelques instants plus tard, Krista et lui étaient dans la rue, où l'air glacé de la nuit, incroyablement pur après la chaleur enfumée du bar, les prit à la gorge.

Il sourit à Krista.

— Tu as bien capté mon signal, dit-il.

— Le décalage horaire, c'était bien vu, non ? lança-t-elle en riant.

Il n'y avait plus aucune fatigue dans ses yeux. Amusé, il s'enquit :

— Tu avais autant envie de partir que moi ?

— Plus encore ! Tes amis me plaisent bien, mais je voulais t'avoir tout à moi.

Il fit un geste à la ronde. Un homme d'une cinquantaine d'années quittait le bar à son tour. Un peu plus loin, un couple montait dans une voiture. En dehors de ces trois-là, le centre-ville était désert.

— Là, tu as toute la solitude sur laquelle nous pouvons compter. On appelle ça « la solitude des grands froids ».

Quand elle se tourna vers lui, ses yeux brillaient comme ceux d'une gamine qui prépare une bêtise particulièrement savoureuse.

— Tu as un bon chauffage dans ton pick-up ? demanda-t-elle.

— Correct. Pourquoi ?

Elle lâcha sa main et se mit à marcher à reculons le long du trottoir en répondant d'un air dégagé :

— Sur le chemin du retour, nous trouverons bien un coin tranquille pour nous garer.

Puis, comme il éclatait de rire, elle enchaîna :

— Les vitres seront vite embuées, personne ne pourra deviner ce que nous sommes en train de faire.

Il imagina la scène, se représenta Krista se déshabillant sur le siège de son pick-up… Son jean lui sembla subitement trop serré.

— Tu parles sérieusement ? murmura-t-il.

— Bien sûr ! Je te proposerais bien de prendre une chambre d'hôtel mais si je ne rentre pas ce soir, maman pensera que l'on s'est enfuis pour se marier en cachette.

— Tu exagères.

— Non ! Tu ne peux pas savoir comme je regrette ton ancien appartement.

— Il était surtout bien quand tu y étais.

Jusqu'à cet instant, il n'avait jamais réellement regretté son déménagement.

— Tu me flattes ? J'adore ! Si je donnais du charme à ton appartement, attends de voir ce que je ferai pour ton pick-up.

Il marcha droit sur elle, mais elle lui échappa d'un petit bond en arrière.

— Le pick-up est garé là-bas, dit-il avec un signe du pouce par-dessus son épaule.

— Avant d'y aller, j'ai une envie irrésistible…

Elle se tut un instant, une étincelle taquine dans le regard, avant de conclure :

— … de voir les photos dont parlait Malt.

— Tu plaisantes !

— Pas du tout ! Je veux voir si elles sont aussi extraordinaires qu'il le dit.

— Il fait trop froid pour traîner dans les rues. La température doit frôler les moins 10 !

— Petite nature !

Contrarié, il chercha un autre prétexte.

— Il fait trop sombre.

— Pas avec les lumières de Noël.

— Tu es trop fatiguée ?

— Alex, c'est ridicule ! Si tu me donnes encore un mauvais prétexte, un seul, je croirai que tu ne veux pas que je voie tes photos.

— Je ne veux pas que tu voies mes photos.

Et pourtant, il marchait vers la vitrine de l'encadreur. Une dernière fois, il protesta :

— Nous avons suffisamment parlé de mes photos ce soir.

— C'est bien pour ça qu'elles m'intéressent. Si elles sont moitié aussi spectaculaires que le paysage que tu m'as offert, elles méritent largement le détour.

Comme il savait qu'il n'aurait pas le dernier mot, il se tut. Mais il se sentait déchiré entre deux sentiments contradictoires : d'un côté, il avait très envie de lui montrer ses photos — et aussi de les revoir lui-même, à chaud, pendant que les commentaires de Malt résonnaient encore à ses oreilles. Sa passion pour les paysages, ces images saisies sur le vif que l'on pouvait ensuite revisiter à l'infini, était bien réelle. D'un autre côté…

Ils s'arrêtèrent devant la boutique de l'encadreur. Dans la vitrine illuminée par les réverbères, on voyait clairement ses agrandissements. Malgré lui, il s'approcha un peu. Sur la première photo, des arbres aux éclatantes couleurs d'automne se dressaient sur la berge d'un lac d'un bleu si clair qu'il reflétait l'azur du ciel. Sur la seconde, à quelques mètres de l'eau, une maison de bois rustique émergeait d'un cocon de brume.

— Waouh, dit Krista à voix basse. Elles sont fabuleuses !

— Merci, marmonna-t-il.

Mais tout au fond de lui, il ressentit une grande fierté. Elle aimait ce qu'il faisait. Malt aussi. Peu de gens réalisaient combien il était délicat de saisir un paysage ; c'était aussi difficile que de photographier un animal sauvage. Le plus souvent, il fallait se lever très tôt, quand la lumière était douce, l'air immobile. Ces deux photos, il les avait prises coup sur coup, quelques instants après le lever du soleil.

— Comment sont-elles arrivées dans cette vitrine ? demanda Krista.

— L'encadreur est un ami, la maison que l'on voit sur la photo est à lui. Il m'a demandé de lui fournir des photos pour sa vitrine, pour mettre son travail en valeur.

— C'est une bonne façon d'arrondir tes fins de mois.

— Oh ! Je ne lui ai rien demandé. Il me prête la maison du lac de temps en temps et nous sommes quittes.

Elle lui jeta un regard surpris puis examina les photos sous des angles différents.

— Tu dois bien te douter que tu pourrais gagner de l'argent avec tes photos, reprit-elle, sans le regarder.

— Ce n'est pas aussi simple.

— Ce serait tout simple de dire « oui » à ton copain Malt.

— Tu ne vas pas t'y mettre, toi aussi ?

— Bien sûr que non. Je suis dans ton camp, mais je ne saisis pas ton problème. Je n'ai pas les éléments pour comprendre.

Il ne répondit pas.

— Si tu ne m'expliques pas ce que Malt voulait dire avec « Ça aurait dû être notre boîte à tous les deux », je remettrai la question sur le tapis toutes les cinq minutes, insista-t-elle. Tu finiras bien par craquer.

— Pourquoi veux-tu le savoir ?

— Parce que je veux mieux te connaître.

Elle avait répondu sans la moindre hésitation. Devant n'importe quelle autre réponse, il se serait sans doute refermé comme une huître, mais là, il eut tout à coup besoin qu'elle comprenne pourquoi il avait renoncé à son rêve. Il se découvrait aussi une envie de revenir sur ce tournant de son existence. Cette soirée venait de réveiller une partie de sa vie, ce que Malt et lui rêvaient de bâtir ensemble, il y a quelques années…

— Malt et moi… nous étions ensemble à l'atelier photo du lycée, commença-t-il d'une voix lointaine. Notre rêve, c'était de gagner notre vie en prenant des photos. Nous en parlions tout le temps. Pas des photos de mariage ou des portraits : des paysages.

— Et vous avez eu l'idée de Greenscapes ?

— Oui. Enfin, nous avions l'idée mais pas encore le nom. Et, bien sûr, pas de capital pour démarrer. L'idée est restée en suspens pendant deux ans.

— Jusqu'à votre voyage au Canada.

— Oui. Je faisais mes études à l'université, sans trop savoir où j'allais. A côté, je travaillais déjà pour mon père. Malt étudiait à Penn State et gagnait trois sous en faisant le caddy au country club.

Une rafale de vent les bouscula, comme pour leur rappeler qu'ils n'avaient rien à faire dehors par une nuit pareille. Il était temps pour eux de se mettre à l'abri, de préférence au fond d'un lit ! Excédé, il marmonna :

— Ce n'est pas l'endroit idéal pour te raconter tout ça.

— Alors viens ici.

Elle l'attira dans le renfoncement de la porte vitrée de la boutique. Il faisait toujours aussi froid mais, au moins, ils étaient à l'abri du vent.

— Continue, ordonna-t-elle.

Il réprima un soupir. Au point où il en était, autant aller jusqu'au bout.

— Un jour, Malt a accompagné un groupe de golfeurs qui discutaient affaires. L'un d'entre eux expliquait aux autres qu'il cherchait un investissement. Malt s'est lancé, il lui a exposé tout notre projet. Le type était intrigué, il lui a demandé de lui fournir une présentation.

— Qui a eu l'idée d'aller au Canada ?

— Moi. Le type était canadien, j'ai pensé que nous aurions plus de chances de le séduire si nous pouvions lui montrer des paysages familiers sous un nouveau jour. Nous avons pris des photos spectaculaires.

— Il a aimé ?

— Il a adoré. Il a mis le capital sur la table en échange d'un pourcentage des bénéfices. Malt a laissé tomber ses études le jour même pour se concentrer sur l'affaire.

— Bon, tout était très bien engagé. Et toi, tu n'as pas eu envie de foncer ?

— Il y avait des conditions. Selon les termes de l'accord, nous devions nous concentrer sur des paysages canadiens et baser l'affaire à Toronto.

— Et c'était un problème ?

Il réprima un mouvement de colère. Elle ne comprenait pas ! Mais il aurait dû s'y attendre. Elle était bien partie, elle, s'installer à àplus de six mille cinq cents kilomètres de sa famille. Puis il se calma. Elle ne connaissait pas encore toute l'histoire. Avec un effort, il reprit :

— En partant au Canada, nous n'avions dit à personne où nous serions, exactement. Nous ne le savions pas nous-mêmes.

Il s'interrompit, la gorge nouée par l'émotion. Même après tout ce temps, il s'en voulait terriblement de ne pas avoir appelé ses parents plus souvent, pour donner et prendre des nouvelles ! D'une voix étranglée, il reprit :

— Nous avions nos portables, mais la réception n'est pas toujours bonne quand on campe dans la montagne…

Elle dut commencer à entrevoir ce qu'il allait lui dire, car elle chercha sa main à tâtons et s'y cramponna sans l'interrompre. Il inspira profondément, mais cela ne suffit pas à déloger le poids familier qui lui écrasait la poitrine.

— Mon père n'a pas pu me joindre. C'était ma mère, une rupture d'anévrisme. Elle ne s'en est pas sortie.

Soulagé d'être arrivé au bout de son récit, il s'éclaircit la gorge et précisa :

— C'est arrivé le lendemain de notre départ. Quand nous sommes rentrés, quinze jours plus tard, elle était déjà enterrée.

— Oh ! C'est atroce.

— C'était le pire moment de ma vie. Le plus dur, c'était de ne pas avoir été là pour mon père.

Il prit une profonde inspiration et conclut :

— Maintenant, tu comprends pourquoi je ne pouvais pas monter l'affaire avec Malt.

Dans le silence subit, une camionnette bleue s'approcha dans un bruit de ferraille, roulant lentement. Il fallut près d'une minute avant que la rue ne retrouve sa quiétude.

— En fait, non..., dit lentement Krista. Non, je ne comprends pas.

C'était bien la dernière chose qu'il s'attendait à entendre ! Elle ne comprenait pas ? C'était pourtant évident ! Déçu de devoir clarifier sa position, il lâcha un peu sèchement :

— Je ne pouvais pas partir m'installer au Canada en laissant mon père tout seul ici.

— Mais... c'était la seule option ? De vous deux, c'est Malt le plus calé en affaires, non ? Tant qu'il s'occupait de l'administration et de toutes les questions pratiques, tu pouvais habiter ici, en faisant des voyages ponctuels au Canada pour prendre les photos dont vous aviez besoin.

C'était exactement ce que Malt lui avait proposé, à l'époque, et pendant des semaines, en attendant sa réponse, il s'était refusé à recruter un autre photographe.

— Trop de déplacements, répliqua-t-il. Trop d'allers et retours. C'est pour ça que j'ai encore refusé ce soir.

— Les déplacements posent un tel problème ? Pourquoi ?

Il la dévisagea, stupéfait qu'elle puisse seulement lui poser la question.

— Mais... s'il arrivait quelque chose à mon père pendant que je n'étais pas là ?

— Et s'il lui arrivait quelque chose pendant que tu étais au supermarché ? A la banque ? Au cinéma ?

— Je serais tout près. On pourrait me joindre aussitôt, répondit-il d'une voix tendue.

— Ce serait pareil si tu étais sur le terrain à prendre

des photos. Tu pourrais sauter dans un avion et rentrer en l'espace de quelques heures.

— Pas si j'étais dans un endroit où la réception est mauvaise.

— Les réseaux sont beaucoup plus performants aujourd'hui qu'il y a plus de dix ans.

Il secoua la tête, atterré.

— Tu crois vraiment que je prendrais un risque pareil ? Après ce qui est arrivé à ma mère ?

Jusqu'ici, les réponses de Krista et ses commentaires avaient fusé. Cette fois, elle prit le temps de réfléchir et quand elle reprit, ce fut avec une douceur et une sincérité qui le touchèrent malgré son indignation :

— Ce qui est arrivé à ta mère, c'est une tragédie. Je ne peux même pas imaginer ce que tu as dû ressentir, mais… Alex, les chances que l'histoire se répète sont minimes ! Ce drame ne doit pas t'empêcher de faire ce qui te rendrait heureux.

— Je suis heureux.

— Franchement, tu ne préférerais pas être photographe professionnel plutôt que paysagiste ?

— Je suis l'associé de mon père. J'ai des obligations envers lui.

— Autrement dit, tu vis le paysagisme comme une obligation.

La moutarde lui monta au nez, d'autant plus violemment qu'il ne pouvait pas la contredire. Toujours de la même voix tranquille, elle enchaîna :

— Et ton père, il sait que tu as sacrifié ta passion pour lui ? Je le connais à peine, mais je le vois mal accepter ça.

Il ne répondit pas. Il avait pris grand soin, toutes ces années, de s'assurer que son père le sentirait tout à fait satisfait de ce choix de carrière. La proposition de s'associer était venue de lui, et ce partenariat avait été l'un des rares bonheurs de son père, après la mort de sa mère.

— Maintenant, c'est moi qui voudrais comprendre, reprit-il. Tu me proposes de faire ce que tu as fait, toi ?

Filer poursuivre mon rêve, et au diable mes responsabilités envers ma famille ?

Elle recula, abasourdie.

— C'est ce que tu crois ? Tu penses que j'ai fait ça ?

Le premier soir, il lui avait reproché de s'être coupée de ses proches. Depuis, il s'était autorisé à oublier à quel point son choix le dérangeait, mais devant son attitude, la colère revenait en force.

— Oui, Krista. Je pense que tu as négligé ta famille pour faire ce qui te plaisait.

— Ma famille se débrouille très bien sans moi !

— Tu crois ça ? Va donc demander à Rayna comment elle s'en sort. Et pendant que tu y es, demande à tes parents des nouvelles de leur entreprise !

Il se détourna, furieux contre lui-même. Ces problèmes, ce n'était pas à lui de les aborder ; il n'en avait pas le droit.

— Oublie que j'ai dit ça, marmonna-t-il, gêné.

— Je crois que je n'oublierai jamais ce que tu viens de dire.

Serrée dans son manteau, le regard ailleurs, elle murmura :

— Je suis prête à rentrer.

Il hocha la tête.

— Chez mes parents, précisa-t-elle.

Il avait déjà compris. Après leur petit échange, il n'était plus question de faire l'amour dans son pick-up. Ni ce soir ni jamais.

11

Le lendemain, à la Boutique de Noël, Krista affichait un sourire radieux parfaitement artificiel. Mais elle fut surprise de constater que plus elle s'appliquait à le maintenir, plus il devenait sincère. Au fond, elle découvrait qu'il était difficile d'entretenir sa colère — même une colère parfaitement justifiée ! — en travaillant dans un magasin qui ressemblait à la salle de jeux du Père Noël. Un magasin qui, à en juger par la foule de clients qui s'y pressait, faisait un très joli chiffre. Pourquoi irait-elle interroger ses parents sur la santé de leur entreprise ? Tout allait bien, elle était aux premières loges pour s'en rendre compte !

Elle accepta la carte de crédit d'une ancienne camarade de classe qui achetait une paire de gigantesques rennes lumineux en la taquinant gaiement :

— Les voisins seront jaloux, Pam ! Tu vas leur en mettre plein la vue !

C'était l'un des bons côtés de tenir la caisse de la Boutique ; elle retrouvait toutes ses anciennes connaissances. Pamela Ford, par exemple, n'avait guère changé depuis l'époque où elles faisaient partie de l'équipe des *cheerleaders* du lycée. Toujours aussi spontanée, toujours aussi gentille.

— Tu crois que je pourrai les garder dans le jardin après les fêtes ? demanda-t-elle.

Et Krista, qui ne s'était encore jamais penchée sur le problème, lança avec conviction :

— Pourquoi pas ! Si cela te fait plaisir, fonce !

— Tu as raison ! s'écria son ancienne camarade en riant. Une fois les fêtes terminées, je pourrai toujours dire que ce sont des cerfs et non des rennes !

— Bien vu !

— C'est dommage que tu repartes demain. J'aurais aimé que l'on se voie.

— Moi aussi, j'aurais aimé.

Et… elle était sincère. Depuis le temps elle l'avait un peu oublié, mais elle avait eu de bons amis à Jarrell.

— Tu diras à tes parents que leur Boutique est absolument géniale. Ils restent encore ouverts longtemps ?

— Jusqu'à fin février, au moment de l'ouverture de la pépinière.

— Ah, ils comptent tout de même ouvrir ? demanda Pam, surprise. Je me demandais s'ils allaient s'accrocher. Bravo, ce n'est pas rien de tenir bon face à CGC.

Malgré sa longue absence, Krista reconnut le sigle d'une chaîne de jardineries discount qui essaimait autour de Philadelphie depuis une décennie.

— Oh ! Nous avons de la chance, répondit-elle d'un ton léger. Ici, personne n'a envie d'aller jusqu'à Philadelphie pour acheter ses plants.

— Philadelphie ? répéta Pam, surprise. Je te parle du CGC qui s'est ouvert ici il y a deux étés. Ils ont un succès fou.

— Oh. Oui, bien sûr…

La colère releva sa tête hideuse. Personne ne s'était donné la peine de lui communiquer cette nouvelle pourtant assez monumentale ! Depuis sa création, la pépinière Novak faisait tranquillement ses petites affaires, sans compétition — en tout cas sans la compétition d'un géant de l'industrie. Si CGC débarquait sur le marché local, avec ses prix artificiellement sabrés et toute la variété que pouvait proposer une grande surface… Voilà sûrement de quoi parlait Alex quand il lui avait suggéré de demander à ses parents comment se portait leur entreprise !

— C'était génial de se revoir, je te souhaite une année formidable ! lança joyeusement Pam en s'éloignant avec son Caddie bien rempli.

Perdue dans ses pensées, Krista répondit un peu machinalement. Elle continua à sourire et à échanger des paroles aimables avec les clients qui défilaient devant elle, mais le cœur n'y était plus. Et la grosse fatigue qui croulait sur elle ne devait rien au fait qu'elle tenait la caisse depuis le matin.

Enfin, la file devant sa caisse se résorba, et sa grand-mère vint la rejoindre.

— Je viens de me souvenir que nous avons organisé un troc de cookies au Foyer du troisième âge ce soir, lui glissa-t-elle à l'oreille. On peut repousser ton diaporama de 19 heures à 19 h 30 ?

Plongée dans ses interrogations, Krista mit quelques secondes à comprendre la question. Mais oui, la séance de ce soir devant les personnes âgées ! Après l'annulation de son vol, le projet d'une projection de photos assortie d'explications touristiques était revenu sur le tapis, et, encouragée par Mme Snyder et sa grand-mère, elle avait accepté pour le soir même.

— Oui, pas de problème, répondit-elle distraitement.

Sa grand-mère la dévisagea, la tête penchée sur le côté et les mains sur les hanches.

— Alex n'a pas encore téléphoné pour s'excuser, ma douce ?

Cette fois, elle comprit tout de suite la question !

— Qu'est-ce qui te fait croire qu'il devrait s'excuser ?

— Je suis encore capable de voir quand tu es de mauvaise humeur, même si tu cherches à me le cacher. Et puis, je t'ai entendue rentrer hier soir en le maudissant tout bas. Alors, qu'est-ce qu'il t'a fait ?

— C'est surtout ce qu'il m'a dit…

De quel droit osait-il croire qu'elle se fichait de sa famille ? Qu'elle ne pensait qu'à elle, ne se donnait même pas la peine de se tenir au courant ? Elle demandait des nouvelles, à chaque coup de téléphone ! Qu'y pouvait-elle si sa mère ne lui disait rien ! Sans doute pour la punir d'avoir choisi de vivre loin d'elle…

— Dis-moi une chose, Grandma. Pourquoi avez-vous ouvert la Boutique ?

— Pourquoi ? Mais parce que j'adore Noël, je te l'ai déjà expliqué.

— Cela n'avait rien à voir avec des difficultés du côté de la pépinière ?

Aucun client ne se tenait à moins de dix mètres d'elle, mais sa grand-mère baissa tout de même la voix pour répondre :

— Où as-tu entendu ça ?

— J'ai parlé à une cliente qui était surprise d'apprendre que nous allions rouvrir la pépinière. Elle m'a parlé de la concurrence du CGC. Alors c'est vrai, la pépinière a des ennuis ?

— Oui, ma grande. Les affaires n'étaient plus très bonnes depuis quelques années. Que veux-tu, avec la crise… Mais enfin, jusque-là, nous faisions assez de chiffre pour tenir pendant les mois de fermeture. Plus maintenant.

— Vous avez donc ouvert la Boutique de Noël pour chercher à générer des revenus.

Inutile de lui répéter que c'était une idée d'Alex ! Alex, qui en savait tellement plus qu'elle sur sa propre famille… Les dents serrées, elle ajouta :

— Et personne n'a eu l'idée de m'en parler ?

— J'ai dit à tes parents qu'ils devraient te tenir au courant, mais ton père était contre. Son point de vue, c'était « à quoi bon t'inquiéter puisque tu n'y pouvais rien ? ».

— J'aurais pu les écouter. Partager leurs soucis. Ce n'est pas très gentil de ne m'avoir rien dit.

— Tu n'as jamais caché que tu détestais la pépinière. Je suppose qu'ils ont cru que cela ne t'intéresserait pas.

— Je m'intéresse à tout ce qui affecte mes parents ! Et Rayna aussi, et toi ! Vous êtes ma famille !

— Ne t'en prends pas au messager, ma grande.

Krista grimaça et hocha la tête avec un bref sourire d'excuse. Effectivement, ce n'était pas sur sa grand-mère qu'elle devait passer sa colère. Le plus terrible, c'était de se demander ce qui avait pu se passer *d'autre* sans qu'elle ait été mise au courant.

— Tu sais à quelle heure Rayna termine chez ses dentistes ? demanda-t-elle.

— Ils ferment à 17 heures. Pourquoi ?

— Je l'ai à peine vue depuis mon arrivée. J'aimerais la retrouver pour dîner avant d'aller au Foyer du troisième âge.

— Quelle bonne idée, ma grande ! Tiens, le numéro du cabinet de dentistes est dans le carnet. Cherche à R pour Rayna.

Une base de contacts informatisée serait plus efficace, pensa Krista en tournant les pages du petit carnet que lui avait donné sa grand-mère, mais c'était le résultat qui comptait, non ?

En face du nom de Rayna, elle trouva le numéro des dentistes, le portable de sa sœur et aussi celui de Trey. Elle appela d'abord le fixe, et tomba sur un message annonçant que le cabinet fermerait plus tôt en raison des fêtes. Le portable de Rayna bascula tout de suite sur messagerie. Elle hésita un instant, puis se décida à composer le numéro de Trey. Elle ne l'avait rencontré qu'une seule fois, au réveillon, mais comme disait Alex, il était impossible de ne pas le trouver sympathique.

— Rayna n'est pas avec moi, répondit-il. Elle ne m'adresse même plus la parole.

Comment ? Mais quelques jours plus tôt, elle portait encore un bracelet gravé à son nom !

— Elle ne t'a rien dit ? demanda Trey, surpris.

— A quel sujet ?

— Elle a rompu avec moi. Le soir de Noël. Elle n'a pas voulu dire pourquoi. Je suppose que tu ne sais pas non plus ?

— Non, je n'étais même pas au courant…

Mais elle soupçonnait fort qu'Alex savait, lui. Sinon, pourquoi aurait-il mentionné Rayna pendant leur dispute, hier soir ?

— C'est complètement dingue, murmura Trey. Fais quelque chose pour moi, d'accord ? Essaie de lui parler. Moi, je lui laisse un peu d'espace, puisque c'est ce qu'elle veut.

— D'accord, j'essaierai, lui promit-elle en raccrochant.

« Quel gâchis », pensa-t-elle, désolée. La grande question, maintenant, était de savoir si elle aurait l'occasion de tenir parole. Au train où allaient les choses, il semblait de moins en moins probable qu'elle réussisse à parler à sa sœur avant de prendre l'avion demain matin.

Alex sortit le vidéoprojecteur de l'armoire métallique du cagibi de rangement et l'emporta dans la salle. Dans le hall d'entrée spacieux du Foyer du troisième âge, une petite foule se pressait autour d'une table chargée de plats de cookies. Les arômes sucrés qui flottaient dans l'air étaient si puissants qu'il crut entrer en état de choc glycémique. Grandma Novak se détacha d'un groupe pour l'accompagner dans la grande salle.

— Tu es adorable d'être venu tout installer, Alex. Tu as besoin d'un coup de main ?

Tout était déjà en place, des chaises rangées de part et d'autre d'une travée centrale faisaient face à un écran de projection. Alex déposa l'appareil sur la petite table.

— Non, tout va bien, répondit-il. De toute façon, je ne peux rien brancher tant que Krista ne sera pas là avec son ordinateur. Si vous voulez, je vous montre comment faire ?

— Tu m'as déjà montré, merci. Je n'ai pas oublié.

— Alors pourquoi m'avoir…

— Tu veux un cookie ? l'interrompit-elle. J'ai fait les *lady locks* que tu aimes.

Et elle s'éloigna, très affairée.

Pensif, il la suivit des yeux. Que manigançait-elle encore ? Eviter de répondre en lui proposant ses gâteaux préférés, la ficelle était un peu grosse… Si elle s'était arrangée pour qu'il passe installer le vidéoprojecteur alors qu'elle savait très bien le faire elle-même, c'était pour le mettre en présence de Krista.

Il quittait la salle pour aller se servir en cookies quand Krista poussa la porte vitrée de la rue. Un instant, elle resta sur le seuil à dérouler sa longue écharpe multicolore, déboutonner son manteau rouge. En dessous, elle portait un jean moulant, ses hautes bottes et un pull jaune qui soulignait ses seins parfaits. Elle souriait.

Puis, comme attiré par un aimant, son regard quitta les personnes âgées qui bavardaient autour de la table pour glisser vers lui. Aussitôt, son sourire s'effaça et elle marcha droit sur sa grand-mère pour lui parler. Il vit Leona agiter une main désinvolte, comme pour balayer un commentaire sans importance, et poser un baiser sur la joue de sa petite-fille avant de retourner à ses occupations.

Et maintenant, Krista se dirigeait vers lui.

Il soupira en pensant combien tout serait facile si seulement les paroles très dures échangées la veille au soir avaient effacé son attirance pour elle. Or, ce n'était pas le cas.

Elle s'arrêta devant lui et lança, sans lui laisser le temps d'ouvrir la bouche :

— Je suis désolée que Grandma t'ait fait venir. Je n'étais pas au courant. C'est encore une de ses petites manipulations.

— Tu lui as dit que nous nous étions disputés.

— Elle l'a compris toute seule. De son point de vue, nous devons nous réconcilier avant que je monte dans l'avion demain, ou nous le regretterons.

Il voyait mal comment il pourrait s'excuser d'avoir dit la vérité.

— Quand pars-tu ?

— A 10 heures demain matin. Il n'y a plus de verglas à Washington, le trafic est revenu à la normale.

Il ouvrit la bouche pour dire que c'était une bonne chose, mais mieux valait rester sincère ; il se contenta donc de hocher la tête et de lui conseiller de brancher son ordinateur.

Pendant quelques minutes, ils s'activèrent côte à côte, n'échangeant que quelques mots et uniquement d'ordre technique. Une trêve fragile semblait s'être établie entre eux, mais il n'avait pas changé d'avis sur la question fondamentale qui les séparait.

— C'est simple, conclut-il une fois l'installation terminée. Tu n'as qu'à faire défiler tes photos comme tu le ferais à l'écran, et le projecteur relaiera les images.

— Tu ne veux pas le faire pour moi ?

Elle devait s'attendre à ce qu'il refuse car elle ajouta vivement :

— S'il te plaît ?

Il devait refuser — si près d'elle, il sentait son parfum, et ce parfum l'entraînait peu à peu… dans un lit avec elle.

— Pas de problème, répondit-il. Je serai ton projectionniste.

Elle lui sourit, lui tapota le bras, et se tourna vers la porte.

— Je file dire à Grandma que nous sommes prêts. Mme Snyder a dû arriver.

Elle s'éclipsa et quelques instants plus tard les premiers spectateurs entrèrent dans la salle. En quelques minutes, le public massé dans l'entrée avait abandonné ses cookies et Grandma Novak, plantée devant l'écran, présentait sa petite-fille, « la grande voyageuse ».

La salle était aux trois quarts pleine. Les femmes étaient largement majoritaires mais Charlie était là, assis entre les deux dames les plus séduisantes de l'assemblée. Toutes deux semblaient aux petits soins pour lui. Surpris, Alex chercha Grandma Novak des yeux et la repéra de l'autre côté de la travée centrale, jetant de temps en temps un regard furtif au trio.

Il termina ses *lady locks* en décidant que c'était terminé : il ne chercherait plus à comprendre les femmes de la famille Novak ! De toute façon, c'était mission impossible ! Pourquoi Leona n'était-elle pas assise à côté de Charlie ? Pourquoi Krista lui avait-elle demandé de rester ? Pas parce qu'elle avait besoin de lui, c'était évident — il lui avait déjà transféré le contrôle du diaporama pour lui permettre de le mettre en pause quand elle voulait donner des explications, et elle savait parfaitement comment tout cela fonctionnait.

Il abandonna ; il pouvait toujours se poser les questions, mais il n'aurait sans doute jamais les réponses.

Krista commença par montrer des photos de Prague, la ville où elle faisait sa vie depuis huit ans maintenant. La capitale de la République tchèque était très belle, il devait l'admettre, et Krista avait un joli talent pour la composition. Les vues prises de la tour de guet d'un pont piéton étaient particulièrement réussies. Entre deux photos de la rivière Vltava et de bâtiments baroques, il y avait des clichés assez charmants de touristes écoutant des musiciens de rue, de jeunes couples avec des poussettes.

— Ce bâtiment ressemble à un château Renaissance mais en fait, on y brasse de la bière, expliqua-t-elle, un sourire dans la voix. Il se trouve dans une petite ville géniale appelée Zatec. Vous voyez les champs avec leurs cadres en hauteur ? C'est du houblon.

L'image suivante montrait un jeune couple aux cheveux très blonds ; le garçon brandissait une énorme chope de bière, la toute jeune femme, enceinte, fronçait les sourcils d'un air réprobateur. L'assistance éclata de rire.

— Ce sont des amis ? demanda Mme Snyder.

— Non, ils faisaient la visite en même temps que moi. J'étais seule quand je suis allée à Zatec.

Elle était également seule le jour où elle était allée visiter la mine de sel de Wieliczka, en Pologne, elle le précisa en montrant le portrait d'un autre couple, des Britanniques cette fois, avec deux petits enfants. La série suivante se situait en France. Après quelques vues de châteaux, l'écran afficha une photo de Krista avec une autre jeune femme, au pied d'un rempart.

— Et là, où êtes-vous ? lança la plus spectaculaire des deux dames qui encadraient Charlie.

De sa place, Alex capta le froissement de ses bracelets quand elle fit un geste vers l'écran.

Krista interrompit le défilement des photos pour lui répondre.

— C'est un village fortifié absolument magnifique appelé Pérouges. Tout date du Moyen Age, les rues sont pavées, et là, on voit les portes de la ville.

— Et la personne avec toi, c'est une amie ou encore une touriste ? demanda Mme Snyder.

— Une amie, Becca.

Elle passa à la photo suivante, sur laquelle éclatait le sourire d'un tout petit garçon qui vacillait entre ses parents en brandissant fièrement une… part de pizza ?

— Ce sont des gens que j'ai rencontrés sur place. Le petit garçon mange une galette du vieux Pérouges. C'est une pâtisserie au sucre que l'on peut acheter dans la rue.

Ses explications étaient amusantes, ses clichés agréables, et pourtant Alex était frappé par une anomalie. Pourquoi photographiait-elle si peu de monuments ou de hauts lieux touristiques ? Même à Paris, elle semblait s'intéresser davantage aux passants qu'à l'architecture. Elle y était allée en été, et la plupart des images qu'elle en avait rapportées montraient des flâneurs qui profitaient des espaces verts de la ville.

La dernière image s'effaça, l'écran vira au gris. Machinalement, il jeta un coup d'œil à sa montre… et fut stupéfait de voir qu'il s'était écoulé quarante-cinq minutes.

— Oh non ! Ce n'est pas déjà terminé ! s'écria une voix féminine. Je m'amusais bien !

— Je préfère vous laisser sur votre faim plutôt que vous lasser, répondit Krista en riant.

— Quelle chance d'avoir visité ces endroits fabuleux ! s'écria Mme Snyder. C'est passionnant de voir comment on vit, ailleurs que chez nous.

— Oui, je suppose que c'est pour cela que vous prenez tant de photos des gens que vous croisez, lança la voisine de Charlie.

Cette idée sembla surprendre Krista.

— Oui, sans doute…, reconnut-elle après un petit temps d'hésitation.

Alex eut la nette impression qu'avant qu'on le lui fasse remarquer, elle n'avait pas réalisé qu'elle prenait tant de photos d'inconnus. Pensif, il s'appuya contre le dossier de son siège. S'il passait en revue tout ce qu'il avait appris sur elle depuis son retour… il arrivait à une conclusion inattendue. Et il comptait bien lui exposer sa théorie, même si cela devait déclencher une nouvelle dispute.

Face au public qui l'applaudissait avec enthousiasme, Krista résista à l'envie absurde de saluer comme au théâtre. Alex applaudissait, lui aussi, et pourtant il était un *vrai* photographe. Elle, elle ne faisait que prendre des clichés de touriste. Après ses commentaires méprisants sur l'égoïsme de son goût pour les voyages, elle aurait sans doute dû être heureuse qu'il participe à l'ovation !

— Merci d'être venus, n'oubliez pas notre réunion samedi ! lança Grandma, de retour à sa place de présentatrice. Et ne partez pas sans emporter des cookies !

Puis elle se joignit au flot de spectateurs qui quittait la salle, sans doute pour s'assurer que l'on suivait ses instructions.

Plusieurs personnes s'approchèrent de Krista pour lui demander quelques précisions, et elle leur répondit avec plaisir. Elle n'aurait jamais pensé que son petit montage soulèverait autant d'enthousiasme. Elle nota que la dame aux bracelets ne quittait pas Charlie d'une semelle. Au fond de la salle, Alex commençait à débrancher le matériel.

— Tu voyages toujours aussi souvent ? lui demanda Mme Snyder, qui faisait évidemment partie du groupe qui s'était rassemblé autour d'elle pour commenter la séance.

— Presque chaque week-end, au moins sur une petite distance. Disons chaque fois que j'en ai l'occasion !

Elle répondait toujours aux questions de ses fans quand un rire en roulade attira son attention. La dame qui s'était accrochée à Charlie pendant toute la séance quittait la salle en sa compagnie, radieuse, en lui glissant dans la main un petit papier plié. Son numéro de téléphone ?

— Frances a un nouveau flirt, fit remarquer Mme Snyder, qui avait suivi son regard. D'où sort-il, d'ailleurs ? Je ne l'avais encore jamais vu.

— Moi non plus, mais il est torride, pour un vieux, répliqua sa voisine.

Le groupe entier éclata de rire. Krista, elle, n'apprécia pas ce commentaire. Pourquoi sa grand-mère n'avait-elle pas montré clairement que Charlie était avec elle ?

Les derniers spectateurs la remerciaient avec effusion quand Charlie passa la tête dans la salle pour lancer :

— Il neige de nouveau, et ça tient ! Ne tardez pas trop à prendre la route.

— Pete, tu entends ? s'écria Mme Snyder.

Son mari la rejoignit aussitôt, le front plissé d'inquiétude.

— C'est bizarre, la météo n'annonçait rien avant demain en milieu de journée. Tu es prête ?

— Oui, rentrons avant que les routes soient trop difficiles. Au revoir, Krista, ajouta-t-elle en l'étreignant avec affection. Passe un moment fabuleux dans les Alpes suisses.

Les retardataires partirent très vite. Quelques minutes plus tard, ils n'étaient plus que tous les trois : Grandma, Alex et elle. Krista se lança dans un ménage rapide de la salle, en jetant les gobelets et les assiettes en carton de la collation pendant que sa grand-mère nettoyait la table. Par la porte ouverte, elles entendaient Alex mettre de l'ordre dans le réduit de rangement.

Krista, qui tenait à en avoir le cœur net, s'approcha de sa grand-mère et demanda à mi-voix :

— Qu'est-ce qui se passe avec Charlie ? Pourquoi n'étais-tu pas près de lui ?

— Ne fais pas cette tête, répliqua celle-ci d'un ton léger que démentait le pli entre ses sourcils. Je compte laisser Charlie me courir après jusqu'à ce que je l'attrape !

— Comment ? lança la voix d'Alex.

Grandma se retourna d'un bond, et agita l'index d'un air taquin. Mais elle rougissait comme une jeune fille.

— Tu étais là ! Si j'avais su que tu nous écoutais, je n'aurais pas trahi mon secret. Oh ! Ce n'est rien de nouveau, c'est même la plus vieille stratégie du monde quand il s'agit de piquer la curiosité d'un homme.

Du seuil du cagibi, Alex la contemplait en se frottant le menton.

— Pourquoi ne pas montrer à Charlie qu'il vous plaît, tout simplement ? demanda-t-il.

— Ce n'est pas comme ça que j'ai fasciné le grand-père de Krista ! s'exclama Grandma, très sûre d'elle. Les hommes aiment les proies insaisissables, même s'ils affirment le contraire.

— C'est pour ça que tu as laissé ces deux dames le monopoliser toute la soirée ? lui demanda Krista. Tu ne crains pas qu'elles te le soufflent ?

— Elles pourront toujours essayer, il ne les regardera pas deux fois. Ce sont des dévergondées.

— Mais…

— Si je vous laisse les clés du Foyer, vous voudrez bien empiler les chaises de la salle, et tout boucler ?

Il était très clair qu'elle n'écouterait pas un mot de plus au sujet de Charlie.

— Mais je comptais te reconduire à la maison, protesta Krista. Tu as entendu, le temps se gâte.

Sa grand-mère était venue avec sa voiture, et elle,

accompagnée par sa mère qui l'avait déposée au Foyer avant de repartir, prétextant des choses à faire à la maison. Elle avait eu beau lui proposer de rester voir les photos, elle n'avait rien voulu entendre.

— J'ai conduit dans la neige toute ma vie, jeune fille, répliqua sa grand-mère, vexée. Alex te raccompagnera. Avec le chasse-neige, vous avez tout votre temps.

D'un geste péremptoire, elle lui remit un trousseau de clés et saisit son manteau. Krista n'insista pas. Quelques instants plus tard, la porte de la rue se refermait sur sa silhouette menue. Poussés par le vent, quelques flocons de neige retombèrent doucement sur le carrelage, et fondirent instantanément.

Alex et elle se mirent à empiler les chaises de plastique en silence. Cette tâche aurait parfaitement pu attendre le lendemain. L'équipe de ménage ne viendrait certainement pas laver le sol ce soir. Quoi qu'il en soit, ce tête-à-tête avec Alex était une occasion inespérée de mettre les choses au point.

— Désolée, dit-elle soudain. Grandma est vraiment incorrigible… mais je suis contente de pouvoir te parler.

Maintenant, comment formuler la suite ? Elle imbriqua une nouvelle chaise sur sa pile en cherchant ses mots. Le tact n'était pas son point fort mais cette fois, c'était important. Plus elle réfléchissait à leur discussion de la veille, plus il lui semblait qu'elle s'était trompée.

— Pour hier soir…, reprit-elle. Déjà, je voulais te dire que j'apprécie que tu m'aies parlé de ta mère. Je suis vraiment désolée pour ton père et toi.

— Ça, je n'en ai jamais douté, murmura-t-il.

Il ne lui fermait pas la porte ! Le soulagement lui donna le courage de continuer.

— Je m'en veux, je n'avais pas à t'attaquer à propos du poste que te propose Malt. C'est entièrement à toi de voir si tu veux l'accepter.

— Je suis d'accord avec toi.

— Mais toi, tu n'avais pas non plus le droit de me critiquer.

Elle ajusta la chaise suivante avec un peu de brusquerie.

— Ton système de valeurs n'est pas universel, nous ne sommes pas tous obligés de voir les choses de la même façon, poursuivit-elle. Nous sommes très différents, tous les deux.

Il posa la chaise qu'il tenait et la contempla un instant sans rien dire.

— En quoi sommes-nous différents ? demanda-t-il.

— Toi, tu es attaché à tes racines, moi, je suis nomade. Je serais incapable de rester à la même place toute ma vie.

— Je n'en suis pas si sûr.

Elle lui jeta un regard méfiant. Sur ce point au moins, elle ne s'attendait pas à ce qu'il la contredise !

— Tu ne t'es jamais demandé si tous tes voyages ne sont pas une sorte de quête ? enchaîna-t-il. Si tu ne cherches pas quelque chose ?

Déconcertée, elle plissa le front.

— Que veux-tu que je cherche ?

— Ta place sur cette Terre.

Mais de quoi parlait-il ? Les chaises étaient empilées, ils poussèrent les colonnes de sièges contre le mur. Il ne disait plus rien. Un peu agacée, elle finit par lancer :

— Prague me convient très bien. Je ne voyage pas pour chercher à m'installer ailleurs.

— Ce n'est pas ce que je voulais dire.

Il la considéra d'un air un peu incertain et reprit :

— Laisse-moi te poser une question : pourquoi prends-tu tant de photos d'inconnus ?

— Je l'ai déjà expliqué tout à l'heure, laissa-t-elle tomber en haussant les épaules. Je m'intéresse aux gens, à leur façon de vivre.

— Sauf que tes sujets sont toujours des couples ou des familles avec de jeunes enfants. Il doit bien y avoir une raison.

Cette discussion dérivait dans une direction qui ne lui plaisait pas du tout ! Le visage fermé, elle demanda :

— Je vois que tu as ta théorie ?

— Exact. Tu promets de ne pas m'agresser si je te l'expose ?

— Je ne promets rien du tout. Vas-y, dis toujours.

— Ces jeunes couples, ces jeunes parents, ils ont ce que tu voudrais, toi : l'amour, une famille, la stabilité. Une fois que tu auras trouvé tout ça, tu ne voyageras probablement plus.

Elle le dévisagea, si outrée qu'elle ne trouvait même pas les mots pour réfuter cette affirmation ridicule. Enfin, elle réussit à s'exclamer :

— En fait de psychologie, c'est du sous-*Reader's Digest* !

— Je t'avais prévenue que cela ne te plairait pas.

Elle allait l'envoyer paître quand elle se souvint que son rêve de petite fille était effectivement de se marier et d'avoir des enfants. Sa mère le lui avait rappelé. Mais… peu importe ! Elle n'était pas du tout contre le fait d'avoir une famille, un jour ou l'autre, mais de là à soutenir qu'elle voyageait *par défaut* ! Grotesque ! Et puis ce n'était pas à Alex de lui expliquer ce qu'elle cherchait dans la vie !

— Cela ne me plaît pas, non, confirma-t-elle. Comme beaucoup de choses que tu dis de moi, d'ailleurs. En fait, tu n'as pas cessé de m'insulter. Comme quand tu m'accuses de ne pas savoir ce qui se passe dans ma propre famille. Je demande des nouvelles, moi ! Ce n'est pas ma faute si mes parents ont décidé que tout ce qui les touche relève du Secret Défense ! Pour les problèmes de la pépinière, Grandma vient de m'expliquer que c'est mon père qui a refusé que l'on m'en parle.

Il fit la grimace.

— J'espérais que tu aurais oublié que j'avais dit ça, marmonna-t-il.

A sa grande surprise, elle sentit son indignation

retomber d'un coup. Soudain lasse, elle s'adossa au mur en soupirant.

— Comment veux-tu que j'oublie ça ? murmura-t-elle. J'ai seulement appris aujourd'hui que la pépinière est quasiment en faillite, et que Rayna vient de quitter Trey. C'est de ça que je voulais te parler.

— Pour ?

— Pour te remercier de garder un œil sur ceux que j'aime.

Ceux qu'elle laisserait derrière elle demain matin, tout comme elle laisserait aussi Alex. C'était tout de même étrange… Il se montrait injuste, borné, il lui renvoyait une image d'elle parfaitement détestable et pourtant, à la seule idée de ne plus le revoir, elle se sentait… oppressée. Non, c'était absurde. Elle était fatiguée, voilà tout. Il suffisait de ne pas y prêter attention, et cela passerait tout seul.

Il se tut pendant de longues secondes, puis reprit :

— Nous ferions bien d'y aller. La tempête se déchaînait quand les autres sont partis. Il ne faut quand même pas tenter le diable.

Ils retournèrent ensemble dans le grand hall, enfilèrent leur manteau, et au moment où Alex se tournait vers la porte de la rue, une impulsion irrésistible la poussa à poser la main sur son bras.

— Une fois que nous serons dans ton pick-up, tu devras te concentrer sur la route. Et à l'arrivée… je suis prête à parier que ma mère et ma grand-mère seront à la fenêtre pour nous guetter.

Il se figea, à l'exception du muscle qui tressautait dans sa mâchoire.

— Où veux-tu en venir ? demanda-t-il tout bas.

Quand elle ouvrit la bouche, le regard d'Alex se braqua sur ses lèvres. Elle sentit son pouls s'accélérer, et répondit :

— Je voudrais t'embrasser une dernière fois avant de rentrer à Prague.

Elle entendait presque leurs deux cœurs battre la chamade à l'unisson. Il fit un petit mouvement du menton vers le rideau mouvant de neige qui se tordait de l'autre côté de la porte vitrée.

— Si la tempête continue, tu ne pourras peut-être pas partir demain.

— Si mon vol est annulé, je compte sur toi pour nous ménager un tête-à-tête, répliqua-t-elle aussitôt. En toute intimité.

Le regard braqué sur elle, il siffla doucement la vieille chanson *Vienne la neige.*

Elle rit, un rire un peu tremblant, et précisa :

— Pour ce soir, je préfère ne pas m'en remettre à la météo.

— Alors qu'est-ce qu'on attend ?

Il tendit la main, lui caressa la joue… s'approcha et se pencha vers elle, lentement, très lentement… Ce fut un baiser très différent de ceux qu'ils avaient échangés jusqu'ici. Un baiser très doux, moins passionné, plus tranquille. L'une des mains d'Alex plongea dans ses cheveux, l'autre glissa sur ses reins. Elle avait toujours aimé ce qu'elle ressentait dans ses bras. Même dans l'étau de la passion, il la traitait comme un être précieux, unique. Elle avait beau chercher à se convaincre du contraire, faire l'amour avec lui n'avait jamais été… que du sexe.

Le baiser dura longtemps, et plus il durait, plus une certitude s'installait en elle : elle n'était pas encore prête à quitter Alex.

12

Krista ouvrit les yeux dans le noir en sentant les larmes rouler sur ses joues. Stupide, c'était stupide de pleurer parce que la neige s'était arrêtée à temps pour le décollage, et qu'elle était enfin arrivée à Zermatt. Depuis le temps qu'elle attendait ce séjour au ski !

Oui, mais cela, c'était *avant* d'avoir fait l'amour avec Alex. Instinctivement, elle sortit une main de sous la couette pour promener les doigts sur ses lèvres. Sa bouche sur la sienne lui manquait déjà. Avec une plainte sourde, elle tourna la tête sur l'oreiller pour chercher le cadran lumineux de son réveil. Rien. Une obscurité totale. Y avait-il une coupure d'électricité au chalet ?

Non. Une faible lueur lui parvenait de la pièce voisine, elle entendait un pas étouffé dans l'escalier. L'escalier ? Combien d'étages y avait-il, déjà, dans leur chalet de rêve ? Elle ne s'en souvenait plus… ou plutôt c'était comme si elle ne l'avait jamais su. Pourquoi ne parvenait-elle pas à se représenter les lieux ? Ses pensées étaient encore embrumées quand ses yeux finirent par s'ajuster à la pénombre et qu'elle reconnut… le mobilier du sous-sol de ses parents.

D'un élan, elle se redressa en repoussant ses cheveux de son front. Un rêve ! Son arrivée à Zermatt n'était qu'un rêve. Elle était toujours à Jarrell. Alex dans la maison voisine. Tous les détails s'imbriquèrent comme les pièces d'un puzzle. Elle dormait au sous-sol parce que son père avait fait son bureau dans son ancienne chambre. Et si quelqu'un descendait l'escalier, c'était que Rayna devait être rentrée.

D'un geste décidé, elle repoussa ses couvertures et se leva, un peu vacillante. Plus tard, elle penserait à Alex et à l'éventuelle signification de son rêve. Pour l'instant, sa petite sœur avait la priorité.

Non seulement Rayna ne l'avait pas rappelée après qu'elle lui avait laissé un message sur son portable, mais elles ne s'étaient pas vues de toute la journée. Un bref soupir gonfla sa poitrine, un soupir de soulagement. Quelle chance qu'elle ne soit pas en Suisse ! Elle tenait une nouvelle possibilité de retrouver Rayna. Cette fois, elle parviendrait peut-être à gagner sa confiance.

Sans bruit, ses pas étouffés par les épaisses chaussettes d'hiver qu'elle avait gardées en se couchant, elle traversa la salle et rejoignit sa sœur à l'instant où elle descendait la dernière marche. En la voyant surgir devant elle, Rayna eut un hoquet de saisissement, et plaqua la main sur sa poitrine. Puis elle poussa un gros soupir en secouant la tête d'un air excédé.

— Tu m'as fait peur !

— Désolée. Ce n'était pas prévu.

Un souvenir surgit brusquement à son esprit… Les bras croisés sur la poitrine, elle enchaîna sur le même ton que Rayna :

— Mais si je l'avais fait exprès, cela t'aurait fait les pieds. Je ne sais même plus combien de fois tu t'es amusée à me faire peur, quand on était petites.

— Tu restais debout jusqu'à pas d'heure à regarder des films d'épouvante, riposta Rayna. Il fallait t'attendre à ce que ta petite sœur profite de ta frousse.

Krista se mit à rire.

— Tu te souviens de la fois où j'ai hurlé, et où papa s'est réveillé en sursaut en croyant qu'il y avait des voleurs dans la maison ?

— Ça, je n'oublierai jamais !

Enfin, un sourire sincère !

— Il a jailli de leur chambre, dans ce pyjama horrible que maman lui avait offert pour son anniversaire, celui qui était couvert de mains vertes…

— Oui ! Les mains coupées ! s'exclama Krista en riant. Le pyjama le plus inquiétant de toute l'histoire du pyjama !

Elle n'avait jamais compris comment sa mère avait pu estimer que cette horreur serait le cadeau idéal pour un pépiniériste.

— Et la poêle, tu te souviens ? enchaîna-t-elle. Il a bondi dans la cuisine et il a empoigné une poêle en fonte pour nous défendre.

— Il était furieux quand il a compris que c'était toi ! Surtout quand tu lui as dit que tu avais hurlé parce que tu venais de regarder un film trop flippant.

Rayna cessa de rire et la dévisagea, songeuse.

— Je n'ai jamais compris pourquoi tu ne m'avais pas dénoncée.

— On ne dénonce pas sa petite sœur.

Elle avait dit cela tout simplement, du fond du cœur, mais Rayna baissa brusquement les yeux. Le fil ténu de la connivence s'était rompu tout net. Le cœur serré, elle chercha un moyen de le renouer. Tout serait bon, du moment que Rayna voulait bien lui parler.

— Maman dit que tu es allée à une fête, dit-elle. C'était bien ?

— Pas mal.

— Si tu n'avais pas téléphoné pour dire que tu rentrerais tard, j'aurais attendu ton retour. Maman pensait que tu passerais peut-être la nuit là-bas, avec la neige.

— C'était tout près. Les rues ne sont pas si encombrées, si on n'a pas de longues distances à faire.

— Il neige toujours ? demanda-t-elle, surprise.

— Oui. Et bien plus fort qu'en début de soirée.

Puis Rayna passa devant elle en murmurant :

— Je suis crevée, je vais me coucher. Désolée de t'avoir réveillée.

Elle allait s'engouffrer dans sa chambre, en sabordant leur dernière occasion de se parler ! Instinctivement, Krista la suivit, en retenant la porte pour qu'elle ne puisse pas la lui fermer au nez.

— Non, je suis contente de te voir, dit-elle. J'ai essayé de t'appeler cet après-midi pour savoir si tu voulais bien dîner avec moi.

— Je suis allée au centre commercial après le travail, pour rapporter des cadeaux.

Cela n'expliquait pas pourquoi elle ne l'avait pas rappelée ; elle avait pourtant dû voir qu'elle avait un message ! Peut-être ne l'avait-elle même pas écouté, en voyant de qui il venait ?

Elle allait lui demander pourquoi elle avait ignoré son message, lorsque, surgie de nulle part, Casper vint se blottir contre sa maîtresse assise sur le lit, comme pour la protéger, et posa sur Krista ses yeux verts. Troublée, cette dernière décida de garder sa question pour elle.

— C'est ce que m'a dit maman, se contenta-t-elle de préciser. Pour commencer, j'ai cru que tu devais être avec Trey, je l'ai appelé pour lui demander s'il savait où tu étais…

Rayna se redressa brusquement.

— Et il t'a dit quoi ?

— Il m'a dit que tu venais de rompre avec lui. Ensuite, il m'a demandé de te dire du bien de lui.

Le visage fermé, Rayna serra les lèvres en regardant dans le vide. Casper dut percevoir sa tension car elle se ramassa sur elle-même en frottant sa tête contre son bras.

— Incroyable, marmonna-t-elle, comme pour elle-même. Et il ne lui est pas venu à l'idée de m'appeler, pour essayer de me convaincre lui-même ?

— Qu'est-ce qui s'est passé, en fait ? Il m'avait semblé que tu étais dingue de lui.

Tout en parlant, Krista s'était avancée dans la chambre. Si elle n'avait pas redouté de braquer Rayna, elle serait venue s'asseoir près d'elle sur le lit. Mais elle ne prit pas le risque. Sa petite sœur semblait si en colère, si triste…

Elle fit encore un pas vers elle.

— Si tu étais venue dîner avec moi, je t'aurais dit que tu pouvais tout me raconter. Je suis là pour toi.

Rayna sembla sortir de sa léthargie et lui jeta un regard dur.

— Mais seulement jusqu'à demain matin, répliqua-t-elle.

Atterrée, Krista chercha une réponse et ne trouva que :

— Tu comptes pour moi, tu sais ?

— Je veux bien le croire. Mais je ne peux pas faire comme si on était des sœurs normales alors qu'on ne s'est pas vues depuis huit ans.

« Moi, je peux », faillit répliquer Krista avec force. Son absence n'avait rien changé, elle aimait toujours Rayna aussi fort — même si elle voulait bien convenir que des cartes et des courriels, cela ne remplaçait pas des échanges *en vrai*. Elle décida de jouer le tout pour le tout et lança :

— Si la tempête continue, si mon vol est annulé, tu passeras du temps avec moi demain ?

Les yeux bruns de sa sœur, si semblables aux siens, se levèrent avec méfiance. Sur ses genoux, Casper ronronnait, les yeux mi-clos.

— Ça fait beaucoup de « si »…, rétorqua Rayna, ironique.

— Ce n'est pas une réponse.

Rayna mit si longtemps à se décider que Krista crut qu'elle ne dirait rien. Qu'elle resterait là à la dévisager, refusant de lui répondre. Et là, que pourrait-elle faire ? Mais enfin, Rayna laissa échapper un bref soupir en lâchant :

— D'accord.

Le plus difficile, maintenant, c'était de ne pas trahir à quel point cette réponse la mettait en joie ! Elle souhaita une bonne nuit à sa sœur et se retira en refermant la porte derrière elle.

Maintenant, elle ne pourrait pas se rendormir — pas avant d'avoir consulté la météo ! D'un pas léger, en prenant soin de ne faire aucun bruit, elle monta au rez-de-chaussée. Tout était éteint, mais elle trouva vite la grande baie vitrée derrière le rideau épais que sa mère tirait chaque soir.

Le décor qu'elle découvrit à la lumière des réverbères ressemblait à un film catastrophe : un véritable blizzard fondait sur Jarrell. Le pare-brise de la voiture de Rayna disparaissait déjà sous une épaisse couche de neige, les traces de ses pneus étaient presque effacées.

Elle se retourna vers la grande horloge. Presque 2 heures du matin. Son vol était censé quitter Harrisburg dans huit heures. Elle hésita un bref instant… et s'engagea dans le couloir qui menait au bureau de son père. L'obscurité était totale, et elle dut s'orienter en suivant la cloison du bout des doigts. Une fois la porte refermée derrière elle, elle se risqua à allumer, et se pencha sur l'ordinateur qui trônait sur le bureau ancien que sa grand-mère avait apporté avec elle en s'installant ici, vingt ans plus tôt.

Tout en attendant la fin du processus de mise en route, elle examina la pièce avec curiosité — lorsqu'elle était entrée là, la seule et unique fois, elle n'avait vu que son père étendu sur le sol. Son lit était là-bas, à l'emplacement du grand rayonnage de livres. Une magnifique photo grand format de la rivière Susquehanna — encore une œuvre d'Alex — remplaçait son vieux poster des Backstreet Boys. Toutes les traces de son enfance et de son adolescence étaient effacées. Comme si elle n'avait jamais vécu sous ce toit.

L'émotion la prit à la gorge, et elle préféra se concentrer sur l'écran et la douzaine d'icônes qui venait de s'y afficher. Des dossiers étiquetés « Leona », « Eleanor », « Joe »… Oui, « Joe », et pourtant, avant son départ, son père refusait catégoriquement d'informatiser l'exploitation de la pépinière comme elle le lui avait suggéré. Elle ne parvenait même pas à l'imaginer devant un clavier !

Mais c'était idiot. A quoi passait-il son temps quand il s'enfermait dans ce bureau ? Eh bien… il suffirait d'un clic pour répondre à la question. Sa main se resserra sur la souris… et se relâcha aussitôt. Non, elle ne ferait pas ça. Elle avait brisé la vie de son père, elle n'irait pas en plus s'immiscer dans ses dossiers privés.

Elle trouva l'icône internet, se connecta. Un site météo figurait dans les favoris. La situation actuelle : fortes chutes de neige, vents violents, moins 7°. Elle tapa rapidement le nom de sa compagnie aérienne dans le moteur de recherche, parcourut le site, et finit par trouver le statut de son vol. Annulé.

Un élan de joie lui gonfla le cœur, qui… ne la surprit qu'à moitié. A ce stade, ce n'était plus un problème de rater son séjour dans les Alpes, elle avait trop de bonnes raisons de rester un jour de plus à Jarrell. Une idée lui vint… Oui ! Ce serait parfait ! Voilà ce qu'il fallait faire avec Rayna demain après-midi. Et demain soir… Alex.

Elle éteignit l'ordinateur, puis la lumière, et quitta la pièce en refermant la porte sans bruit. Plus vite elle retrouverait son canapé, plus vite elle s'endormirait, et plus vite ce serait demain.

Il neigeait toujours le lendemain en début d'après-midi. Le vent était tombé, il faisait moins froid, mais les flocons tombaient toujours, inlassables. Krista marchait la première, pataugeant joyeusement sur les trottoirs à demi pelletés en direction du lieu préféré des enfants du voisinage.

— Je ne sais même pas pourquoi je suis venue, marmonna Rayna derrière elle.

Elle ronchonnait, mais elle souriait aussi. Comment ne pas sourire ? C'était une journée comme elles espéraient toujours qu'il y en aurait quand elles étaient gamines. La Boutique de Noël et le cabinet de dentistes étaient fermés, Krista ne partirait que dans vingt-quatre heures… et elles allaient faire de la luge !

— Que voulais-tu faire d'autre par un temps pareil ? lança Krista en riant. Ça n'a aucun sens de se mettre à dégager les allées et les trottoirs s'il faut recommencer une heure plus tard.

— On aurait pu se comporter comme des adultes et rester à la maison.

— Maman, sors de ce corps ! Où est passée la petite sœur qui était toujours partante pour s'amuser ?

— Elle a grandi.

— Peut-être… mais pas au point de refuser de fouiller le garage pour retrouver nos luges.

Elle tapota la luge de plastique violet qu'elle portait sous le bras. Rayna tirait la même, mais en orange, par sa longe de corde.

— J'étais bien obligée, protesta-t-elle en souriant malgré elle. Tu as dit que je n'étais pas cap.

— Tu n'as pas tant changé, finalement ! s'exclama Krista, enchantée. C'était ce que je disais toujours pour t'obliger à faire ce que je voulais, quand tu étais petite.

Rayna lui jeta un regard réprobateur — mais seulement pour la forme, car Krista voyait bien qu'elle se retenait de rire.

— C'est pas vrai, je me suis encore fait avoir !

— Bien sûr ! J'ai toujours su te manipuler.

Cette fois, Rayna partit d'un grand éclat de rire.

— Allez, viens, manipulatrice ! lança-t-elle. Allons nous ridiculiser.

Une heure plus tard, Krista se sentait plus euphorique que ridicule, mais tout le monde n'était manifestement pas de son avis.

— J'ai quel *âge* ? répéta-t-elle en faisant mine de se vexer.

Le petit garçon qui venait de lui poser la question s'était planté devant elle alors qu'elle achevait de gravir la colline après une descente particulièrement réussie, rouge, hilare et hors d'haleine. Atterrée par son attitude, elle le toisa en secouant la tête.

— Et toi, alors ? riposta-t-elle.

— Huit ans ! répondit-il en la contemplant d'un air outré.

Il était si emmitouflé qu'il ressemblait à un Eskimo miniature — en supposant qu'un Eskimo puisse avoir de grands yeux bleus et deux dents de devant en moins.

— Je suis petit, moi, expliqua-t-il sur le ton de l'évidence. J'ai le droit d'être dehors à jouer dans la neige.

— Et moi pas ? s'insurgea Krista. Bon, d'accord, mon bonhomme. On va régler ça à l'ancienne. En faisant la course.

— Ouais !

La luge du gamin était beaucoup plus sophistiquée que la sienne, et si neuve qu'il l'avait sûrement reçue pour Noël. Peut-être croyait-il encore que le Père Noël était descendu par la cheminée pour la lui apporter ?

Côte à côte, ils s'installèrent sur leur bolide. Krista prit soin de bien se placer au centre de son rond de plastique pour équilibrer la charge. Tout en bas de la colline, Rayna, qui venait de terminer une descente, se relevait, se retournait en s'abritant les yeux de la main, éblouie par la lumière sur la neige.

— A vos marques, prêts, partez ! hurla le petit garçon.

D'un coup de botte, il se propulsa en avant. Il s'était ménagé une bonne avance en la prenant de court, nota Krista, mais elle se lança à son tour en sachant que la gravité ferait le travail pour elle. La piste s'était tassée au fil des descentes, elle était maintenant très lisse et très glissante, et elle eut l'impression que son estomac restait en haut de la pente. Elle fila comme le vent, une fine poussière de glace fouetta ses joues brûlantes et une poussée d'adrénaline lui arracha un grand cri de guerre.

Aux trois quarts de la descente, elle dépassa l'Eskimo miniature en un éclair et fondit sur la ligne d'arrivée. Les poings tendus vers le ciel, elle hurla de nouveau tandis que sa luge s'arrêtait en souplesse sur le replat. Puis elle se releva, épousseta la neige du pantalon étanche emprunté à Rayna et, sobrement approbatrice, lança au gamin :

— Jolie course.

Il se releva de sa luge en marmonnant. Puis il tourna les talons et attaqua la montée avec un regard furtif à la ronde, sans doute pour s'assurer qu'aucun de ses amis ne l'avait vu se faire battre par *une vieille*.

— Je ne le crois pas ! s'exclama Rayna en la rejoignant. Tu viens de faire la course avec un *gosse* ?

— Oui ! Il était craquant.

— Oui ! Et crédule, aussi. Tu fais trente kilos de plus que lui, c'était évident que tu serais plus rapide !

— Ça lui apprendra à demander son âge à une femme !

Rayna la regarda, les yeux écarquillés, puis éclata de rire.

— Bon, on est tout de même les plus vieilles ici, à part le type en haut de la colline… Attends, c'est Alex !

Krista suivit son regard. Oui, c'était bien la silhouette reconnaissable entre toutes d'Alex qui se découpait sur le ciel. Dans un élan de bonheur, elle agita la main en s'écriant :

— Il a dû recevoir mon texto. Il était de corvée de chasse-neige mais je lui ai dit de passer s'il avait un moment.

— Tu crois que c'est une bonne idée ?

— Oui, bien sûr ! Pourquoi ?

Sans attendre la réponse de sa sœur, elle se lança à l'assaut de la colline en remorquant sa luge. Avec l'arrivée d'Alex, le paysage hivernal devenait réellement spectaculaire… Tête nue, quelques flocons dans ses cheveux noirs, il souriait, ses bottes bien plantées sur le sol. Elle atteignit le sommet plus vite qu'elle ne l'avait jamais fait et s'écria :

— Je suis toujours à Jarrell !

— Je vois.

Elle n'avait pas eu l'intention de se jeter dans ses

bras. Et encore moins de l'embrasser, surtout devant un public de moins de dix ans, sans parler de sa petite sœur, et pourtant… c'est exactement ce qu'elle fit. A moins qu'Alex n'ait fait le premier pas ? Impossible de le savoir, et puis quelle importance ? Tout ce qui comptait, c'était de savourer la délicieuse chaleur qui s'épanouissait en elle.

— Mmm…, chuchota-t-elle quand il releva la tête, sans relâcher son étreinte pour autant. Maintenant, j'ai encore plus hâte d'être à ce soir.

— Ce soir, oui, murmura-t-il, un petit pli pensif entre les sourcils. Il me semblait que j'avais quelque chose à faire ce soir mais je ne sais plus très bien…

— Tu es censé être avec moi !

Puis elle vit l'étincelle dans son regard.

— Pourquoi faut-il toujours que tu me taquines ?

— Parce que tu marches chaque fois, répondit-il avec un grand sourire. Tu crois que j'aurais pu oublier une invitation pareille ?

Elle se sentit fondre à la chaleur de son regard.

— Tu as pu organiser quelque chose ? demanda-t-elle.

— Je crois que j'ai la solution.

Un frisson délicieux ! Tout bas, elle confia :

— Je ne sais pas comment je vais pouvoir attendre.

— Attendre quoi ? demanda Rayna en reprenant son souffle.

Krista se dépêcha de se dégager des bras d'Alex, réalisant, mais un peu tard, comment on pourrait interpréter cette étreinte.

— Le match de ce soir, répondit Alex. Penn State au stade Citrus.

— C'est vrai ! s'exclama Rayna. On en parle depuis des semaines.

Puis elle dévisagea Krista, perplexe.

— Tu ne t'es jamais intéressée au sport, dit-elle.

Une remarque pertinente.

— Je ne veux pas manquer ça ! répliqua Krista avec

tout l'enthousiasme possible. En Europe, on ne voit jamais de football américain.

Rayna ne semblait toujours pas très convaincue, mais elle n'eut pas le loisir d'insister car Alex demandait, en montrant la pente enneigée :

— Qui a eu l'idée de venir faire de la luge ?

— Krista. Et encore, tu n'as pas tout vu ! Figure-toi qu'elle vient de battre un pauvre gosse de sept ans à la course !

— Il avait *huit* ans ! protesta Krista. Et je ne suis pas la seule à me comporter comme une gamine, Rayna hurle dès que sa luge prend un peu de vitesse.

— Je ne hurle pas, je m'enthousiasme. Ce n'est pas du tout la même chose.

— Si tu t'enthousiasmes sur cette petite descente, tu vas vraiment hurler quand on passera à la grande colline.

Le visage de Rayna changea du tout au tout. D'un ton très différent, elle murmura :

— Attends une minute. Je n'ai jamais dit que j'irais à la grande colline.

— Bien sûr, commenta Alex, moqueur. C'est risqué. Vous y trouverez une concurrence autrement plus redoutable. Je connais cette colline, les gosses là-bas ont au moins onze ou douze ans.

— Si tu viens avec nous, on leur fera la peau ! lança Krista en riant.

— Je ne peux pas. Il neige toujours, j'ai du travail.

— Tu auras terminé pour… le match ?

Surtout, surtout, que tout se passe bien, et qu'il n'y ait pas d'obstacle…

— Sûrement. La neige doit s'arrêter en début de soirée, et nous aurons déjà fait le plus gros du déblayage. Il suffira de terminer demain matin.

— Parfait ! dit-elle en lui pressant rapidement le bras. A tout à l'heure, alors.

— A plus tard. Rayna, ne *t'enthousiasme* pas trop fort ou tu feras peur aux enfants.

Et il s'éloigna en riant tout seul. Elle le suivit des yeux.

— Je suppose qu'il se trouve drôle ? marmonna Rayna.

— C'était drôle, avoue.

Elle ne pouvait se résoudre à quitter Alex des yeux. Cette démarche, l'aisance de ses mouvements… C'était extraordinaire ce qu'un homme bien dans sa peau pouvait vous faire de l'effet. A moins que ce ne soit lui, personnellement ? Il avait presque rejoint son pick-up quand il se retourna.

— Oh non…, gémit Rayna.

— Non quoi ?

— Il s'est retourné, répondit Rayna, lugubre. Si un homme se retourne pour jeter un dernier regard à une femme, ça veut dire qu'il est sérieusement atteint.

— Alex n'est *pas* sérieusement atteint ! On s'amuse, rien de plus.

Un amusement assez intense et passionné… mais cela, c'était leur affaire.

— Tu en es sûre ?

Interdite, elle se tourna vers Rayna qui la toisait d'un air sévère.

— Alex n'embrasse pas une fille juste pour s'amuser, Krista. Je crois bien qu'il voudrait se marier, avoir des gosses. Je n'ai pas envie de le voir souffrir.

Leur mère avait émis la même opinion, le premier soir… et Alex ne l'avait pas contredite. Assez mal à l'aise, Krista esquissa un rapide sourire.

— Il sait très bien de quoi il s'agit, dit-elle. Je ne lui ferai aucun mal.

Elle n'allait tout de même pas expliquer que leur attirance se situait uniquement sur le plan physique !

— Tu ne peux pas en être sûre, répliqua Rayna. C'est facile de faire du mal à quelqu'un sans même s'en apercevoir.

Alertée, Krista scruta son visage avec attention.

— Tu parles de Trey, là ? Il t'a fait du mal ?

Rayna s'éclaircit la gorge.

— Je ne veux pas parler de Trey.

Et voilà, pensa Krista, atterrée. Voilà comment on faisait de la peine à quelqu'un sans l'avoir voulu. Dans un effort pour retrouver l'humeur joyeuse de leur partie de luge, elle lança joyeusement :

— Dans ce cas, fichons le camp d'ici ! Cette pente est pour les bébés, allons sur la piste noire.

— Je ne peux pas.

— Pourquoi ?

Pas de réponse. De plus en plus bizarre ! Qu'avait-elle dit, qu'avait-elle encore fait pour que sa sœur refuse de nouveau de lui adresser la parole ? Surtout pour une question aussi anodine !

— Oh ! Allez, Rayna ! Tu peux au moins m'expliquer...

Ce regard fixe... Krista dévisagea sa sœur avec inquiétude. Elle n'entendait même plus les enfants qui piaillaient à quelques mètres d'elles. La joie de leur après-midi s'était envolée et il fallait qu'elle sache pourquoi.

— J'aimerais pouvoir te le dire..., murmura Rayna, une lueur d'angoisse dans le regard.

— Tu peux.

Les yeux de sa sœur se brouillèrent de larmes. Elle fut aussitôt rassurée — ce n'était pas de l'hostilité comme elle l'avait cru tout d'abord — et inquiète — par le plus grand des hasards, elle venait de toucher au cœur du problème mystérieux qui tourmentait Rayna. Elle ne savait toujours pas de quoi il s'agissait mais cette fois, elle irait jusqu'au bout et obligerait sa sœur à lui parler.

Rayna regarda d'un côté, de l'autre... et sembla prendre une décision.

— Je ne peux pas prendre le risque de faire de la luge sur une colline plus haute, avoua-t-elle.

Elle hésita, puis ajouta très vite :

— Parce que je suis enceinte.

Krista dut rester bouche bée quelques instants car elle sentit l'air froid s'engouffrer dans ses poumons. Une foule de questions se bousculaient dans sa tête, et elle ne pouvait pas en poser une seule. Instinctivement, elle ouvrit les bras en murmurant :

— Oh, ma grande ! Viens là.

Avec un petit sanglot, Rayna se blottit contre elle.

Très émue, Krista l'étreignit en la berçant doucement.

— Je vais le garder, chuchota Rayna, si bas que Krista l'entendit à peine. C'est Trey, le père.

— Dans ce cas, pourquoi l'avoir quitté ?

— Tu ne comprendrais pas.

— Essaie de m'expliquer.

— Je… je ne veux pas que Trey s'engage dans une relation avec moi simplement parce que je suis enceinte. Je veux qu'il soit avec moi parce qu'il m'aime.

— Ça, au moins, c'est facile à comprendre. Viens. On va rentrer à la maison, trouver un coin tranquille, et tu pourras tout me raconter.

Rayna se dégagea de son étreinte en hochant la tête comme une petite fille. Les larmes roulaient sur ses joues.

— Je pensais que personne n'allait comprendre…

— Je ne suis pas n'importe qui, répondit Krista d'une voix ferme. Je suis ta grande sœur.

13

C'était exactement comme Alex l'avait prévu. Le soir du grand match, tous les Novak et son père étaient sur le pied de guerre. Quelques minutes avant le coup de sifflet, la zone autour du téléviseur s'était transformée en garde-manger et croulait sous les chips, les brownies maison, les crackers et le fromage. Le réfrigérateur était rempli de bières, il l'avait constaté en rangeant sa propre contribution aux festivités.

En revenant de la cuisine, il trouva tout le monde devant l'écran, tous penchés en avant dans l'attente du coup d'envoi. Tous… à part Krista. Perchée sur l'accoudoir du canapé, on aurait pu la prendre pour une étudiante dans son jean usé et son sweat informe. Elle leva les yeux vers lui… et il sut tout de suite que quelque chose avait changé. Quelque chose la tracassait. Peut-être s'inquiétait-elle du bon fonctionnement de leur petit plan. D'un signe discret, il l'invita à le rejoindre à la porte.

— Et c'est parti ! s'exclama Milo du fond du grand fauteuil qu'il partageait avec Grandma Novak.

— Allez, les Lions ! renchérit celle-ci en agitant le petit drapeau bleu et blanc qu'elle ressortait à chaque match de son équipe préférée.

— Ça devrait être un très bon match, intervint Eleanor, carrée dans son siège habituel, à côté du fauteuil roulant de son mari.

— Pas *très bon*, la contredit aussitôt ce dernier. Un *grand* match !

Eleanor détourna les yeux de l'écran le temps de lui lancer une grimace rapide.

— C'est bien ce que j'ai dit !

— Tu as dit « bon », pas « grand ».

Discrètement, Krista quitta sa place, la plus éloignée du téléviseur, pour le rejoindre. Il fut content de voir que sa théorie se confirmait : le mouvement n'avait alerté personne, pas un œil ne s'était détourné de l'écran. Lui, c'était l'inverse, il ne voyait que Krista ! Comment faisait-elle pour avoir l'air si féminine dans ce sweat coupé comme un sac, le visage vierge de tout maquillage ? Et pourquoi semblait-elle si… éteinte, ce soir ?

— Voilà le plan, murmura-t-il dès qu'elle fut près de lui. Nous attendons que le match soit bien engagé, puis nous filons par la porte de derrière pour aller chez moi.

— Je ne sais pas si c'est une bonne idée, répondit-elle sur le même ton.

— Bien sûr que si ! Du moment que nous sommes de retour pour la mi-temps, personne n'y verra que du feu.

— Je voulais dire… il vaudrait peut-être mieux laisser tomber.

Bon sang ! Il ne se faisait donc pas des idées, quelque chose la tracassait. Il l'entraîna un peu plus loin du groupe dans le salon, qui discutait toujours avec animation.

— Il s'est passé quelque chose ? demanda-t-il.

— Rayna.

— Elle va bien ?

— Elle se fait du souci pour toi.

Comme il la dévisageait, perplexe, elle ajouta avec un bref sourire :

— C'est drôle, non ? Vu ce qui lui arrive, ça devrait plutôt être le contraire.

— Elle t'a dit, alors ?

— Oui. Mais elle s'est aussi rendu compte qu'il se passait quelque chose entre nous et elle m'a mise en garde. Je ne dois pas te faire du mal. Elle est convaincue que ce que tu veux, c'est te caser pour la vie avec une femme et une petite famille.

Il se frotta la nuque, assez contrarié.

— Tout le monde n'arrête pas de le dire…, marmonna-t-il.

— Peut-être parce que c'est vrai ?

Eh bien… peut-être, oui. Tout jeune déjà, il aimait assez l'idée de faire sa vie avec une femme, une seule. Ses parents lui avaient donné un bel exemple, avec leur mariage heureux. Aujourd'hui, à trente-deux ans, il restait ouvert à cette option, mais seulement s'il trouvait la femme de sa vie, une femme qui mettrait la famille avant tout, comme il le faisait lui-même.

— Krista, relax. Je suis un grand garçon. Je sais quand il est juste question de se faire plaisir.

Pendant de longues secondes, sur des charbons ardents, il attendit sa réponse.

— D'accord, murmura-t-elle.

— On reprend mon plan, alors ?

— On le reprend.

Elle souriait de nouveau… mais soit il se faisait des idées, soit c'était un sourire moins lumineux que d'habitude.

— J'ai déjà planqué une paire de bottes à moi au coin de la véranda, dit-il. Il t'en faudra aussi. Sois juste discrète quand tu iras les chercher.

— Faute ! hurla Milo en se levant à moitié de son fauteuil.

— Et Penn State récupère le ballon ! s'écria Joe en même temps que le commentateur. Quelle passe !

Grandma Novak agitait son drapeau, euphorique.

— Ce n'était pas une passe si extraordinaire, intervint Eleanor. Enfin, celui qui l'a repassée ensuite…

— Bien sûr que si ! s'exclama Joe. Eleanor, il faut mettre tes lunettes.

— Je les porte, mes lunettes !

— Nous n'aurons même pas à être particulièrement discrets, murmura Krista avec un mouvement du menton vers le groupe enfiévré. Depuis quand les femmes de la famille s'intéressent-elles au foot, d'ailleurs ?

— Rayna, depuis toujours, mais ta mère et ta grand-mère, c'est plus récent. Elles ont dû se lasser de se retrouver à l'écart quand nous étions devant un match.

— Toi aussi, tu es fan de foot ?

— Habituellement, oui, répondit-il avec un regard appuyé. Ce soir, j'ai mieux à faire. Beaucoup mieux…

— Allez, go, go ! hurla Eleanor. Plus vite, plus vite !

Sa voix aiguë arracha une grimace douloureuse à Alex.

A l'écran, un joueur de Penn State galopait comme un lièvre, il n'était qu'à vingt mètres du but quand l'un de ses adversaires essaya de le plaquer. Joe et Milo se tapèrent dans les mains, Grandma bondissait sur place comme une gamine.

— Inutile d'attendre, décida-t-il. Allons-y tout de suite.

Elle ouvrait la bouche pour lui répondre quand on frappa trois coups sonores à la porte. Le battant s'ouvrit aussitôt et Trey entra comme chez lui, les cheveux ébouriffés par le vent, un pack de bière à la main.

— Salut, Krista, Alex.

Avec les rugissements qui jaillissaient du salon, personne ne l'avait entendu arriver. Krista s'avança vivement pour lui barrer le passage.

— Qu'est-ce que tu fais là ?

— Je viens voir le match, répondit-il, toujours aussi décontracté. Ton père m'a invité.

— Mais…

Des cris enthousiastes couvrirent le reste de sa phrase. Le drapeau de Grandma s'agitait dans tous les sens, Joe levait le poing.

— *Touchdown !* hurla Trey, en brandissant son pack de bière.

Au salon, les spectateurs restèrent concentrés sur l'écran, où le but repassait au ralenti, à une exception près. Pâle, Rayna s'était retournée et fixait Trey comme si elle avait vu un fantôme.

— Quelle belle action ! s'exclama Trey.

Il contourna Krista comme s'il ne la voyait pas et, le regard rivé à l'écran, aller se percher sur un pouf à côté de Milo.

— Te voilà, toi ! s'écria Joe. Tu arrives juste au bon moment.

Il semblait si heureux de le voir qu'Alex comprit qu'il ne savait rien de la rupture.

— J'ai apporté ces bières au blé dont je vous parlais. Qui en veut une ?

Joe tendit aussitôt la main.

— Moi aussi, réclama Eleanor.

— D'enfer ! Vous êtes à fond ! s'écria joyeusement Trey en dégageant deux cannettes du pack.

Il en lança une à Joe, qui l'attrapa au vol avec désinvolture, tendit courtoisement l'autre à Eleanor, et se tourna vers Rayna.

— Salut, Rayna ! Tu en veux une aussi ?

Muette, elle secoua la tête. Trey lui sourit, s'installa plus confortablement sur son pouf et se concentra sur le match. Blême, Rayna se retourna d'un bloc en cherchant Krista du regard. Un message passa entre elles, et Krista se tourna vers Alex pour lui glisser à l'oreille :

— Je suis vraiment désolée, mais je ne peux pas partir tout de suite. Rayna n'est pas bien.

— Ne sois pas désolée. Ta sœur a besoin de toi.

— Tu es gentil de comprendre…

Ils retournèrent dans le salon, Krista se glissa entre Trey et Rayna, et posa une main sur le genou de cette dernière qui se détendit aussitôt.

Alex sourit. Il avait eu raison de conseiller à Rayna de se confier à Krista. S'il était prêt à la soutenir par tous les moyens, il ne pouvait rien lui offrir d'aussi fort, aussi irremplaçable que la connivence entre sœurs.

A la fin de la première mi-temps, Penn State menait par dix points. Trey se leva en claquant des paumes sur ses cuisses.

— Bon, je file.

— Quoi ! s'exclama Joe. Tu ne restes pas pour la seconde mi-temps ?

— Ma mère a fait ses études à Penn State, je crois qu'elle aimerait que je regarde une partie du match avec elle.

— Quel bon fils, intervint Eleanor, des trémolos dans la voix. Et tu es tout de même venu nous voir ?

Trey se tourna vers Rayna, et dans son regard, Alex lut de l'inquiétude, mais surtout beaucoup d'espoir.

— J'ai une mère, mais j'ai aussi une copine, dit-il.

Rayna ouvrit la bouche... mais la voix d'Eleanor couvrit la sienne.

— C'est craquant ! Rayna, tu as tiré le bon numéro.

— Tu as entendu ça, Rayna ? lança Trey avec un large sourire. Tu devrais écouter ta mère !

Puis il quitta le salon en lançant à la cantonade :

— A plus, tout le monde !

Un chœur cordial lui répondit.

Un peu interdit, Alex réalisa que personne, à part Krista et lui, ne semblait avoir remarqué que Rayna n'avait pas adressé un seul mot à Trey. Maintenant, il fallait espérer que Krista comprenait la situation mieux que lui. De son côté, l'idée qu'une future maman quitte le père de son enfant le dépassait complètement.

— Combien de temps avant la reprise, Joe ? demanda Eleanor. Je ne m'en souviens jamais.

— Normalement, environ vingt minutes, mais aujourd'hui, ce sera plus long parce que c'est la coupe. Si tu veux filer aux toilettes, tu as tout ton temps, conclut-il en se dirigeant vers la porte.

— Moi, je file allumer nos illuminations, dit Milo en se levant.

Eleanor se rendit dans la cuisine pour renouveler les provisions. Lorsque le téléphone sonna, Grandma alla répondre. Dès qu'ils ne furent plus que tous les trois, Rayna lança tout bas :

— Quel culot ! Tout le monde sait qu'une ancienne

invitation ne compte plus une fois qu'on a rompu. Et vous l'avez entendu ? Il a dit que j'étais sa copine. Il n'a pas le droit !

— Tu portes tout de même son bébé, lui fit remarquer Alex.

Les deux sœurs le foudroyèrent du regard, et Krista lui tourna ostensiblement le dos.

— Trey n'a pas été correct, dit-elle en s'adressant à sa sœur. Mais il cherche peut-être à se racheter. En venant aujourd'hui, il a sûrement voulu te faire comprendre qu'il tenait à toi.

— Tu crois ?

Elle semblait en douter… mais aussi l'espérer de tout son cœur.

— Le seul moyen de le savoir, c'est de lui parler, lui conseilla Krista.

— Peut-être… Je ne sais pas, il faut que je réfléchisse.

Elle se leva avec un gros soupir.

— Dites, vous pourriez dire aux autres que je regarde la fin du match dans ma chambre ? Enfin, prévenez-les seulement s'ils demandent où je suis passée. J'ai besoin d'être un peu seule.

— Tu peux compter sur moi, lui assura Krista.

Rayna les quitta en posant au passage la main sur son épaule et en murmurant :

— Merci, Krista.

— Repose-toi.

Maintenant, ils n'étaient plus que tous les deux. Il osa enfin s'asseoir près de Krista qui s'était affalée sur le canapé, l'air épuisé. Elle tourna la tête vers lui en murmurant :

— Désolée…

— Ne t'excuse surtout pas, dit-il en lui effleurant la joue. Et puis, on a encore une mi-temps.

— Tu as raison ! s'écria-t-elle en se redressant, ragaillardie. On file dès que le match aura repris ?

— Je suis partant.

Elle le toisa, puis son regard descendit délibérément en dessous de sa ceinture et elle murmura, avec un sourire coquin :

— Pas encore, non… mais je saurai faire le nécessaire.

Il éclata de rire, pris de court une fois de plus par sa franchise. Il glissa plus près d'elle pour mieux respirer son parfum inimitable. Sa bouche n'était plus qu'à quelques centimètres de la sienne quand elle posa vivement trois doigts sur ses lèvres pour le tenir à distance en lui indiquant d'un coup d'œil que quelqu'un venait. Grandma Novak entra dans la pièce comme une femme en transe et se laissa tomber à sa place, le regard vide.

— Il est arrivé quelque chose ? lui demanda Alex, inquiet.

— C'était Susie Snyder au téléphone, répondit-elle d'une voix blanche. Elle m'a appelée pour me prévenir que Charlie a pris rendez-vous avec Frances Brewer.

— Nom de…

— Oh ! Grandma, je suis désolée !

Krista se leva d'un bond et alla vite s'asseoir près de sa grand-mère.

— C'est l'une des dames qui flirtaient avec lui l'autre soir ? demanda-t-elle.

— Oui. Celle qui portait tous ces bijoux.

Son petit visage fin était affreusement triste.

— Je ne comprends pas pourquoi il lui a téléphoné ! Il disait qu'il craquait pour moi.

— Et toi, quand il te l'a dit, tu as répondu quoi ? demanda Krista à mi-voix en lui frottant gentiment l'épaule.

— J'ai dit « Merci ».

— Rien de plus ?

— Je t'ai déjà expliqué qu'il faut se faire désirer !

— Tu devrais peut-être envisager de revoir ta stratégie. Non, écoute-moi. Et si Charlie ne savait pas à quel point il te plaît ?

— Il n'est pas aveugle, il doit bien s'en rendre compte !

— Je peux vous donner un point de vue masculin ?

hasarda Alex. En fait, il peut difficilement le savoir si vous ne le lui dites pas.

Grandma se pressa le front des deux mains.

— C'était plus facile au XXe siècle…

— Je n'en suis pas si sûre, murmura Krista. Je dirais que même avant l'an 2000, les hommes devaient apprécier de savoir qu'on les trouvait désirables.

— Krista a raison, renchérit Alex. Nous n'évoluons pas vite.

Grandma leva vers eux son regard désolé.

— Vous pensez que je devrais dire à Charlie que je m'intéresse à lui ? demanda-t-elle, peu sûre d'elle.

— Oui.

— Absolument.

Elle réfléchit un instant, songeuse, et lança soudain :

— Je l'appelle tout de suite !

Elle bondit sur ses pieds et quitta la pièce d'un pas vif.

— Tu as réagi exactement comme il fallait, déclara Alex avec un sourire.

— Elle a vraiment besoin de quelques conseils pratiques ! Je ne suis pas une grande experte sur les rapports hommes-femmes, mais je m'en sors tout de même mieux que ma grand-mère !

Alex ne tenait pas à tout savoir de ses expériences avec les hommes. En fait, il ne voulait même pas en entendre parler. Il ouvrait la bouche pour exprimer ce sentiment quand la porte d'entrée s'ouvrit à la volée. Milo fit irruption dans le salon, le souffle court.

— La seconde mi-temps a commencé ?

A l'écran, une publicité se terminait. L'image revint au terrain ensoleillé d'Orlando, sur lequel les deux équipes avaient repris leur place.

— Tu arrives pile, lui répondit Alex.

— Joe ! cria Milo en passant la tête dans le couloir. Le match recommence !

— J'arrive !

— Moi aussi !

Eleanor revint au grand trot, chargée d'une jatte de chips et d'un plat de brownies.

— On suit le plan, murmura Alex sans remuer les lèvres.

Les spectateurs reprirent leur place respective sans remarquer l'absence de Rayna ou celle de Grandma, et en moins d'une minute, ils étaient repris par le match.

Discrètement, Alex se leva et recula vers le fond de la pièce. Krista en fit autant.

— Bien attrapé ! cria Eleanor.

— Bien envoyé, surtout, corrigea Joe.

Ils se replièrent vers l'arrière de la maison. La porte de derrière était en vue, au bout du couloir, quand…

— Krista ! Alex ! cria Grandma de la cuisine.

Ils passèrent la tête par la porte. Elle se tenait près du téléphone mural, la main encore posée sur le combiné, rayonnante.

— Devinez quoi ? Charlie arrive ! Il vient regarder la fin du match avec nous.

— Fantastique ! s'écria Krista.

— J'ai fait comme tu m'avais dit, ma grande, je lui ai dit qu'il me faisait chaud partout.

Krista jeta un regard rapide à Alex par-dessus son épaule, mais réussit à garder son sérieux.

— Je ne me souviens pas d'avoir employé précisément ces mots-là…

— Vous avez eu raison ! lança Alex qui, lui, ne se priva pas pour sourire. Je parie qu'il a été enchanté de l'entendre.

— Il a adoré ! Je vais peut-être réussir à le convaincre de décommander son rendez-vous avec Frances.

— Je parie sur toi, lui assura Krista.

— Merci, ma chérie. Dis, ajouta-t-elle avec un regard suppliant, tu me feras signe si je dis quelque chose de stupide, une fois qu'il sera là ?

— Oui, Grandma. Bien sûr…

L'air penaud, Krista se tourna vers lui, le suppliant du

regard de la comprendre et de lui pardonner. Elle n'avait aucun souci à se faire : il avait toujours su, lui, que la famille passait avant tout le reste. Il était enchanté de voir que c'était aussi vrai pour elle.

— Qu'est-ce qu'on attend ? lança-t-il gaiement. On est en train de rater le match !

Il fut récompensé par un sourire très tendre de la part de Krista. La déception était rude, certes, mais il se consola en pensant qu'au moins, il pourrait passer le reste de la soirée avec elle. Et c'est là qu'il réalisa qu'il avait du souci à se faire. Cette fois, il ne parvenait plus à se convaincre que ce qu'il ressentait pour elle était purement physique.

14

Ce bruit… Krista qui lisait, blottie dans son canapé-lit, dressa l'oreille en se demandant si c'était juste son imagination, ou si on frappait à la porte. Qui pourrait bien rôder dehors à une heure pareille ? A moins que ce ne soit un pic-vert mutant, capable de supporter des températures glaciales ?

— Bien sûr que non, dit-elle tout haut.

Elle devait avoir mal entendu.

Mais le bruit se répéta, un peu plus fort cette fois. Pas de doute, on frappait bien à la porte extérieure du sous-sol. Elle jaillit de son lit en défripant machinalement son pyjama de flanelle rose.

La porte, assez massive, s'ouvrait sur une volée de marches de béton. Elle écarta le rideau, recula dans un sursaut en trouvant une silhouette masculine juste derrière la vitre… et reconnut Alex. Elle se hâta de lui ouvrir. Il entra dans un souffle glacial et referma derrière lui.

— Il fait un froid ! chuchota-t-il en se frottant les mains.

Elle le dévisagea, partagée entre plusieurs impulsions contradictoires. La plus forte : se jeter dans ses bras pour l'embrasser ! Seulement, elle n'avait pas oublié ce qu'il lui avait dit en début de soirée. « Je sais quand il est juste question de se faire plaisir. » Oui, bien sûr, il ne se passait rien de sérieux entre eux, mais tout de même, le fait de l'entendre dire cela si froidement l'avait gênée. Peut-être même attristée.

— Tu es juste venu pour coucher avec moi ? lança-t-elle, un peu trop sèchement à son goût.

C'était sorti tout seul, mais elle sentit aussitôt qu'il pourrait mal le prendre. Voilà près d'une semaine qu'elle flirtait avec lui, et maintenant qu'ils se retrouvaient seuls, tous les deux, elle lui laissait entendre qu'elle ne voulait plus lui tomber dans les bras ?

— J'aimerais ! répliqua-t-il, une étincelle d'humour au fond des yeux. Seulement, avec ta sœur dans la pièce voisine et le reste de ta famille endormie à l'étage…

— Qu'est-ce qui t'amène, alors ? Il est 1 heure du matin.

— J'ai vu de la lumière et j'ai pensé que tu serais peut-être encore éveillée.

— Bien vu. Et ?

— Tu as bien reporté ton vol à demain après-midi ?

— Oui.

— Dans ce cas, je suppose que je voulais passer un moment avec toi sans ta famille.

C'était la meilleure des réponses qu'il pouvait lui faire ! Elle se détendit aussitôt et, pour rester sur un registre léger, ouvrit grand les bras en lançant :

— Parfait ! Si tu es sûr de pouvoir résister à une tenue aussi sexy !

Il prit une mèche de ses cheveux et la rabattit délicatement derrière son oreille.

— Ton pyjama me fait penser à cette friandise que l'on vend sur les fêtes foraines, dit-il. Tu sais, comme un nuage rose cotonneux ?

— La barbe à papa ?

— Oui ! Je n'ai jamais pu résister…

Il posa un baiser sur ses lèvres, si rapide qu'elle eut à peine le temps de frissonner, recula, et enleva son blouson et ses bottes. Maintenant qu'elle savait qu'il n'était pas venu uniquement pour bondir dans son lit, elle eut un pincement de regret en le voyant s'arrêter en si bon chemin. Encore une contradiction ! Bon, il était temps de se reprendre. Elle détourna la tête, inspira à fond, et son regard tomba sur le coin bar installé par son père à l'époque où il avait aménagé le sous-sol.

— Tu prends un verre ? proposa-t-elle.

— Tu es gentille, mais non, j'ai eu ma dose avec les bières pendant le match.

L'équipe de Penn State s'était retrouvée à la traîne vers les trois quarts de la rencontre, avant de repasser en tête et d'arracher la victoire à deux minutes de la fin — un suspense qui avait mis la famille dans un état hautement passionnel. Charlie avait même embrassé Grandma sur la bouche au moment de la passe décisive. Jusque-là, Krista était persuadée qu'il n'était pas plus fan de foot qu'elle, et, réflexion faite, elle ne changeait pas d'avis !

— Bon, de toute façon, je préfère ne pas allumer le coin bar, la lumière pourrait déranger Rayna en passant sous sa porte.

— Tu crois qu'elle m'a entendu arriver ?

— Non, elle dort à poings fermés. Elle était épuisée quand je suis allée lui souhaiter bonne nuit. Je crois que ça demande beaucoup d'énergie, une grossesse.

— Je ne suis pas une femme enceinte, mais si tu me proposes de m'asseoir, je ne dirai pas non.

— Excuse-moi, quel accueil ! Assieds-toi !

L'ancien mobilier du salon, aujourd'hui relégué au sous-sol, n'était pas de première fraîcheur, mais il restait très confortable. Krista se souvint que sa mère se plaignait toujours de ce que le plus petit des deux canapés était trop étroit pour deux personnes, mais quand Alex s'y laissa tomber avec elle, le bras autour de ses épaules, elle trouva ses dimensions… parfaites. C'est alors qu'il se passa une chose étonnante. Surgie de nulle part, Casper, le chat fantôme, vint se percher sur l'accoudoir, près d'elle, et s'y coucha, les yeux mi-clos.

— Çà alors, murmura Alex, étonné. Depuis quand es-tu la copine de Casper ?

— Je n'étais pas au courant non plus ! Elle doit sentir que Rayna et moi, nous commençons à bien nous entendre.

— Peut-être. Je suis content que ta sœur t'ait parlé. Moi, je ne sais pas comment l'aider.

— Je ne sais pas non plus. Elle doit mettre Trey au courant, c'est évident, mais elle ne se sent pas prête à le faire.

— Quelle fichue situation ! Tu connais Trey, maintenant, c'est quelqu'un de bien. Bourré de qualités, travailleur malgré ses airs décontractés, mais je ne suis pas sûr qu'il soit prêt à devenir père.

— Père et mari, tout cela d'un seul coup… C'est beaucoup, quand même.

Qu'elle était bien, la tête sur l'épaule d'Alex… Que c'était bon de s'appuyer contre son grand corps solide… Un jour, il ferait le bonheur d'une femme, et cette dernière aurait beaucoup de chance, leurs enfants aussi. Quelque chose se serra dans sa poitrine. Cette femme, ce ne serait pas elle…

— Il faut espérer que nous nous trompons sur le compte de Trey, reprit-elle vivement. Il peut encore nous surprendre.

— Je l'espère. Enfin, Rayna peut compter sur ta mère et ta grand-mère. Quoi qu'il arrive, elles la soutiendront.

— Elle peut aussi compter sur moi.

— Oui, mais si elle élève son enfant toute seule, tu ne pourras pas beaucoup l'aider sur le plan pratique.

Une nouvelle contraction au niveau du cœur. Cela, elle n'y avait pas pensé.

— Mais ça, je n'y peux rien ! s'exclama-t-elle.

— Tu pourrais venir plus souvent. Et pas seulement pour soutenir Rayna. Ils sont heureux, tous, quand tu es là.

Comme par un fait exprès, Casper choisit cet instant pour miauler.

— Tu vois ? renchérit Alex en riant. Elle confirme ! Même la chatte veut te voir plus souvent !

— Ils ne sont pas tous d'accord avec elle, marmonna-t-elle.

Surpris, Alex l'éloigna un peu de lui et scruta son visage.

— Pourquoi dis-tu ça ?

— Arrête, dit-elle tout bas. Tu as bien dû remarquer que mon père ne m'adresse pas la parole. Lui au moins, il ne tient pas du tout à ce que je renouvelle mes visites trop souvent.

Elle s'efforçait de parler sur un ton léger mais sa voix se brisa sur ses derniers mots. Voilà près de neuf ans que cet horrible accident s'était produit. Neuf ans qu'elle gardait sa culpabilité pour elle, qu'elle ne s'était confiée à personne. Il était peut-être temps qu'elle se libère de ce terrible poids.

Alex la regardait, perplexe.

— Je ne vois pas ce qui te fait penser ça, dit-il. Ton père ne parle jamais beaucoup, c'est vrai. Sauf pendant les matchs de foot, bien sûr.

— Il parle quand ma mère le laisse placer un mot. Les silences bien lourds, c'est à moi qu'il les réserve.

Puis, comme elle ne voulait surtout pas donner l'impression de se plaindre, elle ajouta :

— Bon, vu ce que je lui ai fait, je ne peux pas lui en vouloir.

— Et tu lui as fait quoi, exactement ?

Ce fut à son tour de le dévisager, perplexe. Comme s'il ne savait pas à quoi elle faisait référence ! Elle réfléchit quelques instants, fit un calcul rapide… Mais oui, il s'était présenté à la pépinière pour la première fois l'hiver *après* l'accident. Se pouvait-il que personne ne lui ait jamais expliqué dans le détail comment Joe Novak s'était retrouvé en fauteuil ? Apparemment, oui. Tout bas, presque pour elle-même, elle murmura :

— Je pensais que tu savais. Je pensais que tout le monde savait.

— Savait quoi ?

— Que c'est moi qui l'ai mis dans ce fauteuil roulant. S'il est paralysé, c'est par ma faute.

— Ce n'est pas possible ! Ton père a été paralysé à la suite d'un accident avec un chariot élévateur.

— Oui. Un chariot que je conduisais.

Il ne le savait pas, elle le lisait dans son regard.

Bouleversée, elle laissa retomber sa tête sur les coussins en fermant les yeux. Comment la regarderait-il, une fois qu'il connaîtrait toute l'histoire ? Il lui semblait qu'elle ne supporterait pas de voir son regard changer, devenir sévère, accusateur. Enfin, elle ne pouvait plus reculer, maintenant. D'une voix lasse, elle expliqua :

— Depuis toute petite, j'étais prête à tout pour couper à la corvée d'aller donner un coup de main à la pépinière. Je ne saurais même pas t'expliquer pourquoi je détestais cet endroit. Plus tard, mon premier été à l'université, je suis même restée à Philadelphie, j'ai pris un job là-bas pour éviter de rentrer parce que l'été, c'était incontournable, il fallait travailler avec les parents. Puis, la deuxième année, je suis revenue au mois de juillet et je me suis laissé convaincre d'y aller.

Elle entendait le souffle d'Alex, profond, régulier, elle sentait la chaleur de son corps mais elle était très loin de lui. Les yeux clos, elle revivait la scène…

— Un client venait d'acheter un épicéa. Il a demandé qu'on le charge dans son pick-up. Cela faisait des années que je n'avais plus conduit le chariot élévateur, j'aurais dû aller chercher mon père, mais je lui faisais la tête. Je lui en voulais de m'avoir obligée à venir…

Elle respira, plusieurs fois. Les images défilaient devant ses yeux, elle se voyait sauter sur le siège, furieuse, amener le gros engin devant l'arbre acheté par le client, s'y reprendre à plusieurs fois pour le soulever, en s'énervant de plus en plus…

— J'ai mis le chariot en marche arrière par erreur.

Elle se mit à parler très vite. Pour en finir, pour ne plus jamais avoir à faire allusion à ce moment.

— Mon père sortait de l'entrepôt. Je l'ai vu, mais j'ai paniqué. Je ne trouvais pas le geste à faire. J'étais tétanisée. Il a essayé de sauter de côté mais ses jambes ont été prises entre la barre et le mur.

Elle ferma les yeux, le cœur battant.

Il y eut un silence absolument terrible, puis Alex dit, d'une voix très calme :

— Donc c'était bien un accident.

Elle ouvrit les yeux et se tourna vers lui. Il scrutait toujours son visage, et son regard n'était pas accusateur. Elle y lisait plutôt la compassion. Il n'avait donc rien écouté, rien compris ?

— Un accident que j'ai causé ! s'exclama-t-elle.

— Un accident qui aurait pu arriver à n'importe qui.

Il prit sa main entre les siennes et demanda avec une douceur qui la bouleversa :

— Tu te reproches cela depuis tout ce temps ?

— Je ne suis pas la seule. Mon père aussi me le reproche.

— Il te l'a dit ?

— Il n'a pas eu besoin de me le dire. Je vois bien combien c'est difficile pour lui quand je suis là. Il n'attend qu'une chose : que je reparte.

— Je suis sûr que non.

— Tu ne l'as pas bien regardé, alors. Il… il n'a pas dit une seule fois qu'il était content que je sois là. Il ne me regarde pas, ne me parle pas. Chaque fois que ma mère essaie de me convaincre de rester, il lui dit de cesser de me harceler.

— Tu sais quoi ? L'une des choses qui me plaît chez toi, c'est ta façon de dire ce que tu penses. Il faut parler à ton père, mettre la question sur la table.

— Non !

A cette seule idée, elle sentit son cœur s'emballer.

— Non, je ne peux pas, répéta-t-elle.

— Je t'ai raconté ce qui s'est passé avec ma mère. Je donnerais n'importe quoi pour pouvoir lui dire que je regrette. Il faut dire les choses, Krista. Un jour ou l'autre, la personne n'est plus là pour les entendre et c'est trop tard.

— Ce n'est pas pareil. Tu ne pouvais pas savoir que ta mère ferait une rupture d'anévrisme.

— J'ai manqué ses obsèques.

— Sans l'avoir voulu.

— Tu as aussi mis ce chariot en marche arrière sans l'avoir voulu.

— Ce n'est toujours pas pareil. Si j'avais fait plus attention, mon père ne serait pas paralysé aujourd'hui. Toi, même si tu n'étais pas parti au Canada, ta mère aurait fait sa rupture d'anévrisme.

— Elle aurait voulu que je sois là pour mon père. Ils s'aimaient, tous les deux, si tu savais… Mais ce n'est pas de moi dont il s'agit.

— De toute façon, la question ne se pose pas. Je n'aurai probablement aucune occasion de parler seule à seul avec mon père avant le départ.

— Mauvais prétexte. La vraie raison, c'est quoi ?

Il voyait juste, bien sûr. Depuis son arrivée, elle aurait pu saisir une demi-douzaine d'occasions de passer un moment seule avec son père. Elle ferma les yeux, sentit une larme s'échapper et demanda d'une toute petite voix :

— Il m'a déjà envoyée promener plusieurs fois… S'il me disait qu'il ne me pardonnera jamais ?

Du pouce, il essuya sa joue, puis posa les lèvres au même endroit dans un baiser très doux.

— Ce risque, il faut que tu le prennes…

Rayna traversa au pas de charge le niveau inférieur du centre commercial. Il était un peu plus de 10 heures, et elle voulait arriver à destination sans se donner le temps de changer d'avis.

Malgré l'heure relativement matinale — beaucoup de magasins venaient seulement d'ouvrir leurs portes — et les vingt centimètres de neige fraîche tombés dans la nuit, un nombre surprenant de chalands se pressait dans les allées du centre.

De loin, elle vit l'enseigne du magasin allumée. Maintenant, il fallait continuer à avancer, un pied devant l'autre, pousser la porte… A l'intérieur, le sol luisait, des spots aux emplacements stratégiques mettaient en valeur des vêtements à la toute dernière mode, et Trey était là, en grande discussion avec une toute jeune femme à la beauté exotique — sans doute une vendeuse car elle était une publicité vivante, époustouflante, pour la ligne présentée par le magasin. Tout comme Trey.

Il la vit, et lui sourit aussitôt. Dans des circonstances différentes, son accueil sincère lui aurait fait un bien fou ! Puis il murmura un mot d'excuse à sa collègue et s'avança à sa rencontre.

Il avait un look fabuleux, comme toujours, avec son jean artistement déchiré et son pull à col ouvert — des modèles que l'on retrouvait sur les présentoirs du magasin. Il était si beau, il semblait si heureux de la voir ! S'ils avaient été seuls, tous les deux, elle se serait laissé embrasser… convaincre qu'il tenait à elle. C'était justement pour cela qu'elle s'était arrangée pour le voir dans un lieu public. Pour garder les idées claires.

— Tu peux quitter le magasin quelques minutes ? demanda-t-elle. Il faut que je te parle.

Surpris, il inclina la tête sur le côté.

— Aïe, ça a l'air sérieux, là.

— Tu peux ?

— Oui, bien sûr, il n'y a personne. On n'aura sûrement pas beaucoup de clients aujourd'hui. Je vais prévenir Già.

Accoudée au comptoir, la jeune vendeuse suivait leur échange avec une franche curiosité.

— Dis, Già, je sors cinq minutes ! lui lança-t-il.

— Prends ton temps, répondit-elle d'une voix mélodieuse.

— Elle est belle, dit Rayna tandis qu'ils sortaient.

— Bof. Je préfère les blondes.

D'accord, mais ce commentaire bienvenu ne la détournerait pas de son objectif. Il fallait en finir.

— Il y a un banc dehors, dit-elle en se dirigeant vers la sortie. Nous serons tranquilles.

Trey la rattrapa en trois enjambées et demanda prudemment :

— Tu es venue juste pour me voir ?

— Oui.

— Ça m'embête que tu aies pris ta voiture avec toute cette neige. J'aurais pu passer chez toi en sortant du travail.

Les axes principaux étaient bien dégagés, mais comme les équipes municipales tardaient à se manifester, Alex s'était occupé de désenclaver le quartier après la neige de la nuit. Elle aurait pu expliquer tout cela, mais elle ne voyait que le banc sur lequel ils allaient se dire… tout ce qu'ils avaient à se dire. Un passant précédent avait débarrassé le banc de sa couche de neige, et elle s'assit, très droite, les genoux serrés. Tout cela lui demandait un effort terrible, et elle se sentait si fatiguée ! Trey se laissa tomber près d'elle, dans une de ces poses désarticulées qu'il affectionnait.

— Ah, oui, j'oubliais, dit-il. Mon frère nous invite à dîner au restaurant demain. C'est lui qui offre.

Elle le dévisagea, stupéfaite.

— Mais… j'ai rompu avec toi, Trey. Tu n'as tout de même pas oublié ?

Il plissa le front, l'air ennuyé.

— J'avais un peu l'impression que ça ne tenait plus.

— Parce que tu as regardé la moitié d'un match de foot à la maison ?

— Oui. Et aussi parce que tu es là ce matin.

— Je ne suis pas venue parce que je veux me remettre avec toi !

Il se pencha vers elle et écarta une mèche de cheveux de sa joue en la contemplant avec une tendresse de chiot.

— Tu es sûre ?

Elle écarta sa main d'une tape, aussi furieuse contre elle-même que contre lui. Bien sûr qu'elle aurait aimé renouer ! C'était lui qui rendait ce retour impossible.

— Certaine, répliqua-t-elle. Quand j'ai dit que je ne

voulais plus te voir, tu n'as même pas téléphoné pour essayer de me faire changer d'avis.

— Tu voulais que je t'appelle ? demanda-t-il, perplexe.

— J'aurais voulu que tu aies envie d'appeler. Parce que cela aurait voulu dire que je comptais pour toi.

— Je n'y comprends plus rien.

Une affreuse tristesse s'abattit sur elle. Il lui sembla même que le ciel s'obscurcissait, alors que le soleil perçait les nuages pour la première fois depuis plusieurs jours. Il fallait qu'elle se rende à l'évidence : Trey n'était pas prêt à s'engager. Il ne comprenait rien, il n'était qu'un gamin, et d'ailleurs il n'avait rien, juste un job, pas une carrière, et même pas de vrai chez-lui, seulement une colocation avec une bande de garçons aussi immatures que lui.

— Je sais, laissa-t-elle échapper dans un soupir.

Le moment était venu de tout dire, mais c'était si difficile qu'elle ne savait pas du tout par où commencer. Krista avait pourtant raison quand elle disait qu'il valait mille fois mieux lui apprendre la nouvelle elle-même. Il saurait, de toute façon, d'ici quelques semaines. Krista lui avait répété « Tu es plus forte que tu ne le penses », et cela aussi lui donnait du courage. Presque sans l'avoir décidé, elle déclara :

— Je suis venue te dire que je suis enceinte.

— Waouh !

Une exclamation absurde, une réaction d'adolescent. Elle répéta, en s'efforçant de maîtriser son émotion :

— Je suis enceinte. Cela a dû arriver la fois où le préservatif s'est déchiré. J'en suis à cinq semaines.

— Tu le sais depuis combien de temps ?

— Juste avant Noël.

— Et tu comptais me le dire quand ?

— Je te le dis aujourd'hui.

Il se pencha en avant, les coudes sur les genoux, comme si tout le poids du monde venait de s'abattre sur ses épaules.

— C'est dingue…, murmura-t-il.

Dingue ? Ce n'était pas vraiment le mot qu'elle attendait. Elle ravala sa déception et s'efforça de justifier la confiance que sa sœur plaçait en elle.

— Je compte le garder, annonça-t-elle.

Il tourna brusquement la tête vers elle, les yeux ronds.

— Je n'ai jamais pensé que tu ne le garderais pas !

Maintenant, il allait falloir prononcer des mots terribles comme « droit de garde », « droit de visite », « pension alimentaire » — du moins, si Trey manifestait la moindre envie de participer à l'éducation de son enfant. Résolument, elle reprit :

— Il va falloir s'organiser, prendre des décisions. Enfin, nous avons du temps devant nous.

— Bon, d'accord.

Il lui saisit la main et la contempla de ses yeux bleus très doux.

— Ne te fais aucun souci, surtout. Tu vas t'en sortir formidablement bien.

« Tu » vas t'en sortir, pas « nous »…

— Ça ira, pour le trajet du retour ? enchaîna-t-il.

Prise de court, elle hocha la tête. L'entretien était donc terminé ? Elle n'osait même pas protester ; elle n'était pas sûre de maîtriser sa voix et il s'en faudrait d'un rien pour qu'elle fonde en larmes.

— Bon !

Il se leva. Pour la première fois depuis qu'elle le connaissait, il ne souriait pas. Il serra sa main quelques instants entre les siennes et assura :

— On va en reparler.

— Oui.

— Je dois retourner au magasin.

Elle le regarda s'éloigner et se leva à son tour, suffoquant presque sous le coup d'une épouvantable déception. Que faire d'autre ? Elle qui croyait ne rien attendre, elle devait espérer, sans même s'en rendre compte, que la nouvelle de sa grossesse changerait Trey. Qu'il se rendrait compte qu'il l'aimait et qu'il voulait qu'ils soient une famille.

Visiblement… non.

— Tiens bon, dit-elle tout haut.

C'était ce que Krista lui avait dit et elle s'accrocherait à ses paroles. Elle n'avait plus le choix, maintenant qu'elle allait devoir élever son bébé toute seule.

— Je suis absolument désolée, mais votre vol est annulé en raison des intempéries.

Krista s'assit brusquement sur la chaise la plus proche. La nouvelle la laissait sans voix. Etait-ce le soulagement de pouvoir rester encore un peu auprès d'Alex et de sa famille… ou l'angoisse de ne plus pouvoir invoquer son départ pour éviter la confrontation avec son père ?

Dès son réveil, elle avait téléphoné à la compagnie aérienne, s'attendant à s'entendre dire que les pistes de Harrisburg étaient dégagées et le trafic normal rétabli. Et c'était effectivement le cas à Harrisburg… mais pas à Washington, où sa correspondance était clouée au sol par un nouveau blizzard.

— Nous sommes désolés, lui certifia l'employée de la compagnie. Voulez-vous que je recherche un autre itinéraire ?

— C'est une option ? demanda Krista d'une voix qui résonna un peu bizarrement à ses oreilles.

— Oui, bien sûr, Dulles n'est pas le seul aéroport à proposer des vols pour la Suisse. Si vous acceptez d'atterrir à Zurich plutôt que Genève, cela ouvre encore de nouvelles possibilités. Je lance la recherche ?

Cela, une voyageuse expérimentée comme Krista aurait dû le savoir — Zermatt se trouvait quasiment à distance égale des deux grands aéroports suisses. Et pourtant, lors des deux premières annulations de son vol, elle n'avait posé aucune question sur des itinéraires alternatifs. La première fois, elle n'avait même pas demandé pourquoi la compagnie ne pouvait pas la caser sur un vol partant dans les vingt-quatre plutôt que quarante-huit heures !

— Je lance la recherche ? répéta l'employée de la compagnie.

Krista réfléchit rapidement. En partant aujourd'hui, elle arriverait à Zermatt à temps pour passer une journée entière sur les pistes. La jeune femme si serviable au bout du fil pourrait lui organiser cela, mais tout à coup, cela semblait beaucoup d'efforts pour pas grand-chose.

— Non, merci, répondit-elle. Je ne vais plus en Suisse. Il me faut un vol pour Prague.

— Je m'en occupe. C'est un départ aujourd'hui ? Demain ?

Elle ne savait pas elle-même ce qu'elle allait répondre avant de dire :

— Demain.

En dehors de son angoisse de devoir mettre les choses au clair avec son père, elle n'avait aucune raison de se refuser une journée supplémentaire à Jarrell. Elle serait de retour à Prague à temps pour aider Becca à organiser la fête du nouvel an — enfin, à moins d'être bloquée par un nouveau blizzard… Elle finalisa sa réservation et raccrocha. De là où elle était, elle voyait un coin de la chambre de Rayna. La porte était ouverte, il n'y avait pas de lumière. Sa sœur était déjà sortie pour la journée ; il était déjà plus de 10 heures et elle n'était pas du genre à traîner au lit.

Elle aussi se levait tôt, en temps normal, mais cette nuit, après le départ d'Alex, elle avait mis très longtemps à s'endormir, repensant à ce qu'il avait dit sur son père, se demandant pourquoi il n'avait plus parlé de son départ… Il ne l'avait même pas embrassée en partant ! Enfin, pas *vraiment* : il avait juste effleuré sa bouche du bout des doigts avant de les poser, très doucement, sur ses lèvres à elle. Sans un mot.

Avant de sombrer dans le sommeil, juste avant l'aube, elle avait pris sa décision : le lendemain matin, elle ferait tout pour le retrouver, où qu'il soit parti avec son fichu chasse-neige. Histoire d'échanger un véritable baiser d'adieu et de poser un point final à leur histoire. Seulement, tout venait de changer une fois de plus avec l'annulation de son vol !

Un murmure de voix lui parvint du rez-de-chaussée. Plusieurs personnes discutaient, là-haut. Sa mère était donc à la maison ? Aujourd'hui encore, on n'ouvrait pas la Boutique de Noël ? Les chances de croiser son père augmentaient ! Même s'il se terrait dans son bureau, il serait bien forcé d'émerger, tôt ou tard. Ou alors, si elle se sentait particulièrement téméraire, elle pourrait toujours aller frapper à la porte en demandant à lui parler. La seule idée la terrifiait.

La sonnerie stridente du téléphone du sous-sol, posé juste à côté d'elle, la fit sursauter. Machinalement, elle décrocha.

— Allô ?

— Ellie ? Ici Rick Mariani.

Ce dernier enchaîna sans lui laisser le temps de dissiper le malentendu :

— Bonne nouvelle ! L'offre et le contrat sont en béton, on va pouvoir boucler la vente.

Stupéfaite, elle oublia d'expliquer qu'elle n'était pas sa mère et s'écria :

— Quelle vente ?

— Celle de la pépinière Novak, bien sûr ! s'écria Mariani en riant.

Il y eut un silence, puis il reprit :

— Ce n'est pas Ellie ?

— Non.

Le choc était rude, elle peinait à intégrer ce qu'elle venait d'apprendre. Ses parents vendaient la pépinière ? Depuis quand ? D'accord, ils se trouvaient en difficulté, mais il ne lui était pas venu à l'esprit qu'ils puissent baisser les bras. Elle se souvint de Mariani, qui patientait au bout du fil, et murmura :

— Je la fille d'Ellie, Krista.

— Ah, oui, bien sûr, l'interprète ! Vous n'étiez pas au Timeout avec Alex Costas l'autre soir ?

Déconcertée, elle bredouilla :

— Si, mais comment le savez-vous ?

— Malt nous avait aussi invités, avec ma femme, mais nous n'étions pas libres. J'ai discuté avec Malt hier, il m'a raconté la soirée.

Elle ne l'écoutait pas, trop ébranlée par la nouvelle. Au diable les considérations sur les soirées amicales au Timeout ! Ses parents se débarrassaient de la pépinière !

— Vous étiez aussi un ami d'Alex au lycée ? demanda-t-elle, plus pour être polie qu'autre chose.

— Nous sommes toujours amis ! Dites, j'organise une fête pour le réveillon, vous devriez venir avec lui. C'est officiel, vous êtes invitée !

Trop de rouages tournaient dans sa tête, trop de questions se superposaient. Elle ne pensa même pas à remercier ou à préciser qu'elle serait à Prague pour le réveillon.

— C'est par lui que vous avez connu mes parents ?

— Oui, c'est ça. Il m'a rendu un sacré service en me recommandant. Dites, si vos parents sont là, je peux leur parler ? Joe ou Ellie, l'un des deux.

Une nouvelle fois elle tarda à réagir, réfléchissant à toute vitesse. Mariani devait être un intermédiaire, un courtier en immobilier ou un notaire. Si Alex l'avait présenté à ses parents, il était forcément au courant de la vente. En fait, tout le monde était au courant, *sauf elle*. Elle fit un effort, et réussit à articuler :

— Ils sont là. Je vais les prévenir. Ne quittez pas.

Elle posa le combiné, se leva et gravit les marches en chaussettes, en sentant l'arôme du café se préciser à chaque pas. Elle avait grand besoin d'une tasse ou deux pour se remettre !

Quand elle entra dans la cuisine, elle y trouva ses parents, sa mère la cafetière à la main, son père attablé devant une assiette des scones aux myrtilles de Grandma.

Il fut le premier à la voir. Avant qu'elle puisse ouvrir la bouche, il lança :

— Qu'est-ce que tu fiches encore en pyjama ? Ton avion part bientôt, tu devrais déjà être prête.

Il lui fut impossible de maîtriser son mouvement de recul — elle ne s'habituerait donc jamais à son attitude ? Enfin, ce matin, il y avait plus important. D'une voix égale, elle annonça :

— Le blizzard à Washington continue. J'ai reporté ma réservation à demain.

— Oh ! Je suis contente ! s'exclama sa mère. Voilà trois fois que ton voyage est reporté, c'est comme un signe ! Comme pour dire que tu ne devrais pas repartir du tout !

— Eleanor, arrête un peu avec ça. Ta fille n'habite plus ici, il faudra bien que tu finisses par l'admettre.

— Ne me dis pas ce que j'ai à faire !

Une fois qu'ils étaient lancés, leurs joutes verbales pouvaient durer un certain temps. Krista réprima un soupir et éleva la voix pour annoncer :

— Rick Mariani est au téléphone. Il voudrait parler à l'un de vous deux.

Ses parents renoncèrent aussitôt à une dispute pourtant bien engagée pour échanger un regard appuyé.

— Je le prends, décréta son père.

Il décrocha et manœuvra son fauteuil de façon à tourner le dos à Krista, puis salua son interlocuteur d'une voix contenue.

— Tu devrais descendre t'habiller, Krista, lui conseilla sa mère, pressante.

— Tout à l'heure, répliqua-t-elle.

Et elle s'installa à table, en montrant bien qu'elle entendait assister à la discussion.

Adossée au plan de travail, sa mère se balançait d'un pied sur l'autre, mal à l'aise. Son père se retourna à demi pour lui jeter un regard désapprobateur, qu'elle lui rendit, bien décidée à ne pas quitter la place.

La discussion ne lui apprit pas grand-chose, son père se

contentant surtout d'écouter, en hochant la tête. Il semblait d'accord avec toutes les propositions de Mariani car il ne lâcha que quelques phrases brèves avant de conclure :

— Je suis content que tout soit bouclé. Merci d'avoir appelé, Rick.

Quand il raccrocha, un silence lourd s'abattit sur la cuisine. Tout en écoutant le bourdonnement du réfrigérateur, Krista se demanda si, même maintenant, ses parents envisageaient de ne rien lui dire. Espéraient-ils encore qu'elle n'avait pas compris ce qui se préparait ?

Brutalement, elle lança :

— Vous avez vendu la pépinière. Pourquoi ?

Sa mère soupira, joignit les mains et regarda son mari, comme si elle lui demandait la permission de répondre.

— Nous ne pouvons pas creuser éternellement notre déficit, Krista, dit-elle enfin. Avant, nous avions de quoi tenir pendant la morte saison, mais nous n'y arrivons plus. Nous avons ouvert la Boutique de Noël pour nous renflouer, mais cela ne suffira pas. L'investissement a été plus lourd que prévu.

— La pépinière perd de l'argent depuis combien de temps ?

Ellie hésita encore avant de répondre :

— Depuis qu'une grosse enseigne a ouvert une jardinerie ici, il y a quelques années.

— Quelques *années* ? répéta Krista. Et vous ne m'avez jamais dit que la pépinière était en difficulté ?

Sa mère baissa la tête.

— Je voulais tout te dire, mais ton père m'a demandé de me taire.

Ce dernier ne semblait pas du tout démonté par ces révélations. Les sourcils froncés, il confirma :

— Exactement. Que voulais-tu y faire, de Prague ?

— J'aurais pu écouter. J'ai un diplôme de gestion, je pouvais vous suggérer quelques idées, réfléchir à une stratégie pour redresser la situation.

— Ce n'était pas ton affaire.

Cette fois, il n'était plus question de se taire, ou d'esquiver la confrontation.

— Pas mon affaire ? s'exclama-t-elle, outrée. Ce qui affecte ma famille n'est pas mon affaire ? Tu n'as pas le droit de penser ça de moi !

Puis, elle ajouta :

— Bon, qu'est-ce que je ne sais pas encore ? La Boutique de Noël, vous la vendez aussi ?

— Nous y avons pensé, répondit sa mère, mais elle a un tel succès que ta grand-mère et moi, nous voulons tenter de l'ouvrir toute l'année.

— Là, au moins, je vous suis, répliqua Krista en masquant sa peine sous un masque d'ironie. Si vous aviez daigné m'expliquer la situation, j'aurais pu vous dire que les clients regrettent qu'elle ne soit ouverte qu'au moment des fêtes. On pourrait très bien diversifier un peu, proposer des articles pour la maison, de l'artisanat.

— Oui ! lança sa mère, les yeux brillants. Seulement, il va falloir déménager. Là où nous sommes actuellement, l'accès est trop difficile en hiver avec la neige et le verglas. Une fois que nous aurons touché l'argent de la vente, nous comptons déplacer la Boutique. Alex nous a trouvé un local bien situé, avec un loyer tout à fait raisonnable.

Alex, bien sûr. Encore et toujours Alex !

— Je vois, articula Krista d'une voix blanche. Vos difficultés financières ne sont pas mon affaire, mais Alex est au courant de tout.

Et lui non plus ne lui avait rien dit. Elle repoussa sa chaise si brusquement qu'elle se cogna la jambe. La douleur l'aida à maîtriser son expression. Son bleu passerait vite, mais sa colère l'accompagnerait sans doute très, très longtemps.

Elle regarda tour à tour ses parents et quitta la cuisine.

— Je descends m'habiller, dit-elle.

Et dès qu'elle serait présentable, elle irait trouver Alex, où qu'il soit, et elle lui dirait exactement ce qu'elle pensait de lui.

15

La petite route qui montait au parc naturel sinuait entre deux énormes talus de neige. Le centre de la chaussée avait été dégagé, mais assez grossièrement, et Krista n'était pas du tout sûre que le passage soit suffisamment large pour deux véhicules. Surtout si l'un des deux était la grosse Volvo de sa grand-mère !

Si quelqu'un arrivait en face, il faudrait bien trouver une solution. Mais elle n'avait croisé personne depuis le début de son ascension. Aucun signe de vie, humaine ou animale. L'accès au parc s'ouvrit subitement sur sa droite ; nerveuse, elle donna un coup de volant trop brusque, sentit chasser l'arrière du véhicule… Le cœur battant, elle s'accrocha au volant et réussit à rétablir sa trajectoire. Cela aussi, c'était la faute d'Alex ! Sans lui, elle ne serait pas en train de rouler sur ces routes à peine praticables ! En colère, qui plus est.

Ici, la voie était encore plus étroite. La petite route s'enfonçait dans les profondeurs du parc, contournait des déclivités, plongeait subitement dans des vallons, remontait… La neige amoncelée à côté de la chaussée était si haute qu'elle avait l'impression de rouler dans un tunnel. Elle persévéra, les dents serrées, le regard fixe. Pour trouver Alex, elle se serait aventurée au cœur d'un blizzard.

Elle entendit le raclement du chasse-neige avant de repérer le petit camion de Costas Paysages, occupé à quadriller le parking du bâtiment d'accueil des visiteurs.

Enfin ! Instinctivement, elle enfonça l'accélérateur… et partit en glissade. Cette fois, impossible de redresser. Pendant quelques secondes infinies, elle eut l'impression de flotter, puis le capot plongea dans la neige molle. Le choc la projeta en avant, puis en arrière, le moteur cala brutalement. Dans le silence subit, un son rauque, irrégulier, remplit l'habitacle. Sa respiration. Une fois de plus, elle maudit Alex.

Bon ! Il était temps de se calmer, elle n'arriverait à rien si elle se mettait dans un tel état. Elle respira à fond plusieurs fois et, les mains à peine tremblantes, remit posément le contact, passa la marche arrière… Le moteur vrombit, les roues patinèrent… et la Volvo ne bougea pas.

— Formidable, grommela-t-elle. Bravo !

Elle coupa le moteur, ouvrit la portière et émergea dans un froid arctique. Pour rejoindre le parking tout proche, elle dut patauger dans la neige molle en agitant les bras pour garder son équilibre. Un mode de locomotion peu élégant mais au moins, elle avait pensé à enfiler des bottes bien chaudes avant de partir.

Enfin, elle arriva sur la plate-forme déneigée. Un rayon de soleil filtra entre les nuages. Aveuglée, elle marcha vers le camion qui évoluait lentement sur la surface plane du parking. Alex se trouvait forcément dans la cabine, même si elle ne le voyait pas. Elle ne pensa pas une seule seconde que lui aussi pouvait ne pas la voir. Le camion se dirigea vers elle… et s'arrêta net à quelques pas. La portière s'ouvrit à la volée et Alex en jaillit en catastrophe.

— Qu'est-ce que tu fiches ici ! s'écria-t-il d'une voix méconnaissable. Tu as envie de mourir ?

Elle laissa la seconde question de côté. Il n'avait pas tout à fait tort, elle venait effectivement de prendre un risque inconsidéré ; mais elle ne comptait pas affaiblir sa position en l'admettant.

— Je suis venue te voir, voilà ce que je fiche ici !

— En haut d'une montagne, après une tempête de neige.

— J'étais bien obligée si je voulais te parler !

— Si je suis là, c'est uniquement pour ouvrir l'accès à la société d'astronomie qui organise des Nuits des étoiles ici en hiver.

Son regard se posa derrière elle, et elle vit ses yeux s'écarquiller.

— C'est la voiture de ta grand-mère, le nez dans le talus ?

— Oui, et alors ?

— Elle était d'accord pour que tu la prennes par un temps pareil ?

— Elle est… au courant.

C'était un peu vite dit car elle s'était contentée de prendre la clé au crochet, en laissant un mot pour remercier sa grand-mère… de lui avoir prêté son véhicule.

— Comment savais-tu où j'étais ? demanda-t-il.

Après avoir essayé, en vain, de l'appeler sur son portable, elle se demandait comment le joindre quand elle avait vu Milo qui rentrait chez lui.

— Ton père me l'a dit, répondit-elle avec impatience, mais oublie ça. Je viens juste d'apprendre que mes parents vendent la pépinière… et ce n'est pas grâce à toi !

— Je vois. Je suis content que Joe et Eleanor se soient décidés à te parler.

— Ils n'ont rien décidé du tout ! C'est ton copain Rick Mariani qui a vendu la mèche. Et je veux savoir pourquoi toi, tu t'es permis de me cacher ça.

— Ce n'était pas à moi de te le dire.

— Ah bon ? Parce que tout le reste, trouver un courtier pour la vente, les aider à prendre toutes sortes de décisions, c'était à toi de le faire ?

— Ils sont mes amis. Je tenais à les aider.

— Ils sont mes parents ! J'aurais dû savoir que leur entreprise était en train de couler.

— Pourquoi crois-tu qu'ils ne t'ont rien dit ?

— Toi non plus, tu ne m'as rien dit !

— Tu veux savoir ce que je pense ?

— Non.

— Tu n'as pas su garder le contact avec ta famille.

Un instant, la colère lui coupa le souffle… puis tout ce qu'elle ressentait, toute sa peine, toute sa frustration, se déversa d'un coup.

— Garder le contact ? Comment veux-tu garder le contact avec des êtres aussi butés ? Enfermés dans leur petit monde ? Je téléphone, mon père refuse de me parler, il passe aussitôt l'appareil à ma mère. J'envoie des messages à Rayna, je lui donne de mes nouvelles, je raconte des choses que j'ai vues, qui m'ont interpellée… et j'ai tout juste droit à une réponse polie et jamais, jamais quelque chose qui révèle quoi que ce soit d'elle. Jamais quelque chose de sincère ! Quant à ma mère, elle me parle, oui, mais elle n'écoute pas un mot de ce que je lui dis ! Je demande des nouvelles, j'essaie de savoir ce que vivent les uns et les autres, mais elle reste sur son rail unique, son idée fixe : elle veut savoir quand je reviens à la maison. Si quelqu'un a coupé les ponts, c'est eux ! A leurs yeux, rien de ce que je vis, rien de ce que je suis n'a la moindre valeur, je n'ai droit qu'à une chose : redevenir celle que j'étais avant de partir. Ils me repoussent de toutes leurs forces et tu oses me dire…

Elle s'interrompit, à bout de souffle, et il en profita pour faire remarquer :

— Tu as attendu huit ans pour revenir parce que tu te sentais coupable de l'accident de ton père.

— Et toi, si tu restes, c'est uniquement parce que tu te sens coupable de l'accident de ta mère ! C'est ta seule raison de refuser ce travail de photographe. Par culpabilité.

Le silence s'abattit sur eux, un silence qui n'avait rien à voir avec la quiétude des sommets enneigés.

Puis Alex, qui s'était laissé aller à élever la voix, reprit tout bas :

— Nous ne parlons pas de moi.

— C'est ce que tu dis toujours dès que la question vient sur le tapis. Toi qui tiens tant à m'ouvrir les yeux, regarde donc un peu *ta* vérité en face.

Nouveau silence, pendant lequel ils se dévisagèrent, figés.

— Krista, tu n'es pas montée jusqu'ici simplement parce que tu m'en voulais.

Elle se rendit soudain compte qu'elle tremblait, sans savoir si c'était de rage ou de froid.

— Je suis en colère, crois-moi, répondit-elle.

— Oui : contre toi. Parce que tu viens de mesurer à quel point tu n'avais pas su maintenir le lien avec ceux que tu aimes.

— Bravo, murmura-t-elle d'une voix blanche. Continue comme ça et tu trouveras peut-être ton diplôme de psychologue dans ton prochain paquet de céréales.

— Prends-le comme tu veux. Je t'ai vue reprendre ta place dans ta famille, et maintenant tu as peur. Tu crains que, quand tu seras de nouveau à Prague, tout redevienne comme avant.

A travers le brouillard rouge de sa colère, elle sentit qu'il y avait là un grain de vérité.

— Non, tu te trompes, assura-t-elle pourtant. Je ne le permettrai pas.

— Dans ce cas, pourquoi es-tu toujours là ? Tu ne devrais pas être dans un avion au-dessus de l'Atlantique ?

— Mon vol a encore été annulé. Si tu t'étais donné la peine de passer me dire au revoir, tu serais au courant.

Il la saisit par le devant de son manteau, sans ménagement, mais sans violence. Dans son visage rougi par le froid, ses yeux brûlaient, incandescents.

— Je vais te dire pourquoi je ne suis pas passé. Parce que je savais que je ne supporterais pas de devoir te dire au revoir une fois de plus.

Un choc… puis le sens de sa phrase se glissa en elle. Et sa colère, qui semblait remplir tout l'univers, s'évanouit sans laisser de traces. Autour d'eux, il n'y avait pas un souffle de vent, pas un mouvement, juste un silence total. Dans cette lumière de diamant qu'offrait ce paysage de neige, c'était comme s'ils étaient seuls au monde.

— Pourquoi dis-tu ça ? demanda-t-elle dans un souffle.

Il lâcha son manteau, et elle sentit ses grandes mains chaudes se refermer sur ses mains glacées.

— Si nous n'arrêtons pas de revenir l'un vers l'autre, ce n'est pas juste une question de phéromones, répondit-il d'une voix basse et intense. Il serait peut-être temps de nous donner une chance.

Un espoir fou jaillit en elle… mais elle secoua la tête.

— Une relation à distance ne fonctionnerait pas. Prague et Jarrell…

— Alors reviens à Jarrell.

Le souffle coupé, elle le dévisagea sans répondre. Voilà plusieurs jours maintenant que cette idée rôdait au fond de son inconscient. Elle la repoussait chaque fois qu'elle faisait surface… mais maintenant qu'Alex l'évoquait ouvertement, elle était bien obligée de l'examiner. Serait-ce vraiment envisageable, pourrait-elle revenir vivre ici ? Renoncer aux opportunités que lui offrait la République tchèque pour se replier dans ce lieu dont elle s'était enfuie ?

— Réfléchis, insista-t-il tout bas. C'est pourtant logique. Tu as dit toi-même que ton travail à Prague ne t'offrait plus aucun challenge. Ici, tu pourrais aider tes parents et ta grand-mère à gérer leur entreprise pendant que tu décides ce que tu as envie de faire. Et quand le bébé sera là, tu seras sur place pour soutenir Rayna.

Il dut sentir que sa résistance faiblissait car au fur et à mesure qu'il brossait ce tableau de sa vie future, sa voix se faisait de plus en plus ferme, de plus en plus assurée. Il semblait très sûr des choix qu'elle devait faire ! Cette attitude trop familière la poussa instinctivement à dégager ses mains des siennes.

— On croirait entendre ma mère, répliqua-t-elle. Tu parles exactement comme elle, tu ne me consultes pas, tu ordonnes tout à ma place. Ça te plairait si je te disais de venir t'installer à Prague ?

Il laissa échapper un rire bref, sincèrement amusé.

— Sûrement pas. Et je peux te montrer pourquoi.

Il tourna les talons et s'éloigna à longues enjambées en lui laissant deux options, le suivre ou rester plantée là toute seule. Elle le suivit.

— Où vas-tu ? lança-t-elle.

— Tu verras.

Il marcha jusqu'à ce que la neige lui monte au-dessus du genou, jusqu'à ce que le vide s'ouvre devant lui, puis il leva la main, le doigt tendu.

— Tu reconnais ce paysage ?

De là où ils étaient, ils avaient une vue splendide sur la vallée, et Krista se sentit transpercée par la beauté du panorama : un damier de champs enfouis sous la neige, la petite ville, la boucle de la Susquehanna à moitié prise dans les glaces. Un paysage qui ressemblait beaucoup à celui qu'Alex lui avait offert à Noël !

— Tu avais raison, bien sûr, dit-il. Je ne voulais pas l'admettre, mais je savais bien que c'était l'endroit de notre premier baiser. J'ai pris la photo il y a huit ans pour que tu t'en souviennes aussi.

Cet aveu resta suspendu entre eux, comme les nuages translucides de leur souffle. Le passé et le présent se rejoignaient enfin, mais Krista voulait être bien sûre de comprendre. Avec le sentiment d'ouvrir une porte qu'elle ne pourrait plus jamais refermer, elle demanda :

— Tu veux toujours que je me souvienne ? C'est pour ça que tu m'as offert cette photo pour Noël ?

— Je crois… oui. Mais pas seulement pour le baiser, aussi pour le paysage. Regarde bien, Krista. Pourquoi aller à Prague alors que rien ne pourrait être plus beau que ce que tu as sous les yeux ?

— Parce que j'y serai, moi, répondit-elle tout bas.

Il se détourna du panorama pour plonger son regard dans le sien.

— Je ne quitterai pas Jarrell, dit-il lentement. Pas même pour la femme que j'aime.

Il venait de la repousser et pourtant, elle sentit une

chaleur subite s'engouffrer en elle. Alex l'aimait ! Puis une seconde pensée coupa net l'essor de la première. Non. Quoi qu'il en pense, ce n'était pas de l'amour. S'il l'aimait réellement, il n'écarterait pas aussi catégoriquement l'idée de la suivre à Prague.

— Tu ne m'aimes pas, murmura-t-elle. Pas vraiment.

— Si. Je ne le savais pas moi-même, mais j'ai fini par comprendre. Si cela n'avait pas été de l'amour, il se serait effacé, en huit ans.

Il reprit ses mains et ajouta très vite :

— Il y a autre chose. Je crois que toi aussi, tu m'aimes.

Pas une seule fois, depuis qu'elle le connaissait, elle ne s'était autorisée à formuler cette idée. Elle s'était bien gardée de le faire, parce qu'elle savait combien cela aurait été dangereux de laisser leur relation glisser sur cette pente. Alex n'était pas un célibataire ordinaire, il ne passait pas d'une femme à la suivante, en toute légèreté. C'était un père qui attendait de fonder sa famille.

Il se pencha vers elle et s'empara de sa bouche. Elle sentit son corps s'enflammer. Se pouvait-il que la passion qui éclatait en elle chaque fois qu'ils se touchaient soit autre chose qu'une simple attirance sexuelle ? Oui, bien sûr, elle aimait la gentillesse d'Alex, sa générosité, son côté fiable et solide. Et même la loyauté déplacée qu'il manifestait envers son père. Elle aimait même qu'il l'aime ! Mais si jamais elle cédait à ses sentiments, à quoi ressemblerait le reste de sa vie ? Se retrouverait-elle coincée à Jarrell à tout jamais, simplement parce qu'il refusait d'en partir ? Une marée de tendresse montait en elle, elle était à deux doigts de céder sur toute la ligne… Non, il fallait lutter ! Lutter ou se perdre.

Alex était un homme formidable, mais elle ne pouvait pas se permettre de l'aimer. Ce serait renier ce qu'elle était, ce qu'elle avait construit. Elle devait préserver son cœur, trouver la force de reprendre la vie qu'elle avait choisie. Elle plaqua les mains sur sa poitrine pour le repousser… et n'en eut pas le courage. Non, elle ne pouvait pas. Quand ce baiser serait terminé, il n'y en aurait jamais d'autre…

Alex dut percevoir son trouble car il releva la tête, surpris.

— Qu'est-ce qui ne va pas ? demanda-t-il.

— Je ne t'ai pas encore dit. Mon vol est repoussé à demain matin.

— Repousse-le encore une fois et passe le réveillon avec moi.

— Je ne peux pas. J'ai promis à Becca de l'aider à préparer la fête du jour de l'an.

— Dans ce cas, retourne là-bas pour ta fête et dis au revoir à tes amis. Et pendant que tu y es, tu pourras donner ta démission à ton patron.

Et voilà. Elle se retrouvait au pied du mur, au moment qu'elle repoussait de toutes ses forces : le moment inévitable où elle devait refuser ce qu'il lui offrait. Le cœur battant, elle secoua la tête et souffla tout bas :

— Je ne reviendrai pas m'installer ici, Alex. Je rentre à Prague.

C'est alors qu'il fit une chose affreuse : il ne renonça pas.

— Je comprends très bien que tu as été heureuse là-bas, assura-t-il. Demande-toi tout de même une chose : pourquoi es-tu si soulagée chaque fois que ton vol est annulé ? Krista, voyons ! Si tu tenais tant à repartir, tu aurais forcément pu trouver une autre correspondance, une autre compagnie aérienne…

Elle s'était fait la même réflexion, ce matin… Et elle avait également compris pourquoi elle avait eu besoin de rester.

— Tu avais raison au moins sur un point, avoua-t-elle. Il me fallait plus de temps pour renouer avec ma famille.

— C'est davantage que cela. Tu ne veux pas réellement quitter Jarrell.

Il s'interrompit un instant avant d'ajouter :

— Tu ne veux pas me quitter, moi.

— Tu te trompes. Tu veux m'obliger à être quelqu'un que je ne suis pas.

Oui, il se trompait, mais c'était terrible de voir son regard changer. En face d'elle, elle n'avait plus maintenant qu'un masque rigide.

— Apparemment, je me suis trompé sur toute la ligne, laissa-t-il tomber d'une voix sourde.

Puis il s'éloigna.

Paralysée, elle le suivit des yeux. Quelques mètres plus loin, il se retourna pour lancer :

— Viens, il faut sortir la Volvo de la congère.

Péniblement, elle retraversa la bande de neige épaisse, atteignit le sol ferme du parking. Maintenant, elle n'avait plus qu'à se concentrer, faire un mouvement après l'autre, sans tenir compte du poids qui lui écrasait le cœur. Demain, elle quitterait Alex pour de bon. Il n'y avait plus rien à ajouter.

Rayna posa ses mots croisés sur sa table de nuit, enfila un pantalon étanche et prit sa doudoune dans son placard. Si elle restait enfermée une minute de plus, elle allait se mettre à hurler. Ou à pleurer. Sa grossesse mettait ses hormones sens dessus dessous ; elle se sentait bousculée, brutalisée par la moindre contrariété — et ses yeux la brûlaient toujours depuis son entrevue avec Trey.

Eh bien, non, elle ne céderait pas au désespoir. Si elle avait tenu bon face à lui, ce n'était pas pour craquer une fois qu'elle se retrouvait seule. Elle ne pleurerait pas. Le bébé qu'elle portait aurait besoin d'une maman forte et déterminée, elle était capable de tout assumer ! Alors… pourquoi avait-elle tout à coup un si grand besoin d'entendre sa grande sœur le lui confirmer ?

Elle monta au rez-de-chaussée et entra dans la cuisine.

Penchée devant le fourneau, les mains protégées par de grosses maniques, sa mère sortait du four les cookies aux pépites de chocolat dont l'arôme emplissait la pièce.

— Dis, maman, tu sais où est Krista ?

— Non, je n'ai pas de nouvelles depuis le petit mot qu'elle a laissé à Grandma, répondit sa mère sans relever la tête. Je te jure, je ne sais pas quelles filles j'ai élevée, à sortir par tous les temps alors que rien ne les y oblige…

— Toi aussi, tu as pris la voiture ce matin.

— Ce n'était pas pareil, affirma sa mère en posant délicatement la plaque brûlante sur l'évier. Il fallait bien emmener Milo aux urgences.

En quelques gestes, elle détacha à la spatule les cookies qui adhéraient au papier de cuisson.

— Grandma dit qu'il a le bras cassé.

— Oui, le pauvre ! C'est idiot, non ? Glisser sur une plaque de verglas devant sa propre porte… Ta grand-mère est à côté avec lui. Je ne vois pas pourquoi elle veut lui tenir compagnie, il est en pleine forme. Le médecin a dit que c'était une fracture bien franche.

— Tant mieux, murmura distraitement Rayna.

— Bref, les gens raisonnables restent chez eux en attendant que les routes soient dégagées !

— Tu as raison. Je devrais me montrer plus raisonnable. Je mettrai ça en tête de mes résolutions du nouvel an.

— Parce que, en plus, tu te moques de moi ?

— Non. Je parle tout à fait sérieusement.

Pour la première fois depuis qu'elle était entrée dans la cuisine, sa mère posa les yeux sur elle, découvrit sa tenue, et son visage se décomposa.

— Ne me dis pas que tu comptes ressortir ?

— Seulement dans le jardin.

— Mais que veux-tu faire dehors par un temps pareil !

— Prendre l'air.

Elle fila sans attendre d'autres objections.

Les pieds dans la neige, la tête renversée en arrière, elle respira à pleins poumons. Que l'air était pur ! D'un seul coup, elle se sentait déborder d'énergie. Avec beaucoup de concentration, elle pétrit la neige, la tassa, et assembla trois boules bien rondes : une très grosse, une moyenne et une petite. Cette première tâche terminée, elle prit un peu de recul pour considérer le problème suivant : une femme enceinte raisonnable, même si elle avait très envie de faire un bonhomme de neige, ne pouvait pas se permettre de soulever la deuxième boule pour la jucher sur la première. Comment faire ?

Elle se creusait toujours la tête quand la porte de derrière s'ouvrit à la volée. Surprise, elle se retourna… et ouvrit des yeux ronds en voyant Trey se précipiter au bas des marches, glisser, se rattraper à la rampe. Il portait les mêmes vêtements que ce matin au centre commercial, et ses bottes très fashion ne le protégeaient sûrement pas du froid.

— Ne soulève pas ça ! ordonna-t-il.

Il se rua vers elle en levant très haut les pieds, mais cela n'empêchait pas la neige d'entrer dans ses bottines trop basses.

— Pourquoi pas ? lança-t-elle sèchement.

— Tu es enceinte ! Si tu veux un bonhomme de neige, je vais te le faire, moi !

— Parce que maintenant, tu veux faire quelque chose pour moi ? Qu'est-ce qui te fait croire que j'accepterai quoi que ce soit de ta part ?

Il la contempla, le nez plissé. C'était son expression quand il ne comprenait pas. Jusque-là, elle l'avait toujours trouvée attachante. Pas aujourd'hui.

— Pourquoi est-ce que tu n'accepterais pas ? demanda-t-il enfin.

— Je suis capable de faire les choses par moi-même. Enfin, sache que je n'ai pas non plus l'intention de te laisser te défiler ! Même si tu ne comptes pas m'aider au quotidien, tu devras me payer une pension !

— On ne parle plus du bonhomme de neige, là ?

— Bien sûr que non ! répliqua-t-elle, excédée. On parle de notre bébé, et du fait que tu dois participer financièrement.

— Mais… oui, répondit-il sur le ton de l'évidence. C'est pour ça que je suis parti tôt du magasin.

— Et en quoi le fait de faire moins d'heures au magasin va-t-il t'aider à trouver de l'argent ?

— Mon job au magasin ne suffira plus, maintenant qu'on a un bébé en route.

Cela, elle l'avait déjà compris. Elle touchait un salaire correct au cabinet de dentistes, mais ce n'était qu'un temps partiel ; elle ne gagnerait réellement sa vie qu'une fois ses études terminées, au mois de juin. Trey aurait-il compris qu'il devait gagner davantage ?

— Tu ne comptes pas démissionner, dis-moi ? lança-t-elle, menaçante.

— Pas avant d'avoir trouvé autre chose. C'est ce que je faisais cet après-midi. Je suivais des pistes.

— Tu as des pistes, toi ?

— J'essaie. J'ai demandé à M. Costas s'il n'aurait pas un temps plein pour moi, j'ai regardé les annonces en ligne… Je pense toujours à la formation de barman dont je t'ai parlé. Si je la termine avant la naissance du bébé, je pourrais même mener deux boulots de front.

Là, elle n'en croyait plus ses oreilles. Trey lui avait souvent expliqué qu'il travaillait uniquement pour financer ses loisirs ! Méfiante, elle avança :

— Tu ne pourras plus faire de hockey, avec deux emplois.

— Une fois que le bébé sera là, je serai trop fatigué, de toute façon. Une fois de temps en temps peut-être, pour le fun, avec les copains…

Elle tressaillit. Elle commençait à comprendre où il voulait en venir, mais elle devait être tout à fait sûre qu'elle ne se trompait pas.

— Pourquoi ? demanda-t-elle.

Il grelottait, ses bottes étaient pleines de neige et son petit blouson pas du tout assez chaud pour ce temps, mais il la regardait avec une sincérité bouleversante.

— Je ne vois pas pourquoi ce serait à toi de te lever chaque fois que le bébé pleure, répondit-il.

Le cœur de Rayna se serra douloureusement.

— Je ne peux pas vivre avec toi, Trey !

— On n'a qu'à se marier !

Elle ravala un sanglot. Il ne comprenait pas.

— Je ne peux pas non plus me marier avec toi, dit-elle.

— Mais pourquoi pas ?

Il semblait sincèrement perplexe.

Tout en réprimant l'envie de le secouer comme un prunier, elle cria presque :

— Parce que le bébé n'est pas une raison suffisante !

Rien. Aucune réaction.

Furieuse de devoir tout lui expliquer, elle précisa :

— Je ne peux pas épouser un homme qui ne m'aime pas.

— Qui te dit que je ne t'aime pas ?

— Mais… toi ! Tu as dit à tes copains de hockey que nous deux, ce n'était pas sérieux.

— Moi ? Mais non !

— Mais si, le jour du match ! A la patinoire, je t'ai entendu ! Vous parliez de sortir boire un verre, Frank t'a demandé si je serais d'accord et tu as dit…

— D'accord, je me souviens maintenant. Mais… Rayna, ce n'était pas du tout ça ! Je voulais juste dire que toi et moi, on ne prenait pas la vie trop au sérieux.

— Oh. Ce n'était pas ce que je… En tout cas, tu ne m'as jamais dit que tu m'aimais.

Il haussa les épaules.

— Je pensais que tu le savais, murmura-t-il.

Rayna faillit se jeter à son cou mais n'en fit rien. C'était trop important, elle ne devait pas s'emballer, il fallait être tout à fait sûre… Avait-elle pu se tromper à ce point sur les sentiments de Trey ? Mais dans ce cas, il allait devoir dire les choses en clair.

— Une femme n'est sûre de rien tant qu'elle n'a pas entendu les mots magiques, rétorqua-t-elle.

Il lui adressa un sourire éblouissant, leva les bras au ciel et cria à tue-tête :

— Je t'aime, Rayna ! Je suis fou amoureux de toi !

Le poids qui lui écrasait le cœur disparut comme s'il n'avait jamais existé. Elle se mit à rire malgré elle.

— Moi aussi, je t'aime, Trey ! cria-t-elle à pleins poumons.

Plus question de rien retenir. Elle ne retiendrait plus jamais ses sentiments !

— Alors, qu'est-ce que tu attends !

Le troisième cri venait de jaillir derrière eux. Krista, rayonnante, se tenait sur les marches du perron. Rayna sentit ses yeux s'embuer de larmes. Sa sœur repartirait bientôt, mais ce moment de bonheur pur semblait encore plus joyeux parce qu'elle y assistait.

— Qu'est-ce que tu attends ? répéta Krista. Embrasse-le !

Et Rayna suivit son conseil.

Une longue, trop longue journée passée à dégager une succession morne de parkings enneigés — et il ne pouvait même pas se consoler en rêvant à la soirée à venir. La femme qu'il aimait partait le lendemain et il ne pouvait strictement rien faire pour la retenir.

Bon, il pouvait au moins rentrer se mettre au chaud !

Malgré sa fatigue, au moment de garer son pick-up devant chez lui, il fut tenté de filer tout droit chez les Novak. Il se retint. A quoi bon se faire mal en revoyant Krista ? Il avait déjà essayé de la faire changer d'avis, sans succès.

— Papa ? Je suis rentré, lança-t-il en refermant la porte.

Il accrocha son blouson, se débarrassa de ses bottes, passa dans le salon. En dehors du reflet des illuminations des Novak, la pièce était sombre et déserte, et son père n'était pas dans son fauteuil.

— Papa, tu es là ?

— A la cuisine ! Je fais un teriyaki !

Non, c'était une blague ? Chez son père, le summum de l'art culinaire consistait à mettre un plat congelé au micro-ondes. Et pourtant… non, il ne rêvait pas, des parfums délicieux lui parvenaient de la cuisine, il entendait grésiller les ingrédients dans la poêle…

— Depuis quand sais-tu préparer un teriyaki ? demanda-t-il en se dirigeant vers la cuisine.

Il s'arrêta sur le seuil, ébahi. Devant le fourneau, Milo remuait des légumes sautés avec une aisance insolite. Il se servait de sa main droite et… son bras gauche était dans le plâtre.

— Leona parlait de plats japonais quand elle était là cet après-midi. Elle m'a expliqué les bases, et j'ai eu envie d'essayer, répondit Milo comme si Leona et lui avaient l'habitude d'échanger des recettes.

— Mais… ton bras, qu'est-ce qui t'est arrivé ?

Son cœur battait trop fort. Lui qui avait si faim une minute auparavant avait perdu tout appétit. Son père jeta un bref regard à son plâtre.

— Mon bras ? Cassé.

— Mais comment ?

— Je suis repassé ici dans la journée, je voulais prendre un blouson plus chaud. J'ai glissé sur une plaque de verglas en retournant au camion. Et voilà le résultat !

Il se mit à rire en remuant ses légumes avec une vigueur renouvelée.

— Tu le crois, ça, vu la façon dont on gagne notre vie ? ajouta-t-il en riant.

Alex, qui ne voyait pas du tout l'humour de la situation, demanda assez sèchement :

— Et c'est arrivé quand ?

— Oh ! Vers 11 heures, 11 h 30.

Autrement dit… sept heures plus tôt. Et il l'apprenait seulement maintenant !

— Et tu ne m'as pas appelé ? J'aurais pu t'emmener aux urgences !

— Tu travaillais, ça ne servait à rien de te déranger.

— Cela n'aurait pas été un dérangement, papa.

Il n'en revenait pas. Son père devait bien savoir qu'il aurait tout plaqué pour se précipiter !

— Je sais, fils, mais je veux dire que ce n'était pas nécessaire, avec les Novak juste à côté. Ellie m'a emmené. J'ai eu de la chance parce qu'ils m'ont pris très vite, je n'ai presque pas attendu.

— C'est une mauvaise fracture ?

— Non, non, très fine. J'ai rendez-vous chez l'orthopédiste mais à première vue, c'est six semaines dans le plâtre, et pas de rééducation.

— Je t'emmène chez l'orthopédiste. Viens.

Milo se désintéressa de sa poêle pour le dévisager.

— Qu'est-ce qui t'arrive, fils ? Ça ne te ressemble pas de faire un drame pour rien.

Alex hésita. La situation le dérangeait… mais il avait un peu de mal à expliquer pourquoi.

— Je suis juste surpris que tu ne m'aies pas appelé, marmonna-t-il.

— Je n'ai que soixante-deux ans, tu sais ? Je suis encore capable de me débrouiller.

Alex pensa à la période, après la mort de sa mère, quand son père commençait tout juste son traitement pour la dépression. Il n'avait pas quitté la maison depuis des mois, certains jours, il ne prenait même pas de douche. Et ce soir, le même homme braquait sur lui un regard très direct en insistant :

— Tu es bien clair là-dessus, n'est-ce pas ? Je ne suis ni un gosse ni un vieillard sénile ?

— Eh bien… oui.

La discussion devenait un peu délicate, il était temps de changer de sujet.

— Tu as fait assez de teriyaki pour deux personnes ?

— Bien sûr.

Il retira une casserole de riz du feu en précisant :

— Largement assez, mais j'espérais que tu ne dînerais pas ici ce soir.

— Merci beaucoup !

— Ce n'est pas ce que je voulais dire, fils.

Il ouvrit un placard, en sortit deux assiettes. Le fait qu'il ne puisse se servir que d'une seule main ne semblait pas du tout le gêner. Puis il lui jeta un regard en coin en précisant :

— Je pensais que tu serais peut-être avec Krista.

— Eh bien, non, répondit sèchement Alex.

— Dommage. Elle me plaît.

— Elle me plaît aussi, mais elle s'en va demain.

— Pour de bon ?

— Pour de bon.

Sans un mot ils s'installèrent et commencèrent à manger dans un grand silence.

— Tu as envisagé d'aller vivre en Europe ? lui demanda soudain son père.

— Je ne quitterai pas Jarrell, papa. Ma vie est ici. Notre affaire est ici.

Milo hocha la tête sans répondre. Discret comme il l'était, il était déjà allé très loin dans ses interrogations. Quand il reprit la parole, ce fut sur un tout autre sujet :

— Sur le chapitre de l'entreprise, il y avait des messages intéressants sur le répondeur quand je suis rentré.

— Ah ?

— D'abord, un message de Trey. Il cherche un emploi à plein temps. Si nous ne pouvons pas lui garantir quarante heures par semaine, nous devrons chercher quelqu'un d'autre pour le remplacer.

Alex dressa l'oreille. Si Trey voulait travailler davantage, Rayna avait dû lui annoncer sa grande nouvelle, et manifestement, il prenait la perspective de devenir papa très au sérieux. C'était bon signe ! Dommage que Costas Paysages ne puisse rien pour lui.

— Je le regretterai, dit-il. Trey a un vrai talent de paysagiste.

— Je me suis dit exactement la même chose, renchérit

son père. Ça m'ennuie de le perdre, mais je n'ai pas non plus envie d'agrandir l'affaire.

Chaque année, pendant leurs mois d'activité les plus intenses, ils prenaient un employé supplémentaire à temps partiel, mais l'opération fonctionnait très bien à deux le reste de l'année. Si jamais on leur proposait un contrat qui dépassait leurs possibilités, ils avaient toujours fait le choix de sous-traiter plutôt que prendre le risque de recruter un salarié à plein temps.

Alex se resservit une autre assiette. Le plat était absolument délicieux.

— Tu as parlé de messages au pluriel, reprit-il, la bouche pleine. Quoi d'autre ?

Milo ne répondit pas tout de suite. Il prit le temps d'aller chercher une bière dans le réfrigérateur avant de dire :

— Pour toi, de la part de Malt Green.

Alex soupira. Il voyait d'ici le contenu du message ! C'était tout de même invraisemblable. Il avait beau refuser, Malt revenait toujours à la charge !

— Je n'avais pas entendu ce nom depuis des années, poursuivit son père. Pas mauvais, mon plat, hein ? On fait toute une histoire de la cuisine mais en fait, c'est facile ! Bref, ton ami Malt. Je ne voyais même pas à qui j'avais affaire avant qu'il se mette à parler de photos.

— L'entreprise de Malt est à Toronto.

— C'est ce que j'ai cru comprendre. Et ses affaires ont l'air de très bien tourner. Vous n'aviez pas envisagé de vous associer, tous les deux ?

— Je me suis associé avec toi, papa.

— Si ta mère n'était pas morte, tu te serais associé avec qui ?

Que répondre à ça ? Alex ne vit qu'une porte de sortie possible.

— Mais elle est morte.

— Et toi, tu as rempli mes contrats, fait vivre l'entreprise, répliqua Milo. Je n'étais bon à rien pendant au moins un an.

Effectivement, le drame était arrivé au pire moment possible, alors que son père venait tout juste de quitter un poste stable dans une entreprise sérieuse pour se mettre à son compte. Il travaillait dans le paysagisme depuis des années, s'était taillé une réputation solide, et avait enfin décidé de se lancer. Mais il y avait eu ce décès brutal, parfaitement inattendu, et si Alex n'était pas intervenu, la toute nouvelle entreprise aurait coulé en quelques semaines. Cela, c'était une certitude.

— Ton copain Malt a créé son entreprise à peu près au même moment que moi, non ? demanda son père.

Penché en avant, il guettait sa réaction. Alex ne vit pas comment il pourrait éviter de répondre.

— Oui, répondit-il.

Milo repoussa son assiette.

— Oh non… Comment est-ce que j'ai pu ne pas voir…

— Voir quoi ? demanda Alex, très inquiet.

— Je pensais juste que j'avais de la chance que tu aies envie de faire le même travail que moi…

— Je suis content de le faire.

— Mais tu ne l'aimes pas autant que la photo.

Malgré lui, Alex baissa brusquement les yeux.

— Quelle importance ?

— C'est très important, au contraire, rétorqua son père. Tu aurais dû être photographe. Tu étais fait pour ça.

— Je suis photographe. Je ne me fais juste pas payer.

— Alex ! Pourquoi ne pas accepter le poste que te propose ton ami ?

— Il faudrait voyager. Je t'ai déjà dit que je ne quitterais pas Jarrell.

— Parce que tu t'occupes de moi ?

La question avait jailli très vite. Puis, avant qu'Alex puisse répondre, Milo ajouta d'une voix suppliante :

— Dis-moi la vérité.

— Bon, d'accord. C'est une partie de la raison, c'est vrai. Je veux pouvoir être là si tu as besoin de moi.

— C'est pour ça que tu as fait tant d'histoires pour mon bras cassé ?

— C'est pour ça.

Alex se remit à manger, espérant que le débat était clos.

— Dis donc, c'est vraiment extraordinaire, ce plat ! lança-t-il d'une voix joyeuse.

Son père se remit machinalement à manger.

— Je viens de découvrir que je suis capable de faire la cuisine, reprit-il au bout de quelques instants.

— Et même très bien !

— Je peux aussi faire beaucoup d'autres choses. Y compris décrocher le téléphone et appeler mon fils, où qu'il soit, si jamais j'ai besoin de lui.

— Attends une minute, papa ! protesta Alex. Je ne sais pas où tu veux en venir, mais… qu'est-ce que tu veux dire par là ?

— Réfléchis un peu, fils. Je suis sûr que tu finiras par comprendre.

16

Krista monta dans le salon, sa valise à la main… et tomba en arrêt devant la grande baie vitrée. Il neigeait de nouveau ! Cette fois, elle n'avait même pas vérifié le statut de son vol avant de prendre sa douche, s'habiller et boucler sa valise. A son réveil, le ciel était parfaitement limpide. Et voilà qu'il ne l'était plus.

Fébrile, elle fouilla dans son sac à la recherche du numéro de la compagnie aérienne. Au point où elle en était, elle aurait dû l'enregistrer dans ses contacts ! Au moment où elle mettait enfin la main sur le papier, elle entendit des pas dans le couloir et sa mère parut, en pantalon noir et pull foncé. Etait-ce l'effet de sa tenue, ou était-elle réellement très pâle ?

— Maman, ça va ?

— Mais oui, bien sûr. Je suis juste triste parce que tu pars.

— Je n'en suis pas si sûre ! Tu as vu ce qui tombe ? J'allais justement appeler la compagnie pour savoir si mon vol n'était pas annulé, une fois de plus.

— J'ai déjà appelé, il y a cinq minutes. Il partira à l'heure.

Pourtant, les flocons tombaient dru, ils devaient adhérer aux pistes à Harrisburg, rendre un décollage de plus en plus improbable…

— Le temps que l'on arrive à l'aéroport, ils changeront encore d'avis ! Tu devras peut-être me supporter un jour de plus.

— Pas cette fois, non, répondit tristement sa mère. J'ai aussi vérifié la météo. Ils annoncent des petites chutes de neige localisées, mais pas plus de trois centimètres à Harrisburg. La tempête est finie.

Comme par un fait exprès, la neige choisit cet instant pour s'arrêter. Interloquée, Krista contempla le ciel… non, il ne tombait plus rien, le temps se levait… Elle s'ordonna de sourire. Pas question de confirmer la théorie d'Alex. Ce n'était pas parce qu'elle redoutait le moment où elle devrait dire au revoir à sa famille qu'elle désirait passer sa vie à Jarrell !

— C'est aussi bien, dit-elle. Il est temps pour moi de rentrer.

— Je voudrais que tu ne sois jamais partie.

— Je sais, maman, répondit-elle avec tendresse, tu me l'as dit assez souvent.

Eleanor cligna plusieurs fois des yeux et avoua tout bas :

— Je devrais te faire des excuses pour la façon dont je m'y suis prise pour te faire revenir… mais je ne regrette rien du tout !

— Ça aussi, je le sais. C'est pardonné.

Avec une petite exclamation émue, sa mère la serra sur son cœur. En sentant son parfum de vanille, le même qu'elle portait depuis qu'elle était toute petite, Krista se sentit fondre de tendresse.

— C'est si dur de te laisser partir ! gémit Eleanor sans relâcher son étreinte. J'espérais tellement que tu tomberais amoureuse d'Alex !

Depuis leur petite discussion sur la montagne, Krista faisait de gros efforts pour ne plus penser à Alex. Rien de positif n'émergerait d'un examen en profondeur de cette jubilation qu'elle avait ressentie en apprenant qu'il l'aimait. Elle repartait, alors à quoi bon se poser la question de savoir s'il avait raison de penser qu'elle l'aimait en retour ?

— Même si j'étais raide dingue d'Alex, dit-elle en

espérant de tout son cœur que ce n'était pas le cas, ce n'est pas pour autant que je m'installerais à Jarrell.

Sa mère la relâcha en lui tapotant la joue.

— Peut-être pas, murmura-t-elle, mais je pouvais toujours espérer. Quand on est vraiment amoureux, on est prêt à faire toutes sortes de compromis. Regarde-moi !

— Tu as fait des compromis, avec papa ?

— Il fait son possible pour m'énerver et pourtant je l'aime encore. Bon, c'est presque l'heure de t'emmener à l'aéroport ! Je file manger un morceau. Et toi, tu ne prends rien avant de partir ?

— Non, merci. Si j'ai faim tout à l'heure, je trouverai quelque chose à l'aéroport. Grandma et Rayna sont là ?

— Elles se préparent à aller travailler. Rayna recommence au cabinet aujourd'hui. Charlie a proposé de donner un coup de main à la Boutique jusqu'à ce que je revienne de Harrisburg.

Krista y serait volontiers retournée, elle aussi. Elle avait plusieurs idées sur la façon dont la Boutique pourrait faire des affaires toute l'année, des idées dont elle n'avait encore parlé à personne. Mais il était trop tard pour en discuter ; elle serait obligée de les développer par écrit et de les joindre à un courriel.

— Je vais leur dire au revoir, dit-elle.

Elle trouva Rayna dans sa chambre au sous-sol, en train d'enfiler un pull orange qui lui donnait de jolies couleurs. A moins que les jolies couleurs ne soient à attribuer à la déclaration de Trey ? Quelle que soit la raison, elle était rayonnante. Depuis qu'elle avait renoué avec Trey, elle n'avait cessé de sourire… mais quand Krista la rejoignit, elle faisait de nouveau la tête.

— Je n'arrive pas à croire que tu t'en vas, marmonna-t-elle. Je n'ai même pas encore dit aux parents et à Grandma que je suis enceinte.

— Tu as décidé quand tu veux leur annoncer la nouvelle ?

— Trey vient ce soir pour que l'on puisse leur dire

ensemble. J'aurais aimé que tu sois là aussi ! Tu aurais pu m'aider à calmer maman quand elle piquera sa crise.

— Ce ne sera pas une grosse crise. Après le premier choc, elle s'emballera à l'idée de devenir grand-mère. Tout comme je suis folle de joie de devenir tante !

Rayna sourit, mais c'était un sourire un peu triste. Machinalement, elle posa la main sur son ventre encore bien plat en soupirant.

— J'aimerais que tu sois là pour m'écouter me plaindre de vomir le matin et de devenir énorme.

— Dis donc, tu as un homme pour ça !

Elle cherchait à plaisanter, mais le résultat ne fut pas celui qu'elle escomptait. Les yeux de Rayna se remplirent aussitôt de larmes.

— Je sais bien ! Mais j'aurais aussi voulu ma grande sœur.

— Tu l'auras. Installe Skype sur ton ordinateur et on se parlera aussi souvent que tu voudras.

— Tu promets ?

— Promis, juré.

Elle ouvrit les bras et étreignit sa petite sœur de toutes ses forces. Un frottement léger au niveau de sa cheville… Casper lui faisait ses adieux à sa façon. Elle eut un coup au cœur en réalisant que même la chatte allait lui manquer.

— Il reste une petite place pour moi dans ces embrassades ?

Sans attendre de réponse, Grandma se glissa sous le bras de Krista, et ce fut une sorte de mêlée serrée, pleine d'émotion, et seulement compliquée par le danger de marcher sur Casper, le chat qui renonçait enfin à être un fantôme.

— Oh, ma grande, tu vas me manquer, murmura Grandma. J'ai adoré te voir tous les jours.

— J'ai adoré être ici, articula Krista, la gorge serrée.

Toutes ces fichues chansons de Noël avaient bien

raison quand elles répétaient qu'il faisait bon de passer Noël avec les siens.

Plus la voiture s'approchait du terminal de Harrisburg, plus l'étau se resserrait dans la poitrine de Krista. Sa mère conduisait avec son brio habituel, et le temps qu'elle se glisse dans un espace minuscule entre deux taxis, elle se demanda sérieusement si elle n'allait pas étouffer.

— Nous pouvons nous dire au revoir ici, proposa-t-elle en se retournant vers son père avec un sourire. C'est trop compliqué d'entrer avec le fauteuil.

Installé derrière elle, ce dernier avait son visage des mauvais jours.

— Je peux le faire, répliqua-t-il d'un ton sec.

Fantastique ! Il ne leur restait que quelques minutes et elle venait de vexer son père. Elle tenta de se rattraper.

— Je sais que tu peux, bien sûr. C'est juste qu'avec toutes les règles de sécurité, vous ne pourrez pas venir avec moi jusqu'à la porte d'embarquement.

— Je veux quand même entrer, décréta-t-il.

— Bon ! lança sa mère, pour mettre fin à la discussion. Je vous débarque tous les deux et je file me garer ailleurs.

Elle mit en route le mécanisme qui déployait la rampe du fauteuil en assurant qu'elle revenait le plus vite possible.

Krista ne proposa pas son aide pour le débarquement. Elle alla chercher sa valise dans le coffre, et retrouva son père sur le trottoir. Comme elle ne savait pas très bien comment gérer la suite, elle se plaça derrière le fauteuil, dans l'intention de le…

— Je ne veux pas que tu me pousses, ordonna-t-il.

— D'accord.

Parfait, une nouvelle gaffe pour conclure sa visite…

Devant les portes, elle eut le bon sens d'attendre qu'il actionne le bouton d'ouverture automatique, et une fois à l'intérieur, elle marcha en silence près de lui tandis qu'il se propulsait vers le comptoir d'enregistrement.

— Je t'attends ici, dit-il avec un geste vers un recoin garni de sièges.

Elle était en quatrième position, la queue avançait vite et en quelques minutes seulement, elle eut son numéro de siège. Quant à sa valise, aucun enregistrement n'était nécessaire puisqu'elle la gardait avec elle.

Elle pensa que si elle avait suivi le conseil de sa grand-mère et fait emballer le cadeau d'Alex, elle serait en train de l'enregistrer. Deux jours auparavant, elle comptait encore le faire, mais c'était *avant* la catastrophe de leur dispute. En rentrant, elle avait décidé de laisser la photo derrière elle en partant. Ce paysage évoquait des souvenirs trop douloureux, elle ne voulait plus le voir. A quoi bon se faire du mal ?

Les formalités terminées, elle alla rejoindre son père qui patientait, son fauteuil tourné vers elle. Sa mère, qui faisait habituellement tampon entre eux, n'avait toujours pas reparu. « Parle-lui », lui avait conseillé Alex. Eh bien, elle tenait l'occasion de le faire… si seulement elle trouvait le courage.

— Parée ? demanda-t-il.

— Parée.

Tendue, elle s'installa sur une chaise inconfortable à côté de lui. Il contemplait en silence le défilé des passants. Elle les observa elle aussi quelques secondes. Il y avait ceux qui marchaient par deux et parlaient avec beaucoup d'animation, comme s'ils cherchaient à tout se dire avant de se séparer. Rien à voir avec son père et elle, englués dans leur mutisme. Mais jusqu'à quand lui ferait-il la tête, comme ça ? Est-ce qu'un jour il lui…

Soudain, une sorte de panique la prit.

— Je suis désolée que ma présence à la maison ait été aussi dure pour toi, dit-elle vivement.

C'était sincère… mais elle n'en revenait pas d'avoir dit tout haut ce qu'elle pensait tout bas depuis son retour.

— Quoi ? lança son père d'un ton cassant.

Avec un pincement au cœur, elle se demanda s'il savait

s'exprimer sur un autre registre. Maintenant, cela ne lui semblait plus une si bonne idée de parler franchement avec lui, mais comme elle avait commencé, autant aller jusqu'au bout. Qu'avait-elle à perdre ? Il ne lui adresserait plus jamais la parole ? La belle affaire ! Il lui parlait déjà si peu.

— Ce n'est pas un problème, assura-t-elle. Je comprends. C'est tout naturel que ma présence te rappelle de mauvais souvenirs.

Il s'éclaircit la gorge et lança, en plissant les yeux d'un air soupçonneux :

— De quoi est-ce que tu parles, bon Dieu ?

— Le chariot élévateur, murmura-t-elle.

— Quoi, le chariot élévateur ?

Elle prit le temps de se souvenir qu'Alex admirait sa capacité à dire ce qu'elle pensait…

— Nous savons tous les deux que sans moi, tu ne serais pas dans ce fauteuil, dit-elle d'un trait.

Son père se tourna brusquement vers elle. Ses yeux s'étaient ouverts tout grand.

— Tu crois que je te tiens responsable de l'accident ? demanda-t-il avec une spontanéité qu'il n'avait pas manifestée une seule fois depuis son arrivée.

— Enfin… c'était ma faute.

— C'était un *accident*.

Désemparée, elle secoua la tête. Il ne pensait pas ce qu'il disait, tout dans son attitude montrait au contraire que…

— Ne te sens pas obligé de dire ça, papa. J'étais énervée, je n'ai pas fait attention à ce que je faisais et ensuite, j'étais tétanisée… Je sais bien que tout est ma faute.

L'expression de souffrance qui tordit le visage de son père la stupéfia.

— Ce que tu viens de dire… que c'est difficile pour moi de t'avoir à la maison… c'est pour ça que tu as tant tardé à revenir ? demanda-t-il d'une voix enrouée.

D'une voix qui tremblait un peu, elle bredouilla :

— Je voulais te faciliter…

— Tu crois que c'est facile pour moi de te savoir à des milliers de kilomètres ? Tu es ma fille !

— Mais… mais tu m'as dit d'aller à Prague. Maman était contre, elle refusait catégoriquement. C'est toi qui m'as encouragée.

— Seulement parce que l'accident m'avait fait comprendre que tout pouvait nous être repris du jour au lendemain ! Il n'y a pas d'avertissement, on ne sait jamais combien de temps il nous reste. Si on a un rêve, il faut foncer !

Il s'était mis à crier, et plusieurs passants se retournèrent, interdits.

Médusée, Krista le dévisagea… et une chose qu'elle ne parvenait pas à comprendre prit enfin un sens.

— C'est pour ça que Rayna fait une formation d'hygiène dentaire au lieu de travailler avec vous à la pépinière ?

— Exactement ! C'est aussi pour ça que j'écris mon livre pour les enfants.

— Quoi ? Tu écris un livre ?

Ils se dévisagèrent, aussi décontenancés l'un que l'autre.

— Tu n'étais pas au courant ? demanda-t-il, étonné. Mais que crois-tu que je fais, enfermé dans mon bureau toute la journée ?

— Tu écris un livre, murmura-t-elle, émerveillée.

— C'est ce que je viens de dire.

Elle scruta son visage, et il lui sembla qu'elle le voyait clairement pour la première fois de sa vie.

— De quoi parle ton livre ?

— D'un garçon en fauteuil roulant. Il découvre qu'il est capable de faire toutes sortes de choses qu'il n'imaginait même pas quand il pouvait encore marcher.

Une vague d'émotion s'engouffra en elle, si puissante qu'elle eut du mal à articuler :

— Une belle histoire.

— Basée sur une histoire vraie.

Il avait répondu toujours aussi peu aimablement, mais cette fois, elle percevait la tendresse qui se cachait sous cette façade bougonne.

— Alors, que je ne t'entende plus dire des bêtises sur ta faute ou je ne sais quoi, ajouta-t-il.

Elle ne put que hocher la tête, la gorge serrée.

— Et tu nous rendras visite plus souvent qu'une fois tous les huit ans.

Cela ressemblait davantage à un ordre qu'à une invitation mais pour une fois, cela ne la dérangeait pas du tout.

— Et toi, murmura-t-elle, tu me diras ce qui se passe dans la famille. Parce que, entre ce que je suis censée savoir sans qu'on me l'ait dit et ce que tu préfères me cacher…

— Je ne voulais pas que nos petites histoires se mettent en travers de…

Au bruit qu'il fit dans sa gorge, elle comprit qu'il était aussi ému qu'elle. D'un geste brusque, il croisa les bras sur sa poitrine.

— Où est Alex, d'ailleurs ? lança-t-il d'un ton excédé.

Elle avait cru la douleur apaisée — ou tout au moins endormie —, mais la seule mention de ce prénom suffit à la réveiller.

— Pourquoi me demandes-tu ça ? murmura-t-elle, troublée.

— Je suis handicapé, pas aveugle.

Elle se mordit la lèvre. Parler avec son père de ses problèmes de cœur… c'était plus que bizarre, c'était hallucinant !

— Nous… enfin, nous avons eu un… accrochage, dit-elle.

— Il ne voulait pas que tu partes, c'est ça ?

— En gros, oui.

— Je le comprends. Moi non plus, je ne veux pas.

Oh, Seigneur ! Une larme, une autre, une autre encore… Puis sa mère les rejoignit, et il ne fut plus question de retenir ses larmes. Sa discussion avec son père s'était terminée un peu vite mais peu importe, ils s'étaient dit l'essentiel. Et maintenant, le moment était venu de se quitter.

— Ne pleure plus, ma douce, lui chuchota sa mère. Viens juste nous voir plus souvent.

— Tiens, c'est incroyable, nous sommes enfin d'accord sur quelque chose, ta mère et moi !

Son père parlait toujours d'une façon aussi abrupte, mais elle ne s'y trompait pas. Elle ne s'y tromperait jamais plus.

— Il faudra m'attacher pour m'en empêcher, assura-t-elle d'une voix mouillée.

Ce fut seulement devant la porte d'embarquement, une fois le contrôle de sécurité franchi, qu'elle parvint à se reprendre. Avec un profond soupir, elle se laissa tomber dans un siège face aux grandes baies qui donnaient sur les pistes. Des pistes bien visibles, entièrement déneigées… Pour la première fois depuis son arrivée, huit jours plus tôt, la chape de nuages se disloquait, on voyait un grand ciel bleu. Huit jours seulement ! Il s'était passé tant de choses, elle repartait tellement changée…

— Mesdames et messieurs, votre attention, s'il vous plaît. Ceci est une annonce à l'intention des passagers du vol 527.

Krista se redressa d'un bond. Il ne pouvait s'agir que d'une information : la neige était arrivée dans le New Jersey ! Cette fois, son itinéraire la faisait passer par l'aéroport international de Newark, et si le temps s'était gâté là-bas, sa correspondance serait retardée, peut-être annulée…

— Nous avons un changement de porte d'embarquement. Je répète, la porte d'embarquement a changé. Le vol 527 embarquera porte 12B.

Elle retomba au creux de son siège comme un ballon qui se dégonfle. Alex avait raison ! Depuis le début, elle n'espérait qu'une chose : une nouvelle annulation de son vol. Eh bien, le moment était venu d'en prendre acte, et de cesser de fuir. C'était ce qu'elle avait fait huit ans plus tôt, en allant s'installer à Prague. Dans une sorte de révélation, elle mesura à quel point elle avait laissé son rôle dans l'accident de son père déterminer sa vie.

Sans ce drame, elle ne serait tout de même pas restée à Jarrell. Sa passion pour les voyages était une part d'elle, quasiment inscrite dans ses gènes. Mais sans ce drame, elle ne se serait sûrement pas fixée aussi loin de ses racines. Sa famille lui manquait trop pour qu'elle la voie aussi rarement.

Et maintenant, elle fuyait de nouveau, et pour une raison absurde : parce qu'elle était tombée amoureuse d'un homme qui ne voulait pas bouger de chez lui. Non seulement elle ne lui avait pas dit qu'elle l'aimait, mais elle ne s'était même pas donné la peine de chercher un compromis qui leur permette d'être ensemble.

— Vous avez entendu l'annonce au sujet du changement de porte ?

A deux sièges d'elle, une jeune femme se levait en rassemblant ses affaires. Ses longs cheveux blonds la firent penser à Rayna.

— J'ai entendu, merci, répondit-elle sans bouger.

— N'attendez pas trop longtemps, l'embarquement va commencer. A tout de suite, à l'autre porte ?

— Non. Je n'embarque pas.

Puis, comme son interlocutrice la regardait sans comprendre, elle précisa :

— Je ne rentre pas à Prague. Je vais passer le nouvel an ici même.

— A l'aéroport ?

Krista éclata de rire.

— Non ! A Jarrell, avec Alex. Je l'aime.

— Alors c'est bien, conclut la jeune femme en souriant. Les fêtes, il faut les passer avec ceux que l'on aime.

— Exactement !

Elle saisit sa valise d'un geste déterminé et se lança dans la longue traversée du terminal, courant presque.

Chaque pas l'éloignait de sa porte d'embarquement, de son avion, de Prague, mais cette fois, elle ne fuyait pas, elle allait au-devant de quelque chose. Puis elle ralentit, hésita, s'arrêta tout à fait. Une pensée terrible venait de fondre sur elle. Elle avait quitté Alex à deux reprises. Et s'il allait décider que cette fois, il en avait assez ? Qu'il ne pouvait plus lui faire confiance ? Et si le moment sur le parking enneigé où elle lui avait renvoyé son amour en plein visage les avait séparés à tout jamais ? Il savait à quelle heure elle partait ce matin et il n'était pas passé lui dire au revoir. Et s'il était… trop tard pour le convaincre qu'elle avait changé d'avis ? Qu'elle comprenait enfin que le véritable foyer de tout être humain se trouve là où l'on a accroché son cœur ?

D'un pas hésitant, elle franchit le poste de sécurité en sens inverse.

— Krista !

Saisie, elle leva la tête. Alex ! Il était là, le plus grand, le plus beau. Il marchait droit sur elle. L'espoir enfla dans sa poitrine, puis éclata, mais ce fut d'une voix mal assurée qu'elle hasarda :

— Tu es venu me dire au revoir ?

Il s'arrêta à quelques pas d'elle et lui tendit… un rectangle de papier qui ressemblait à s'y méprendre à une carte d'embarquement.

— Pas exactement, non.

Le visage de Krista exprimait la confusion la plus totale. Il comprenait ; c'était aussi le sentiment qui dominait chez lui. En tout cas jusqu'à ce matin, à l'instant du déclic, quand toute la situation s'était subitement alignée dans une configuration entièrement nouvelle.

— J'avais décidé de ne pas te revoir, dit-il. Puis j'ai regardé par la fenêtre, j'ai vu la voiture de tes parents s'éloigner et j'ai su que tu étais dedans. C'est là que j'ai compris.

— Compris ?

Il serra les poings. Il s'expliquait mal et il fallait absolument trouver les mots justes.

— J'ai compris que la personne que j'aimais le plus au monde serait à Prague pour le réveillon… et moi en Pennsylvanie.

Elle plaqua la main sur ses lèvres avec une sorte de hoquet très doux. Impossible de savoir ce que signifiait cette réaction, impossible de s'y arrêter, il était trop pressé de dire tout ce qu'il avait sur le cœur.

— Je m'étais dit que j'essaierais encore une fois… que j'essaierais au moins de te convaincre de rester ici pour le nouvel an, poursuivit-il. Seulement, je suis arrivé trop tard. Alors j'ai acheté un billet pour Prague.

Comme elle ne disait rien et le regardait, totalement abasourdie, il précisa :

— Je veux passer le nouvel an avec toi ! Je me fiche de savoir si c'est en Pennsylvanie ou en République tchèque !

Elle ne réagit toujours pas. Seuls ses yeux s'étaient encore agrandis de surprise — si tant est que ce soit possible.

— D'ailleurs, enchaîna-t-il, je ne veux pas seulement passer les fêtes avec toi. Je veux que nous soyons ensemble tout le temps.

Il parlait peut-être trop. Mais il ne pouvait plus s'arrêter. Le moment était venu de tout mettre sur la table.

— J'ai laissé un message à Malt Green pour lui demander s'il serait preneur pour un calendrier à thème avec des paysages européens, reprit-il. S'il n'est pas d'accord, je pourrais travailler en free lance…

Autour d'eux, le terminal vivait sa vie ; des voyageurs se hâtaient dans toutes les directions, les haut-parleurs scandaient la liste des objets que l'on ne pouvait pas emporter à bord. Des conversations, des exclamations et des éclats de rire… et Krista ne disait toujours rien. A bout, il s'écria :

— Pour une femme qui dit ce qu'elle pense, tu es complètement muette aujourd'hui !

Elle sembla brusquement revenir à la réalité.

— Attends, murmura-t-elle. Tu serais vraiment prêt à t'installer à Prague avec moi ? Mais ton père ?

— Il m'a convaincu qu'il savait se servir d'un téléphone, marmonna-t-il. Je crois qu'il a décidé que j'ai davantage besoin de toi qu'il n'a besoin de moi.

Elle se tut de nouveau, mais cette fois, une lueur émerveillée brillait dans ses yeux.

— J'essaie de réaliser que tu m'aimes encore après… ce que je t'ai dit la dernière fois que l'on s'est vus, dit-elle enfin.

— Voilà huit ans que je t'aime. Ce n'est pas maintenant que je vais m'arrêter.

Il eut envie de crier « Alors ? Alors ? ». Oui, il l'aimait, bien sûr qu'il l'aimait, mais *elle* ?

— Je crois bien que moi aussi, je t'aime depuis huit ans, Alex. J'aurais dû te le dire plus tôt. Tu crois que tu peux me pardonner ?

— Je peux tout te pardonner !

Il la happa dans une étreinte furieuse. Enfin il la tenait, et il ne la lâcherait plus jamais. Il l'embrassa avec autant de passion que la toute première fois, en pensant que ce jour-là, il devait déjà sentir qu'il embrassait la femme avec qui il voudrait passer le reste de sa vie. Sinon il ne serait pas remonté au même endroit prendre cette fameuse photo !

Il restait tout de même une question sans réponse, une question que la douceur éperdue du baiser de Krista n'élucidait pas. D'après les panneaux d'affichage, l'embarquement de son vol avait déjà commencé. Où allait-elle quand il l'avait croisée, filant plutôt vers la sortie ? Sans relâcher son étreinte, il releva la tête pour plonger son regard dans le sien.

— Pourquoi n'es-tu pas à l'embarquement ?

— Parce que je priais pour qu'il y ait de la neige.

— Tu… comment ?

— Tu sais quoi ? Tu avais raison. Je n'avais pas vraiment envie de partir. Je vais devoir appeler Becca pour lui faire mes excuses, parce que je ne l'aiderai pas à préparer sa fête. Parce qu'il n'y a qu'un seul endroit où je veuille passer le nouvel an : ici, avec toi.

Il la berça contre lui, heureux comme jamais il ne l'avait été.

— Si tu veux, nous changerons nos billets, promit-il. Nous partirons à Prague après le 1er. Nous réussirons probablement à nous retrouver sur le même vol, et…

Elle le fit taire en posant la main sur ses lèvres. Surpris, il l'interrogea du regard. La tête levée vers lui, elle lui souriait avec tendresse.

— Ce sera parfait, murmura-t-elle. J'appellerai mon patron demain pour donner ma démission. Si tu viens là-bas avec moi, tu pourras m'aider à emballer mes affaires.

— Bien sûr, ce… Emballer tes… *affaires* ? Mais où veux-tu aller ?

Elle éclata de rire.

— Où ? Mais voyons, je reviens m'installer à Jarrell !

— Quoi ? Mais je croyais que Jarrell n'est pas du tout ton genre de ville.

— Figure-toi que je commence à m'y faire. Je n'aimais pas la pépinière, mais j'adore la Boutique de Noël, et je crois que je pourrai beaucoup aider Grandma et maman. J'ai des idées pour faire tourner la Boutique à fond toute l'année. Tu imagines les ventes que l'on pourrait faire en créant un site et en prenant les commandes en ligne ? Voilà un projet dont j'ai bien envie de me charger !

— Mais… ça te suffirait ?

— Je pourrai toujours faire des traductions en free lance. Pour ça, je ne suis pas obligée de vivre à Prague. Tu ne trouves pas que ce serait génial de créer un club de géographie au Foyer du troisième âge ?

— Et ton père ? Où en sont les choses entre vous ?

— J'ai suivi ton conseil, je lui ai parlé. Il ne me reproche pas ce qui lui est arrivé.

— Je suis content pour vous !

Il fut tenté de se pincer. C'était comme un rêve qui se réalisait ; trop beau, il n'osait pas y croire tout à fait. Si jamais il devait se réveiller, ce serait terrible.

— Krista, réfléchis bien. Tu penses sincèrement que tu serais heureuse à Jarrell ?

— Pas sous le toit de mes parents, ça c'est sûr ! Je les aime, mais il me faudra mon propre espace…

Avec un petit sourire, elle lui caressa la joue et ajouta :

— … que je compte partager avec toi. Evidemment, il faudra que je réussisse à te convaincre.

— Tu n'auras pas beaucoup de mal à me convaincre. Mais comme je ne veux pas m'attirer les foudres de ta mère, je n'emménagerai peut-être pas tout de suite avec toi.

— Je veux bien que l'on prenne notre temps, mais je dois te prévenir que tu avais aussi raison sur un autre plan. Je veux une famille…

Elle lui décocha un sourire absolument éblouissant avant de préciser :

— … et je la veux avec toi.

— Je suis partant ! J'ai toujours voulu une famille.

— Mais tu voudras bien voyager un peu ? Je deviendrai folle si nous ne quittons jamais Jarrell.

— Absolument. J'ai une offre d'emploi sur la table. Je vais l'accepter, et tu voyageras avec moi aussi souvent que tu voudras.

— Ce job est absolument idéal pour toi !

Euphorique, elle jeta les bras autour de son cou. Puis son visage changea.

— Et Costas Paysages ? demanda-t-elle, visiblement inquiète.

— Papa a quelqu'un en vue. Un garçon qui serait prêt à devenir son nouvel associé.

— Qui donc ?

— Trey !

Elle le dévisagea, médusée… puis son sourire pointa, s'élargit peu à peu.

Il éclata de rire en hochant la tête avec enthousiasme. Non seulement ils allaient vivre un happy end tous les deux, mais Rayna et Trey auraient la même chance.

— J'ai l'impression que nous allons tous vivre une belle et bonne année, murmura-t-elle.

— J'en suis même sûr !

Epilogue

Près d'un an plus tard

Le sapin, qui faisait plus de deux mètres, croulait sous une débauche de décorations rutilantes. Un monument à la gloire de Noël, dressé dans le salon de la maison que Krista avait louée à Jarrell.

— Quel sapin magnifique ! s'exclama Grandma.

— Eblouissant, renchérit sa mère.

— Etincelant, précisa Milo.

— Pas mal, marmonna son père.

— Intéressant…, souffla Alex à son oreille.

Il se tenait derrière elle, les bras passés autour de sa taille, pendant qu'elle recueillait les premières impressions de ses invités. Ce mot chuchoté dans son cou fit courir un frisson sur sa peau — normal, les gestes d'Alex avaient souvent le don de mettre ses terminaisons nerveuses en alerte. Tout bas, il ajouta :

— Le sapin me plaît, mais je me demande qui a bien pu le décorer. Sûrement pas une femme cultivée qui trouve que les excès sont de mauvais goût ?

Elle avait une trop grande habitude de ses taquineries pour se mettre sur la défensive. Et d'ailleurs, comment l'aurait-elle pu, alors que sa façade était tapissée d'ampoules électriques, et que des personnages animés clignotaient dans son jardin ? Ses préférés, c'étaient l'ange-bonhomme-de-neige et les rennes qui dansaient debout sur leurs pattes arrière.

— Je suis bien obligée d'être excessive, répliqua-t-elle sur le même ton, maintenant que c'est mon métier de vendre tout ce clinquant.

— On pourrait peut-être savoir de quoi vous parlez ?

La question venait de sa mère, bien entendu. Sa mère dans une forme éblouissante, prête à mettre au pas tous ceux qu'elle pourrait garder sous sa coupe ! A croire que la grosse alerte de l'année précédente n'avait jamais eu lieu.

— Fiche-leur la paix, Eleanor. Krista n'a pas vu Alex de toute la semaine.

Krista sourit à son père pour le remercier, et se serra contre Alex.

Elle ne l'avait pas vu de la semaine, c'était vrai. Il rentrait tout juste du Dakota du Sud où il était allé photographier le mont Rushmore sous la neige pour un calendrier de Greenscapes Ltd. Le plus souvent, elle partait avec lui, mais pas à cette saison, bien sûr, quand la Boutique ne désemplissait pas. Le nombre de clients de la journée avait pulvérisé tous les records, et elle venait de passer une bonne partie de la nuit à préparer l'expédition des commandes. On n'était qu'à deux jours de Noël !

— Krista le voit bien assez souvent, répliqua sa mère qui, bien sûr, n'allait pas abandonner la partie comme ça. Il est ici plus souvent que chez lui.

« Ici », c'était la jolie maison de bardeaux à l'ancienne que Krista avait eu la chance de trouver dès son retour à Jarrell. Ironie du sort, le propriétaire la louait parce qu'il venait d'être muté en Europe. Officiellement, Alex habitait toujours avec son père. Officieusement, il vivait ici, avec elle.

— Bien sûr qu'ils sont toujours ensemble, ils sont amoureux ! J'aimerais pouvoir en dire autant, murmura Grandma en soupirant.

Sa relation avec Charlie Crosby avait tourné court. Mais ils avaient décidé de rester amis.

— Vous savez quoi ? ajouta-t-elle. J'ai envie de me réinscrire sur un site de rencontres.

Krista leva les yeux au ciel. Mais elle n'eut pas le temps de répondre. Après un bref coup de sonnette, la porte d'entrée s'ouvrit et Trey et Rayna entrèrent, tous deux saupoudrés de flocons de neige. Trey portait un couffin recouvert d'une couverture légère.

— Joyeux Noël ! lança Rayna.

Krista ne se précipita pas ; elle savait d'expérience que pour voir son neveu, elle devait attendre son tour…

Cette fois, sa mère atteignit le couffin la première, en distançant de peu Grandma. Délicatement, elle écarta la couverture et souleva dans ses bras le petit Jake, âgé de quatre mois, en posant un baiser sur sa joue ronde.

— Ce sera à moi, ensuite, réclama Grandma.

— Moi aussi, j'attends mon tour, ajouta Krista en levant la main comme une écolière.

— Et moi aussi ! lança son père.

Il s'exprimait toujours sur le même ton bougon, mais tout le monde avait été amusé de découvrir en lui un papy-gâteau. De plus, le retour de Krista à Jarrell semblait l'avoir apaisé. Son livre n'avait pas encore trouvé d'éditeur, mais l'agent littéraire qui le proposait à différentes maisons était sûr de parvenir à le placer.

— Vous allez le gâter, protesta Rayna avec bonne humeur. Enfin, je ne vous en veux pas. Comment faire autrement avec un chou pareil !

— Je suis lamentable, avoua Trey. Dès qu'il pleure, je le prends dans mes bras.

— Tu es un papa formidable.

Elle se haussa sur la pointe des pieds pour poser un baiser sur ses lèvres. Ils échangèrent un regard ému… avant de retomber sur terre et de passer dans le salon, la main dans la main.

— Il neige, annonça Trey. Assez fort, même. Je suis content d'avoir pris le camion de l'entreprise, avec le chasse-neige.

— Je te le laisse volontiers, répliqua Alex en posant un baiser rapide sur les cheveux de Krista. Enfin, je ne vais pas me plaindre. L'an dernier, la neige a roulé pour moi. Elle a empêché Krista de repartir.

— Au fait, Krista, tu leur as dit ? lança soudain Rayna.

— Quoi ? Qu'est-ce qu'elle doit nous dire ? s'exclama Eleanor en abandonnant Jake à Grandma.

Krista consulta Alex du regard. Les personnes qui comptaient le plus dans leur vie étaient toutes présentes, il n'y avait aucune raison d'attendre.

— A compter de la semaine prochaine..., annonça-t-elle en ménageant ses effcts, je ne serai plus locataire. J'achète la maison !

— Oh ! Pour l'amour du ciel, protesta sa mère, outrée. Je croyais qu'Alex et toi, vous alliez enfin officialiser les choses.

— Laisse-les vivre, Eleanor. Acheter la maison, c'est un bon investissement, ma fille.

— Je trouve que c'est une très bonne idée, renchérit Grandma. Mais tu es sûre de pouvoir te le permettre ?

— Moi, je ne peux pas. *Nous deux*, oui.

Elle glissa la main dans sa poche, enfila à son doigt ce qu'elle y avait caché, et exhiba fièrement sa bague, un rubis flanqué de deux diamants dans une monture d'or blanc. Sa bague de fiançailles !

— Alex et moi, nous allons nous marier au printemps !

Ce fut un véritable feu d'artifice de félicitations et de cris d'admiration pour cette bague aux couleurs de Noël. Krista n'avait pas été embrassée avec autant de ferveur depuis le jour, un an plus tôt, où tout le monde croyait qu'elle retournait à Prague !

— Vous avez réfléchi à l'endroit où vous alliez vous marier ? demanda Rayna, une fois que tout le monde se fut installé dans le salon.

— Nous avons décidé de garder le voyage pour la lune de miel, répondit Krista. Alex m'emmène dans les îles grecques ! Pour le mariage, ce sera à Jarrell, dans un lieu bien accessible pour que papa puisse me donner le bras quand je marcherai vers l'autel.

— *Toi*, tu marcheras, lui fit remarquer ce dernier, tout heureux. Moi, je roulerai.

Sa femme lui lança un regard soupçonneux.

— Dis-moi, Joe… La nouvelle n'a pas semblé beaucoup te surprendre ?

— Moi ? Non. Alex m'a téléphoné du Dakota pour me demander ma bénédiction.

Stupéfaite, Krista se tourna vers Alex.

— Quoi ? Tu n'as pas fait ça ?

— Bien sûr que si, répliqua Alex avec un grand sourire. Je ne voulais pas me mettre ton père à dos. Tu te rends compte ? Sa grande fille !

Krista secoua la tête, atterrée… mais émue, aussi. Si elle avait de si bons rapports avec son père aujourd'hui, s'ils s'entendaient si bien, c'était quand même grâce à Alex.

Elle leva les yeux vers la photographie encadrée qu'il lui avait offerte pour Noël, l'année précédente, et qui était accrochée à la place d'honneur dans le salon. L'amour né ce jour-là lui emplissait le cœur, aujourd'hui et à jamais — mais peut-être encore davantage les soirs de neige, à la saison des fêtes…

Elle se mit soudain à rire. La chanson qu'Alex avait fredonnée, un soir de blizzard de l'année précédente, venait de lui revenir à la mémoire. Elle effleura ses lèvres d'un baiser léger comme un flocon avant de lui chantonner tout bas :

— Vienne la neige…

Le 1er Février

Prélud' n°411

Les mots les plus doux - Millie Criswell

Ellie a presque tout pour être heureuse : un bel appartement, un boulot en or, un chien adorable... Ne lui manque qu'un homme avec qui partager tout cela ! Mais voilà que l'équilibre de cette vie quasi-parfaite et à laquelle elle tient tant est menacé : sa mère vient de lui annoncer qu'elle vient s'installer chez elle. Dans son appartement si douillet. Avec ses manies, ses réflexions incessantes, et son obsession de la propreté. C'est la catastrophe... et ce n'est que le début : le même jour, Ellie apprend que son nouveau patron n'est autre que son ex-fiancé, Michael. L'homme qui l'a abandonnée devant l'autel. L'homme qu'elle n'a jamais oublié, le seul à qui elle ait jamais dit ces trois petits mots, les plus doux qui soient...

Prélud' n°412

SÉRIE : « BELLAGIO&CO 3/3 »

L'inconnu de la Villa Bellagio - Leanne Banks

Ravissante, simple, sérieuse, Amelia se retrouve projetée dans le cadre idyllique des Keys, sous le soleil de Floride, comme assistante personnelle de Lillian Bellagio, une grande dame du luxe et de la mode. Un job aux airs de vacances pour Amelia, qui profite pleinement de son temps libre. C'est ainsi qu'un soir, elle se laisse courtiser par un inconnu au charme ensorcelant, prénommé Jack. Pour Amelia, c'est le coup de foudre. Mais bientôt, elle découvre que Jack est le fils naturel de Dario Bellagio, le mari de Lillian, et qu'il est peut-être en train de se servir d'elle pour approcher la grande dame. Révoltée, trahie dans ses sentiments et dans son amour-propre, Amelia décide cependant de se taire et de voir jusqu'où Jack est capable d'aller dans le mensonge...

Prélud' n°413

La proposition idéale - Anna Sugden

La vie de Truman Jelinek, célèbre joueur de hockey, est complètement sens dessus-dessous en ce moment. Entre sa carrière menacée et sa vie personnelle en plein effondrement, Truman sent que le moment est venu de tourner la page. Mais par où commencer ? Peut-être en aidant Jenny Martin – la seule femme qu'il ait jamais aimée – à réaliser son rêve... Une seule ombre au tableau : Jenny ne veut pas de son aide. Elle ne veut même pas lui adresser la parole. Pourtant, la proposition que Truman s'apprête à lui faire pourrait bien la faire changer d'avis...

Prélud' n°414

Le rêve de Lilah - Kimberly Van Meter

Lilah Bell ne demande pas la lune – juste une vie normale. Une vie loin, très loin de ce passé trop douloureux. Une vie où, enfin, elle pourrait prendre un nouveau départ. Et au lieu de ça, tout ce à quoi elle a droit, c'est à deux sœurs surprotectrices qui semblent craindre le pire à tout instant. Pourtant, Lilah se sent mieux. Beaucoup mieux. Comment faire comprendre à ses sœurs qu'aider à sauver leur hôtel familial de Larimar, cette île paradisiaque, est exactement le genre défi dont elle a besoin ? En revanche, s'il y a vraiment une chose dont elle n'a pas besoin, c'est de tomber amoureuse. Surtout d'un baroudeur comme Justin Cales, en visite sur l'île. Pourquoi la vie est-elle toujours aussi compliquée ?

Prélud' n°415

Cœurs insoumis - Kathleen O'Brien

Si Dallas Garwood a bien un principe, c'est de ne jamais s'écarter du droit chemin. Une fois, une seule, il a dérogé à la règle...Lorsqu'il a fait la connaissance de Rowena Wright. Et il est sorti de cette relation tellement bouleversé qu'il s'est juré de ne plus jamais recommencer : le drame, les secrets, très peu pour lui. Mais voilà qu'aujourd'hui il apprend que Rowena est de retour – elle vient remettre le ranch familial en état. Une nouvelle qui, à sa grande surprise, le trouble intensément. Lui qui pensait avoir tourné la page de leur relation il y a des années, se retrouve soudain submergé par des sentiments toujours aussi brûlants...

Prélud' n°416

Le maître de Brokenstraw - Lauren Nichols

Lorsqu'elle quitte Chicago pour le Montana - où elle doit entrer en possession de Brokenstraw, un domaine qu'elle compte revendre -, Casey imagine que l'affaire sera vite réglée. Mais le destin semble avoir d'autres projets pour elle. Car, à peine arrivée, Casey fait une rencontre explosive : celle de Jess Dalton, un homme au regard incandescent, dangereusement séduisant - l'homme de sa vie, peut-être ? Hélas, Jess est surtout l'ombrageux cohéritier de Brokenstraw..

Sous le ciel étoilé - Ann Evans

Après une rupture difficile, jamais Adriana et David ne pensaient se revoir. C'est pourtant ce qui leur arrive - bien malgré eux - le jour où la grand-mère de David leur demande à tous deux de l'accompagner à cheval en pèlerinage, à travers les paysages grandioses du Colorado. Au fil des jours et des nuits passées à la belle étoile, la tension monte entre David et Adriana. Chacun brûle secrètement pour l'autre, de rage - mais aussi de désir...

A paraître le 1er novembre

Best-Sellers n°621 • suspense

Le secret de la nuit - Amanda Stevens

Au loin, elle aperçoit la silhouette familière d'un homme se diriger vers elle. Malgré le masque d'assurance qu'elle s'efforce d'afficher, Amelia Gray se sent blêmir. Robert Fremont est de retour. Une fois encore, cet ancien policier aux yeux constamment dissimulés derrière d'opaques lunettes de soleil est venu lui demander son aide. Pourquoi l'a-t-il choisie elle, simple restauratrice de cimetières, pour tenter d'élucider le meurtre qui a ébranlé la ville dix ans plus tôt ? Amelia ne le sait que trop bien, hélas : Fremont est le seul à avoir perçu le don terrible et étrange qu'elle cache depuis l'enfance… Bien que désemparée, elle accepte la mission qu'il lui confie. Mais tandis que ses recherches la mènent dans les quartiers obscurs de Charleston, elle comprend bientôt qu'elle n'a plus le choix. Si elle veut remporter la terrible course contre la montre dans laquelle elle s'est lancée, elle va devoir solliciter le concours de l'inspecteur John Devlin. Cet homme sombre et tourmenté dont elle est profondément amoureuse mais qu'elle doit à tout prix se contenter d'aimer de loin…

Best-Sellers n°622 • suspense

Neige mortelle - Karen Harper

Un cadavre de femme, retrouvé enseveli sous la neige. Puis, quelques jours plus tard, une autre femme, découverte assassinée à deux pas de chez elle… Comme tous les autres habitants de la petite communauté de Home Valley où elle vit, Lydia Brand est bouleversée. Ces décès inexpliqués sont-ils de simples coïncidences ? Au plus profond de son cœur, Lydia est persuadée que non. Pire, elle éprouve le désagréable sentiment qu'ils sont intimement liés à l'enquête qu'elle mène pour retrouver ses parents biologiques… Cherche-t-on à l'empêcher de découvrir la vérité ?

Bien que gagnée peu à peu par la peur, Lydia se résout à vaincre ses réticences et à se confier à Josh Yoder, l'homme pour qui elle travaille… et qui fait battre son cœur en secret. Aussitôt sur le qui-vive, Josh lui en fait la promesse : il l'aidera à lever le voile sur ses origines, et la protègera de l'ennemi invisible qui la guette dans l'ombre.

Best-Sellers n°623 • thriller

Sur la piste du tueur - Alex Kava

A la vue du corps qui vient d'être déterré par la police sur une aire de repos de l'Interstate 29, dans l'Iowa, l'agent spécial du FBI Maggie O'Dell comprend qu'elle vient enfin de découvrir le lieu où le tueur en série qu'elle traque depuis un mois a enterré plusieurs de ses victimes.

Pour démasquer ce criminel psychopathe qui a fait des aires d'autoroute son macabre terrain de chasse, et l'empêcher de tuer de nouveau, Maggie est prête à tout mettre en œuvre. Et tant pis si pour cela, il lui faut accepter de collaborer avec Ryder Creed, un enquêteur spécialisé que le FBI a appelé en renfort. Un homme mystérieux qui la trouble beaucoup trop à son goût.

Mais tandis que Maggie se rapproche de la vérité, il devient de plus en plus clair que le tueur l'observe sans répit, et qu'elle pourrait bien être son ultime proie…

Best-Sellers n°624 • roman
Noël à Icicle Falls - Sheila Roberts

La magie de Noël va-t-elle opérer à Icicle Falls ?
Tout avait pourtant si bien commencé… Cassie Wilkes, propriétaire de la petite pâtisserie d'Icicle Falls, doit pourtant l'admettre : si le repas familial qu'elle a préparé pour Thanksgiving frise la perfection absolue, il n'en va pas de même pour le reste de son existence. Loin de là. Sa fille unique ne vient-elle pas d'annoncer à table, devant tous les convives, qu'elle comptait se marier le week-end avant Noël (autant dire dans 5 minutes) avant de déménager dans une autre ville ? Pire, qu'elle voulait que son père (autrement dit son épouvantable ex-mari) la conduise à l'autel ? Déjà proche du KO, Cassie doit encaisser l'ultime mauvaise nouvelle de ce repas qui a décidément viré au cauchemar : son ex-mari, sa nouvelle femme et leur chien vont demeurer chez elle le temps des festivités.
Pour Cassie, cette période des fêtes sera à n'en pas douter pleine de surprises et de rebondissements…

Best-Sellers n°625• historique
Séduite par le marquis - Kasey Michaels

Londres, 1816
Lorsque débute sa première saison à Londres, Nicole est aux anges. Elle a tant rêvé de ce moment ! Et certainement pas dans l'espoir de dénicher un mari, comme la plupart des jeunes filles. Non, tout ce qu'elle désire, c'est savourer le plaisir d'être enfin présentée dans le monde et de vivre des aventures passionnantes. Mais à peine arrivée à Londres, elle fait la connaissance d'un ami de son frère, le marquis Lucas Caine. Un gentleman séduisant et charismatique qui, elle le sent aussitôt, pourrait la faire renoncer à ses désirs d'indépendance si elle n'y prenait garde. Mais voilà que Lucas lui fait alors une folle proposition : se faire passer pour son fiancé afin de décourager les soupirants qui ne manqueront pas de se presser autour d'elle. Nicole est terriblement tentée. Grâce à ce stratagème, aucun importun n'osera lui parler de mariage ! Mais si ce plan la séduit, est-ce parce qu'il l'aidera à conserver sa liberté, ou parce qu'il la rapprochera un peu plus de ce troublant marquis ?

Best-Sellers n°626 • roman
Avec vue sur le lac - Susan Wiggs

Etudes brillantes, parcours professionnel sans faute… Sonnet Romano s'efforce chaque jour de gagner la reconnaissance d'un père dont elle est « l'erreur de jeunesse », la fille illégitime. Une vie parfaite et sans vagues qui a un prix : Sonnet ne se sent jamais à sa place…
Mais voilà que le vent se lève en ce début d'été. Une nouvelle bouleversante pousse Sonnet à tout quitter — son poste à l'Unesco et la mission prestigieuse qu'on lui offre à l'étranger —, pour rentrer s'installer au lac des Saules, où elle a grandi. Là-bas, une épreuve l'attend. Une épreuve, mais aussi la chance inestimable d'une nouvelle existence. Portée par l'amour inconditionnel de ses amis, de sa mère adorée, de son beau-père qui l'a toujours soutenue, Sonnet va ouvrir les yeux. Sur la nécessité de sortir du carcan des apparences, sur la liberté de faire ses propres choix. Mais surtout sur la naissance de ses sentiments profonds et passionnés pour Zach, l'ami de toujours, l'homme qu'elle n'attendait pas…

Composé et édité par HARLEQUIN

Achevé d'imprimer en novembre 2014

BRODARD & TAUPIN

La Flèche
Dépôt légal : décembre 2014

Pour l'éditeur, le principe est d'utiliser des papiers composés de fibres naturelles, renouvelables, recyclables, et fabriquées à partir de bois issus de forêts qui adoptent un système d'aménagement durable. En outre, l'éditeur attend de ses fournisseurs de papier qu'ils s'inscrivent dans une démarche de certification environnementale reconnue.

Imprimé en France